乌溪江的诗与远方

◎主　编　周耕妥
◎副主编　李加呈　邱维正

浙江工商大学 出版社
ZHEJIANG GONGSHANG UNIVERSITY PRESS

·杭州·

图书在版编目（CIP）数据

乌溪江的诗与远方 ／ 周耕妥主编 —— 杭州 ：浙江工商大学出版社，2025.5 —— ISBN 978 - 7 - 5178 - 6508 - 7

I. I22

中国国家版本馆 CIP 数据核字第 2025U2R187 号

乌溪江的诗与远方
WU XIJIANG DE SHI YU YUANFANG

周耕妥 主编

李加呈　邱维正 副主编

策划编辑	张婷婷
责任编辑	童江霞
责任校对	杨　戈
封面设计	杭州敬恒文化传媒有限公司
责任印制	屈　皓
出版发行	浙江工商大学出版社
	（杭州市教工路 198 号　邮政编码 310012）
	（E-mail：zjgsupress@166.com）
	（网址：http://www.zjgsupress.com）
	电话：0571-88904980，88831806（传真）
排　　版	杭州敬恒文化传媒有限公司
印　　刷	浙江海虹彩色印务有限公司
开　　本	710mm×1000mm　1/16
印　　张	17.5
字　　数	226 千
版 印 次	2025 年 5 月第 1 版　2025 年 5 月第 1 次印刷
书　　号	ISBN 978 - 7 - 5178 - 6508 - 7
定　　价	79.00 元

乌溪江·幽谷明珠·风光旖旎

● 乌溪江·蓝天白云·龙脉诗路

● 乌溪江·烟雨湖南·怡情康养

● 乌溪江·两栖湿地村·大日坂

● 举村乡：千年畲乡，农夫小镇

● 岭洋乡：越岭漂洋向未来

● 黄坛口乡：水电第一乡，水润黄坛口

爬格子是门入静入定的娱乐艺术

——周耕妥简介

周耕妥,衢州市衢江区岭洋乡大日坂村人,从业于党政机关和党报党刊。在"爬格子是门入静入定的娱乐艺术"的觉悟和修炼中,笔耕不辍,自娱自乐。

撰写了论文、散文、民间故事等不同题材和体裁的乡愁记忆文章。其中,《乌溪江水心中流》原创用江水颜色演绎乌溪江之得名;《乌溪江,内涵于"道"》论述乌溪江起名于"色"、读音为"乌"、本体是"溪"、内涵于"道"的本质和本然;《乌溪江,钱江(衢州)兄弟源》,运用地貌特征和史料记载求证了乌溪江的钱江(衢州)兄弟源地位;《乌溪江一曲民谣唱"三景"》,让昔日出行实景的险峻、饮食场景的朴野、山居夜景的玄妙,激活原始记忆,启发创意文旅新天地;《乌溪江"大制不割"》,提出"大乌溪江"的概念和设想。组织并参与主编的《乌溪江水映山红:衢县乌溪江库区志》是第一本公开出版的乌溪江史料专著,获衢州市哲学社会科学优秀成果奖三等奖。

原创罪犯教育改造五大原理、监狱工作三大目标原理及其真善美原理,构建了监狱工作"三生万物"理论体系,出版了《治狱不动点》专著,在反思反观人生人性的本然本质中,出版了关于人生哲学的读物《自我和谐——生活是本没有句号的书》。参与策划和撰稿《面向21世纪中国共产党建设研究》等著作十多种(部),其中有的被浙江图书馆征集收藏。

在《人民日报》《中国绿色时报》《中国司法》《浙江监狱》《东方警苑报》《衢州日报》等报刊上发表文章百余篇。其中论文,有的获衢州市哲学社会科学优秀成果奖三等奖,有的获司法部重点调研课题一等奖,有的获中国监狱学会年度课题一等奖,有的被上级主要领导批示,要求全系统干警学习和研讨,有的被中国人民大学复印报刊资料全文转载。多篇新闻作品在《东方警苑报》年度好新闻评选中(委托省报业学会专家评选)获一等奖,且受到省监狱管理局的嘉奖。

军营洒热血　田野播青春

——李加呈简介

李加呈，生于 1957 年，居于衢江区岭洋乡抱珠龙村。现为中华诗词学会会员，亦是浙江省诗词与楹联学会、衢州市诗词楹联学会和衢州市衢江区诗词楹联学会的成员。曾于军营中挥洒热血，田野里播洒青春。历经数十载江湖闯荡，始终难以忘怀的是，自己的根深深扎在仙霞岭下的乌溪江畔。对于中华优秀传统文化，尤其是格律诗词，他怀有深厚的热爱。仙霞岭的坚韧风骨，乌溪江水的灵动禀性，共同孕育出他那充满诗性的心灵。诗田耕耘廿载岁月，艺苑敲出两行真情。退休后，他更是将自己与山水田园融为一体，充分展现了"天人合一"的审美心态。自然之美、世态之理、人间之情，共同滋养着他笔下那一行行质朴的诗句。

退休学诗开启新生活

——邱维正简介

邱维正,男,生于1962年6月,大专学历,助理会计师,衢江区岭洋乡赖家村人,从事乡镇基层管理服务工作30余年。爱好文学,写过不少热爱家乡、记忆乡愁、弘扬正能量的散文,作品散见于各种微信公众号。退休后,尝试开启以文会友、以诗咏情的生活模式,学习古典诗词、楹联创作。现为中华诗词学会会员,浙江省诗词与楹联学会、衢州

市诗词楹联学会会员,衢州市衢江区诗词楹联学会常务副会长兼秘书长。作品散见于中华诗词学会微刊和《浙江诗联选粹》《之江诗刊》《仙霞》等刊物,有较多作品发表在衢州市诗词楹联学会会刊《三衢道中》及年刊《衢州诗词》等刊物。

序

乌溪江，山水经纬诗路网

乌溪江，富于山水，也富于人文。其神奇的风物、有趣的传说、古朴的村落，尤其是那山、那水，无论使用怎样的赞美之词都不为过，只会感到词不达其美。那两岸青山，可以与九寨沟的山媲美，因为山上有稀世的红豆杉、罕见的木莲树、漫山遍野的阔叶林、固守着美好的生态圈……那满江绿水，可以与九寨沟的水媲美，因为潭里的水是墨绿色的，滩上的水是银白色的。"白水"入潭成"绿池"，"池水"出滩成"银河"，"绿池"与"银河"连成江，一江春水墨绿样，江名故称"乌溪江"。

乌溪江，山水经纬诗路网，入胜网中自有路。国家未建造黄坛口和湖南镇两大电站水库之前，遂昌县的琴溪和洋溪源①分别从衢县洋口公社的严博大队、白岩大队入境，至洋口大队合流后注入乌溪江，向北流经洋口、举村、岭头、湖南、白坞口、坑口、石室、花园、下张九个公社，在下张公社的鸡鸣渡注入衢江。这条从洋口村流至衢江的原生态乌溪

---

① 湖南镇电站水库建成之前，乌溪江上游有琴溪和洋溪源两条溪流。琴溪：柘上源和周公源在琴淤乡周公口村合流而成，长约 10 公里，至龙鼻头村流入衢县洋口乡严博村的斗潭，再从斗潭约经 4 公里后流入洋口村的上埠。洋溪源：发源于西畈乡黄连尾西南山麓，在西畈乡境内长约 25 公里，在举淤口村流入衢县洋口乡的白岩村，约经 16 公里后流入洋口村的上埠。琴溪和洋溪源在洋口村的上埠合流后注入乌溪江。湖南镇电站水库建成之后，琴溪全被淹没，其上游淹没到焦滩乡，流程缩短了许多。岭洋乡境内的洋溪源被淹没了 5 个村庄的范围，流程缩短约三分之二。

江,一江绿色都是诗,云雾氤氲尽玄妙。《乌溪江的诗与远方》,展示在读者面前的是古今诗人心仪此江而"入网"追求并原创的诗词曲赋作品。这些作品更是广大读者所追求的精神大餐。

两大电站水库建成之后,"江"名存实亡,"库"名副其实。要全面认识乌溪江,"三大视角"及"九个聚焦点"可谓底层逻辑。视角一,原始乌溪江(衢江区乌溪江),聚焦历史上的三阶段,即古称东溪阶段、乌溪江政区阶段、乌溪江自然库区(龙凤湖①)阶段;视角二,浙江乌溪江,聚焦地理地貌上的三河段,即衢江区乌溪江河段、遂昌县乌溪江河段、龙泉市住溪河段;视角三,浙闽乌溪江,聚焦全流域的三大源头溪,即位于福建省浦城县忠信镇境内的坑尾溪、毛洋溪、际洋溪。"三大视角""九个聚焦点",拓展了诗人的视野,也是全面认识乌溪江的众妙之门。

乌溪江,山静水柔,美而不妖,身临其境,尚需心领神会。虽生于斯长于斯,但未必了解她。一次,与湖南镇党委书记柳忠林交流乌溪江山水文化时,他提出了乌溪江三大辉煌时期②的观点,我这个乌溪江人,之前未曾有这样的发现,也是第一次听到这样的新观点。此乃"人活仗于炁,人不见炁,鱼活仗于水,鱼不见水"也。"不识庐山真面目,只缘身在此山中。"全面认识乌溪江,倾情吟诵乌溪江,深入研究乌溪江,横看成岭侧成峰,百家争鸣是常"道",百花齐放才是春。

人生活在大地上,效法地厚德载物;生活在蓝天下,效法天自强不息;生活在大自然中,学习自然而然的本体论和顺其自然的方法论。天地宇宙是诗的故乡,山川河流是诗的家园。诗的原创思维,像一叶不系之舟,吸天地宇宙之精华,纳山川河流之精气,"独与天地精神往来";诗的原创方法,寄无形于有形,托情志于万物,化平凡为神奇,乃留下字字

---

① 黄坛口电站水库称九龙湖,湖南镇电站水库称仙霞湖,故这里称乌溪江自然库区为"龙凤湖"。

② 乌溪江三大辉煌时期:第一个是古代开银矿时期,第二个是 20 世纪六七十年代建造湖南镇电站水库时期,第三个是乡村企业鼎盛时期,尤其是破石村,外来务工者一拨接一拨。

珠玑、篇篇华章。《乌溪江的诗与远方》穿越时空隧道,闪烁历史经纬,阐释山水文化之内涵,玩味坑源溪流之意境,品味风土人情之朴野,唱响人间烟火之真情。这又何尝不是对生命意义的意识洗礼和生存价值的精神升华呢!

乌溪江"大制不割",山水绵延,诗韵绵绵,诗意满满,诗路遥远,前景无限,且任重道远。曾经,我欲以诗言乌溪江志,说乌溪江事,抒乌溪江情,赞乌溪江景,颂乌溪江人。怎奈诗词是传统文化大树上的嫩芽,爱惜她而不敢触碰,担心手会伤到她;关注她而不敢眨眼,担心稍纵即逝会失去她;亲近她而不敢牵手,担心"企者不立,跨者不行"①。认清自己"几斤几两"后,我在诗词门槛前却步,而诗词兴味依旧如初。这就是策划和组织编写《乌溪江的诗与远方》的心路历程和原发动力。

乌溪江之情结和情怀升华所表达出来的原创作品,不管是什么题材、什么体裁、什么人的乌溪江作品,都是十分珍贵的,都是乌溪江"形而上"的"形而下"表达,都是对乌溪江"几于道"的求索、理解、演绎。"乌溪江,诗词曲赋山水情""衢遂境内乌溪江同源同流且同名""乌溪江远方'几于道'",此三部分内容的安排及其导语的撰写,试图说明并印证这一道理。《乌溪江的诗与远方》中的山水诗、情感诗、咏物叙事诗,意境美、理趣美、诗格美,我将其奉若"经典",悦读理解。

山水诗,自然、绮丽,让人身临其境。王安石、苏轼、杨万里和范成大,宋代这四位山水诗名家,在衢州都留有诗迹,从资料上看,其中杨万里是唯一到过乌溪江的,姜夔戏称他"处处山川怕见君"。杨万里舟行乌溪江时写道:"江船初上滩,滩水政勃怒。船工与水斗,水力拦船住。琉璃忽破碎,冰雪迸吞吐……"诗写逆水行舟,以破碎琉璃、吞吐冰雪形容水浪,现场拈来即成花絮。"地近莲花江渐深,一滩一过快人心。"这是对大自然之爱的一种表达。清人余思安写双蝶峰:"插云两两高飞

---

① 引自《道德经》第24章,大意是踮起脚后跟站立的反而站不稳,大跨步前进的反而走不远。

似,映月双双巧舞同。"兴比中融合着浓浓的情。袁枚写仙霞岭:"千盘难度鸟,万岭欲藏天。"这是一种何等的气势。郑光璐过定阳溪(乌溪江):"柔橹一声新月上,秋江无数蓼花红。"淡雅中透着无限美好之心情。

情感诗,委婉、隐约,让人感受到雾里看花之美。且看:余思猷的"蓬岛有香皆富贵,春台无种不繁华",徐瑞徵的"人归黄叶里,鸟出乱云间",何石梁的"且放烟花遮苦涩,暂凭杯酒长精神""莫与梅香争道理,公平一向仗东风",廖元中的"别绪离思寄词赋,慧心精艺托画屏""垂头望,乌溪滚滚,无语东流""借得自然一束草,结交多少世人缘",余振华的"月明影落河桥暮,雪霁香浮涧水分"……

咏物叙事诗,朴实、清新,让人叹为观止。"田夫抛秧田妇接,小儿拔秧大儿插。"这是杨万里路过田间地头所写,诗句将农民劳动的场景生动复制了。"一夜挑灯三起坐,为伊醒眼到天明。"这是郑永禧强烈的思乡之情的立体具象。"须知今日时鲜菜,曾是当年活命粮。"这是何石梁吃苦叶菜后的万般感慨。这些作品生活气息浓,质朴且接地气。正如袁枚《随园诗话》中说的"诗宜朴不宜巧,然必须大巧之朴;诗宜淡不宜浓,然必须浓后之淡"。诗咏乌溪江者,"珞珞如石""被褐怀玉"①,叹为观止。

这些"言有尽而意无穷者",这些"不着一字尽得风流者",这些"句中有余味,篇中有余意者",用"景物人事"融合、"情志意理"思辨、山水灵性通达的诗词作品告诉我们:诗"可以坚",能够以强大的情感力量给予读者理想支撑和精神信念,让人们更加坚定文化自信,增强民族自豪感;"可以慧",能够以诗性智慧启发读者去思索与追求,为现代人的生活和工作提供经验借鉴;"可以美",能够以艺术魅力感染读者的生命情感,丰富人们的精神世界,增强人们的精神力量;"可以达",能够以艺术

---

① 引自《道德经》。珞珞如石,大意是像石头那样粗糙朴实;被褐怀玉,大意是外面穿着粗布衣,怀里揣着美玉。

的方式抚慰浮躁的灵魂，化解人生的苦恼，使人们更为通达和乐观，诗意地栖居在大地上。

当代乌溪江人已走出了思维定式，已认同内化了"绿水青山就是金山银山"理念的你、我、他就是乌溪江人，因此诗人团队不断壮大。乌溪江"大制不割"，因此诗域更大、诗意更浓、诗韵更玄妙，风景这边独好。如今，漫步在湖南镇的街道两旁，"诗意湖南"的牌子随处可见。"诗意湖南"名不虚传，清人郑文琅、孔传曾、郑沅三人都写出了著名的《湖南八咏》。《乌溪江的诗与远方》中引人入胜的"湖南诗篇"，更是这一精神盛宴中的"主打菜"和"特色菜"。乌溪江库区四乡镇的微信公众号都在续写"乌溪江的诗与远方"的新篇章。

周耕妥

2024 年 9 月

目 录

第三章　乌溪江远方"几于道"/181

乌溪江，诗词曲赋山水情

第一章

乌溪江，这条从衢江区岭洋乡洋口村流至衢江的原生态河流，古称东溪，是为"元始乌溪江"。绿水青山诗路行，云雾氤氲诗意浓。乌溪江的诗词曲赋，是古今诗人心仪此江而原创的作品，也是读者生活中所追求的"品"和"位"。乌溪江两大电站水库建成之后，"江"名存实亡，"库"名副其实。黄坛口电站水库称九龙湖，湖南镇电站水库称仙霞湖，乌溪江已然成为"龙凤湖"。从唐诗宋词出发，经古诗词之路，入近现代诗词之府，又从当代诗词之门出，经过"读者纽带"的媒介联姻，最终滋润芸芸众生的"心"，净化读者诸君的"魂"。咏诵乌溪江诗词曲赋的序幕已经开启，选录以下诗句，满足先睹为快的阅读心情，导引诗咏乌溪江，沐浴森林氧吧，遥望乌溪江的诗与远方——

山抱丛湖湖抱山，人家住在水云间。（唐·贯休）

岭头云散丹梯耸，步到天衢眼更明。（宋·朱熹）

江船初上滩，滩水政勃怒。船工与水斗，水力拦船住。琉璃忽破碎，冰雪迸吞吐。（宋·杨万里）

莫怪诸滩水怒号，下滩不似上滩劳。（宋·杨万里）

却忆归舟是去年，上滩浑似上青天。（宋·杨万里）

田夫抛秧田妇接，小儿拔秧大儿插。（宋·杨万里）

深夜不须悲寂寞，摘来星斗似珠联。（明·余敷中）

回视高峡巅，鸟飞不得比。（明·徐渭）

千盘难度鸟，万岭欲藏天。（清·袁枚）

此时扁舟正东去，双桨直破金波痕。素光在水尊在手，空明灏气相交浑……皎皎霜雪洗胸臆，皓皓水玉互吐吞。（清·陈鹏年）

柔橹一声新月上，秋江无数蓼花红（清·郑光璐）

何事一声惊梦觉，钓船呼客买鲈鱼。三五茅檐也是村，夕阳鸡犬隐篱根。白沙渡口青青竹，林外人归半掩门。远树微茫接暮烟，依稀渔火映江天。谁家一笛梅花曲，风满清江月满船。（清·汪致高）

山家最是秋来好，一枕酣眠古树根。（清·汪致高）

地平略喜安魂魄，天险长吁远别离。（清·朱筠）

路随溪畔行常曲，山在云中望转深。（清·叶如圭）

图画天然春水绿，诗情妙处夕阳红。（清·余思安）

缥缈白云风散处，一齐化作蝶飞来。（清·余思贞）

松风有影偏宜月，松月无声却引风。（清·郑受书）

鸟道几百折，幽寻未觉劳。草香粘屐齿，岚翠湿征袍。箐密鸟声怪，村孤酒价高。耳根无俗韵，滩响挟松涛。（清·陈一夔）

曲涧分泉青鸟过，乱山横影碧云齐。沿堤一带诗中画，尚有群鸦绕树啼。（清·朱有祥）

迟迟红日懒如我，面面青山回向人。（民国·郑永禧）

人归黄叶里，鸟出乱云间。（民国·徐瑞徵）

茅屋霜寒被不温，思儿梦寐带啼痕。（何建章）

须知今日时鲜菜，曾是当年活命粮。（何石梁）

清溪缭绕青山底，翠嶂沉浮薄雾中。（廖元中）

日暮潭中鱼鳞跃，一竿风月映长空。（柴汝梅）

桃红陌上牵牛去，柳绿溪前把钓还。（余振华）

古代诗词选

◎唐·贯休

【简介】贯休(832—912),俗姓姜,名休,字德隐,婺州兰溪(今属浙江)人,七岁出家为僧。精于诗,兼工书画。唐天复年间入蜀(今四川),蜀主王建称之为"禅月大师"。著有《宝月集》,已散佚。

咏 湖 山

山抱丛湖湖抱山,人家住在水云间。
若非流出桃花水,纵有渔郎空往返。

◎唐·刘迥

【简介】刘迥(生卒年不详),字阳卿,徐州彭城人。为人刚直,中进士,历任殿中侍御史、江淮转运使、吉州刺史,终给事中。

题烂柯山四首·最高顶

白云引策杖,苔径谁往还。
渐见松树偃,时闻鸟声闲。
豁然喧氛尽,独对万重山。

[注释]烂柯山:一名石桥山,又名石室山,在浙江省衢州市郊南二十里处。《述异记》载:"晋王质入山采樵,见二童子对弈,质置斧坐观,童子与质一物如枣核,食之不饥。局终,童子指示曰:'汝柯烂矣。'质归乡里,已及百岁,无复旧时人。"

◎唐·孟郊

【简介】孟郊(751—814),字东野,湖州武康(今浙江德清)人。少年时隐居嵩山。性狷介,与韩愈交谊甚深。诗多寒苦之音,感伤自己的遭遇。用词造句力避平庸浅率,追求瘦硬。长于五言古诗。与贾岛齐名,有"郊寒岛瘦"之称。著有《孟东野诗集》。

烂柯山石桥

仙界一日内，人间千载穷。

双棋未遍局，万物皆为空。

樵客返归路，斧柯烂从风。

唯余石桥在，犹自凌丹虹。

◎唐·刘禹锡

【简介】刘禹锡(772—842)，字梦得，洛阳(今属河南)人。唐朝中期著名的思想家和文学家。贞元九年(793)进士。他和柳宗元都是王叔文集团的重要骨干。历时八个月的永贞革新失败后，他被贬到边远地区做官二十多年。晚年做过太子宾客。他的诗文在当时很负盛名，在文学上产生过广泛的影响。有《刘宾客集》。

答衢州徐使君

烂柯山下旧仙郎，列宿来添婺女光。

远放歌声分白纻，知传家学与青箱。

水朝沧海何时去，兰在幽林亦自芳。

闻道天台有遗爱，人将琪树比甘棠。

[注释]徐使君：指徐放，曾任台州刺史，后移衢州刺史。使君：汉代称刺史为使君，后用以对州郡长官的尊称。

◎宋·赵湘

【简介】赵湘(959—约993)，字叔灵，衢州西安(今浙江衢州)人，北宋初期诗人。其诗善绘物象而不雕琢怪涩，清新平易而不粗俗疏野，在宋初诗坛上独辟蹊径，自成一家。有《南阳集》。

游烂柯山

仙人与王质，相会偶多时。

落日千年事，空山一局棋。

树高明月在，风动白云移。

未得酬身计，闲来学采芝。

[注释]采芝：即《采芝操》，琴曲名，相传为汉初四隐士"商山四皓"所作。

◎宋·赵抃

【简介】赵抃（1008—1084），字阅道，号知非子，衢州西安（今浙江衢州）人。宋仁宗景祐元年（1034）进士，为殿中侍御史期间，弹劾不避权贵，人称"铁面御史"。历知睦、虔、成都等州，神宗熙宁间官至参知政事，后以太子少保致仕。卒谥清献。著有《赵清献集》。

次韵衢守陈守言职方招游烂柯山

贤侯九日去寻山，牵俗无由得附攀。

换世昔传仙局久，登高今喜使车还。

平原丰稔农欢劝，犴狱空虚吏放闲。

从此烂柯光价起，为留佳句落人寰。

◎宋·陆游

【简介】陆游（1125—1210），字务观，号放翁，越州山阴（今浙江绍兴）人。二十岁时，便立下"上马击狂胡，下马草军书"的志愿。二十九岁应进士试，为秦桧所黜。宋孝宗时赐进士出身，曾任镇江、隆兴通判，后官至宝谟阁待制。终生主张抗金，而屡受投降集团压制贬斥。陆游诗风格雄浑豪放，表现出渴望恢复国家统一的强烈爱国热情。存诗约有九千三百首，辑入《剑南诗稿》。

访毛平仲问疾与其子适同游柯山观王质烂柯遗迹

篮舆访客过仙村，千载空余一局存。

曳杖不妨呼小友，还家便恐见来孙。

林峦巉绝秋风瘦，楼堞参差暮气昏。

酒美鱼肥吾事毕，一庵那得住云根。

[注释]毛平仲：毛开，字平仲，著有《樵隐词》，其父毛友著有《烂柯集》，父子皆住柯山，祖籍江山。

◎宋·朱熹

【简介】朱熹（1130—1200），字元晦，号晦庵，徽州婺源（今属江西）人。官拜焕章阁待制兼侍讲，晚年迁居建阳考亭，又主讲紫阳书院，故亦称考亭、紫阳。韩侂胄执政时曾以其学为伪学，严禁，朱熹乃避至长溪。一生孜孜不倦于讲授理学，著有《四书章句集注》等。

第一章　乌溪江·诗词曲赋山水情

仙 霞 岭

道出夷山乡思生,霞峰重叠面前迎。
岭头云散丹梯耸,步到天衢眼更明。

◎宋·杨万里

【简介】杨万里(1127—1206),字廷秀,号诚斋,江西吉水人。绍兴进士,曾任秘书监。诗与尤袤、范成大、陆游齐名,称南宋四大家。诗初学江西诗派,后崇晚唐,风格转变,不堆砌古典,语言平易自然,描写景物,清新活泼,在当时被称为"诚斋体"。一生作诗两万多首,有《诚斋集》。

东 碛 滩

江船初上滩,滩水政勃怒。
船工与水斗,水力拦船住。
琉璃忽破碎,冰雪迸吞吐。
竟令水柔伏,低头船底去。
朝来发盈川,已过滩十许。
但闻浪喧阗,未睹水态度。
却缘看后船,偶尔见奇处。
从此至三衢,犹有滩四五。

[注释]东碛滩:在乌溪江和衢江交汇处附近,一作东迹滩。

下鸡鸣山诸滩,望柯山不见三首

一

地近莲花江渐深,一滩一过快人心。
贪看下水船如箭,失却柯山无处寻。

二

莫怯诸滩水怒号,下滩不似上滩劳。
长年三老无多巧,稳送惊湍只一篙。

三

却忆归舟是去年,上滩浑似上青天。
诸滩知我怀余怨,急送秋风下水船。

[注释]鸡鸣山:清庆《西安县志》载:"在县东十五里,定阳溪流其

下,一名东溪……山皆赤色,四面陡削,水势触击,川途颇险。上有塔,名'鸡鸣塔'。" 柯山:即烂柯山,道家七十二福地之一,晋樵者王质伐木遇二童对弈处。山若石室,空洞弘敞,高广各二十丈许,偃若虹桥。莲花:衢州北乡大镇,有芝溪流经汇入衢江。

插 秧 歌

田夫抛秧田妇接,小儿拔秧大儿插。

笠是兜鍪蓑是甲,雨从头上湿到胛。

唤渠朝餐歇半霎,低头折腰只不答。

秧根未牢莳未匝,照管鹅儿与雏鸭。

◎宋·徐霖

【简介】徐霖(1214—1261),字景说,衢州西安(今浙江衢州)人。年十三,有志圣人之道,取所作文焚之,研精《六经》之奥,探赜先儒心传之要。淳祐四年(1244),试礼部第一。知贡举官入见,理宗曰:"第一名得人。"嘉奖再三。登第,授沅州教授,知抚州、衡州、袁州、衢州、汀州,卒于任所。归衢,学子三百人送之。著有《太极图说遗稿》《春山文集》等,学者称径畈先生。

叠 石 山

叠石捎云起,真如塔一支。

叱来形具白,鞭处血凝脂。

虫蚀周宣鼓,苔封汉武碑。

清灵难久闷,频产五光芝。

[注释] 叠石山:在今湖南镇境内,山以石累叠状得名。

◎元·鲜于枢

【简介】鲜于枢(1246—1302),字伯机,号困学民、寄直老人,祖籍渔阳(今天津市蓟州区),书法家、诗人,官太常寺典簿。著有《困学斋集》等。

石桥山留题

旁通日月上星辰,有路遥应接玉京。

仙弈未终人物换,秦鞭不到海波平。

当时混沌知谁凿,他日崆峒强自名。

枯树重荣事尤异,欲从樵者问长生。

[注释] 石桥山:即烂柯山。《太平御览》卷四十七引《郡国志》曰:"石室山,一名石桥山,一名空石山。"

◎明·徐渭

【简介】徐渭(1521—1593)，字文长，山阴(今浙江绍兴)人，曾为胡宗宪幕客，策划抗倭。他才华出众，诗文、戏曲、书画皆精通，晚年穷愁潦倒，被当时的统治阶级看作不可理解的狂人，著作有《徐文长三集》《四声猿》《南词叙录》等。

早发仙霞岭

披衣陟崇冈，日中下未已。

雄伟奠两都，喷薄走千里。

百折翠随人，一望寒生眦。

高卑互无穷，参差错难理。

蔓草结层冰，乔木秀县蘦。

昼餐就村肆，小结依崖址。

去壑知几重，刳竿引涧水。

回视高峡巅，鸟飞不得比。

◎明·余敷中

【简介】余敷中(生卒年不详)，字定阳，衢江区湖南镇破石村人，明万历四十六年(1618)举人，曾任东流知县，著有《太末先生集》《南园诗草》《北园诗草》《青溪诗集》《春秋麟宝》等。

天 井 山

扪萝历磴出层巅，双屐凭凌万仞悬。

自拟中天开法象，翻从下界见云烟。

齐州九点溟蒙里，越井千家咫尺前。

深夜不须悲寂寞，摘来星斗似珠联。

[注释] 天井山：今属湖南镇，破石村去十三公里。

◎清·朱彝尊

【简介】朱彝尊(1629—1709)，字锡鬯，号竹垞，秀水(今浙江嘉兴)人，清代著名文学家。康熙十八年(1679)举博学宏词科，授检讨，曾参加编修《明史》，博通经史，擅长诗词古文，诗与王士禛齐名，久负盛名于世，其作品好用僻典,有《经义考》《日下旧闻》《曝书亭集》等传世。

雨度仙霞岭

仙霞高不极,非岭一云平。

倚杖惊吾老,攀崖羡客行。

经心苍藓滑,照眼白花明。

回首枫林暮,先秋叶自鸣。

◎清·袁枚

【简介】袁枚(1716—1798),字子才,号简斋、随园,浙江钱塘(今杭州)人。乾隆进士,曾任江宁等地知县,辞官后侨居江宁小仓山(在今南京市清凉山东),筑"随园"以自适。著有《小仓山房集》《随园诗话》等。

过仙霞岭

乱竹扶人上,蒙茸但见烟。

千盘难度鸟,万岭欲藏天。

古树擎云健,重门铸铁坚。

分明两戒外,别自一山川。

◎清·徐崇熙

【简介】徐崇熙(生卒年不详),字敬候,衢州西安县人。雍正己酉年(1729)拔贡,雍正乙卯年(1735)顺天举人,乾隆丙辰年(1736)进士。官直隶正定、丰润知县,有廉声。为诗文,握管立就。著有《琴余闲咏》。

鸡鸣渡放舟至樟树潭

已近飞霜月,偏为鼓枻游。

惊澜驱乱石,孤鸟截中流。

渡晚鸡声寂,潭空树影秋。

安居输野老,人息向林邱。

［注释］鸡鸣渡:在地黄滩东,鸡鸣山下。樟树潭:在今樟潭街道。清嘉庆《西安县志》载:"距县东十五里,其深不测。长可十里,有巨樟蔽地百余亩。"境内有金仙岩村摩崖石刻、高塘村恐龙蛋化石出土。

第一章 乌溪江·诗词曲赋山水情

◎清·陈鹏年

【简介】陈鹏年(1662—1723),字北溪,又字沧州,湖南湘潭人。康熙三十年(1691)进士,累擢西安(今衢州市衢江区)、江宁、苏州知府,官至河道总督,兼漕运总督。多善政,以清廉著称,有陈青天之称。康熙三十五年(1696)知西安时,曾修衢州《西安县志》。著有《道荣堂文集》等。

中秋定阳溪放舟作

夜露即白团炯村,圆月激射浮水门。

此时扁舟正东去,双桨直破金波痕。

素光在水尊在手,空明灏气相交浑。

忆昨琐闱困环堵,玉虚隔绝如九阍。

今夕何夕秋江溃,布衣鸥没苍炯根。

渔父杂沓老瓦盆,有酒不醉参旗奔。

皎皎霜雪洗胸臆,皓皓水玉互吐吞。

知我者谁素娥耳,蛤蟆药兔何足论。

[注释]定阳溪:即乌溪江,北魏郦道元《水经注》有"穀水又东,定阳溪水注之,水上承信安县之苏姥布"之记载,又称东溪、东港、东迹溪。

◎清·郑光璐

【简介】郑光璐(生卒年不详),字绅玉,号兰坡。乾隆庚辰年(1760)岁贡,候选训导。敦厚严正,以道自重,而尤笃于伦理。嗜古学,穷渺讨幽,时出奇见。晚宗汉儒,尝辑《五经逸注》十余卷,未脱稿而卒。有《慎修堂稿》,采入《两浙辑轩续录》。

晚过定阳溪

断云片片逐归鸿,独立船头酒正中。

柔橹一声新月上,秋江无数蓼花红。

◎清·汪致高

【简介】汪致高(生卒年不详),字泰峰,号亦园。乾隆时人,考授州同。著有《亦园诗稿》,采入《两浙辑轩续录》。

定阳返棹

半肩行李懒囊书,小醉篷窗午睡余。

何事一声惊梦觉,钓船呼客买鲈鱼。

三五茅檐也是村,夕阳鸡犬隐篱根。

白沙渡口青青竹,林外人归半掩门。

远树微茫接暮烟,依稀渔火映江天。

谁家一笛梅花曲,风满清江月满船。

[注释]白沙渡口:在今乌溪江下游白沙村边,化用姚汝循《晚归田庐》诗:"犬吠初生月,人归半掩门。"

西庄漫赋

云锁峰腰竹锁村,竹云深处有柴门。

水边碓熟新春米,雨后沙平旧涨痕。

高柳蝉声喧夕照,隔溪渔火乱黄昏。

山家最是秋来好,一枕酣眠古树根。

◎清·朱筠

【简介】朱筠(1729—1781),字竹君,又字美叔,号笥河,祖籍萧山(今萧山城厢镇城南办事处黄家河村),侨居北京大兴县,故入籍顺天府。人称"竹君先生"。学者称"笥河先生"。清代文献学家、藏书家、学者。

二十里街

陆行略趁昼光晴,舣楫前头寒溜盈。

二十里街衢上水,三千士类粤余情。

故人衡宇车畴过,晏岁江湖酒自名。

岁晚霜严万里外,轻裘刚试北归人。

[注释]二十里街:今廿里镇,以其距衢州府城二十里、古有街市而得名。

项 家 桥

西安界过路逶迤,去去田畦尘不吹。

入项家桥圆镜裂,别江郎石大冠欹。

地平略喜安魂魄,天险长吁远别离。

前路又将扶櫂去,暮云此际马驱宜。

[注释]:项家桥:在今湖南镇境内。

◎清·郑文琅

【简介】郑文琅(生卒年不详),字玉良,号昆林。衢州西安人。近体道逸古风,或几于道,著有《率性吟》。

湖南八咏
叠 石

累丸势耸玉连环,仙子飞凫许往还。

应是青霞烂柯后,残枰收拾一林间。

燕 岩

不计春秋岁月抛,云台高处白云坳。
十洲三岛游仙到,或似人家燕借巢。

双 峰

擘分南北对高峰,倒映湖心水色浓。
开出天然真画本,梅花双管写寒冬。

双 溪

明镜澄空夹两溪,清光交映水东西。
潆洄合抱如襟带,不筑湖心十里堤。

将 军 岩

天上将军下果神,瓜期一代八千春。
笑他翁仲徒雕琢,还说秦时有力人。

纱 帽 尖

披衣玉女罢梳鬟,拥出仙官待例班。
冠冕尊严瞻气象,人人仰止向高山。

板 桥

人家两岸接炊烟,溪水回环树影圆。
忽忆板桥遗迹在,早霜曾踏五更天。

水 碓

桥畔岚光绿影浓,渔樵错杂伴山农。
夜来柳港喧声急,溪月溪云水自春。

连冈积雪

林表霁色明,冈头雪痕逼。
广寒清虚府,可望亦可即。
朗朗玉山行,岭梅访消息。

◎清·孔传曾

【简介】孔传曾(生卒年不详),字鲁人,号省斋。孔氏南宗后裔,孔毓芝子,衢州西安(今浙江衢州)人。贡生,候选直隶州州判。道光壬午年(1822)优贡。癸未,恩赐临雍观礼。教授闾里,奉母不出。咸丰八年(1858),罹难于太平军乱衢。入传《浙江忠义录》。著有《省斋诗抄》,采入《两浙辀轩续录》。

湖南八咏

叠 石

拜石何心学米颠,层峦叠嶂势空悬。

古来盘错多磨砺,压笋横斜借一卷。

燕 岩

岩悬疏处记仙游,可似齐云燕子楼?

多少诗人腰脚健,高登天外一昂头。

双 峰

何处飞来过浙东?一双文笔插凌空。

闲云两片自离合,也与西湖大略同。

双 溪

屋枕寒流碧映窗,倚阑闲坐看奔泷。

故人时有云笺赠,尺素迢迢鲤跃双。

将 军 石

胸襟磊落荡层云,石皱苔衣绿绣纹。

转战定当师百万,飞来天上下将军。

纱 帽 尖

舒卷云披絮帽檐,轩昂气宇壮虬髯。

艳他开到芙蓉顶,一朵仙花插碧尖。

板 桥

来往劳劳折柳忙,板桥一片不封霜。

东风满地飘晴絮,欲送行人到栝苍。

水 碓

水声灉灉转随轮,云碓回环泛麴尘。

月色捣残知白否?农家粒粒总艰辛。

◎清·叶如圭

【简介】叶如圭(生平不详)。诗人砥砺攻苦,博习经史,尤长骈俪。于诗中对仗驾轻就熟,如三、四句既贴切还有味,虽山人习以为常,一经道破,细品又颇有哲理。

游湖南诸山

朝阳笼晓色,缓步过村前。
山曲似无路,林深时有烟。
一筇依石瘦,半笠带云圆。
游兴渺何极,吟诗欲耸肩。

过山仙阐

叠嶂层峦四面阴,回身百步信惊心。
路随溪畔行常曲,山在云中望转深。
碎石纵横大如斗,稚松长短远成林。
前峰过处更幽绝,到此不闻流水音。

[注释] 山仙阐:亦称三仙峦、山前峦、爵豆山,在今岭洋乡境内。峦长十里,绝称险峻,有古银矿遗址。

◎清·余时霖

【简介】余时霖(生卒年不详),字景说,号沛然。衢州市衢江区破石村人。少好读书,蜚声庠序,终岁谈经不置,下笔千言,时人目为才子。乾隆间邑廪生。

湖钟牡丹台

灵萃湖钟淑气通,一枝先放状元红。
从知姚魏登高品,羞借胭脂点画工。
国色遥承仙掌露,天香深惹玉堂风。
根苗富贵多征兆,全赖名贤长养功。

[注释] 明永乐年间(1403—1424),破石村在湖钟附近余氏祖茔前建牡丹台,四周石栏环之,中植牡丹,相传有一种称金带围,不易开花,开则村中必有及第者。该花前后共开18次,恰合登第之数。牡丹台与笔架山、砚瓦池、双蝶峰并称破石四景。

◎清·余时泰

【简介】余时泰(生卒年不详),字鲁山,号当园。余本忱子,博学能文,绰有父风。

题牡丹台

瑞采郁葱笼,烟霞护万重。

红酣风欲活,碧软露偏浓。

富贵根基茂,山川秀气钟。

可知台阁贵,姚魏卜崇封。

◎清·余思猷

【简介】余思猷(生卒年不详),字慎修,一字遇昌,号兰亭。衢州西安人。性敦孝友,业在诗书,凡有善举,率皆倡,捐不惜费,并不惜劳。乾嘉间增贡生。年逾七旬犹时与诸孙辈谈经不倦。

牡丹台同诸叔及弟辈作

山川毓秀发奇葩,认取琼林表世家。

蓬岛有香皆富贵,春台无种不繁华。

腰围若许分金带,杯酒端应醉紫霞。

艳羡洛阳多锦绣,唐宫羯鼓动三挝。

◎清·余思铨

【简介】生平不详。

叠 石

此石何年叠,甚于累卵危。

飞仙如可作,移下赌围棋。

◎清·余思安

【简介】生平不详。

双 蝶 峰

徘徊湖上祖荃崇,个里伊谁溯化工。

图画天然春水绿,诗情妙处夕阳红。

插云两两高飞似,映月双双巧舞同。

卜凤岂是吾宗定,须知旧德累多功。

◎清·余凤喈

【简介】余凤喈(生卒年不详),字伯吹,号梧冈,衢江区湖南镇破石村人。翰林院庶吉士,选习清书,充武英殿纂修官,改户部主事,擢户部员外郎。著有《梧冈滕草》,诗被采入《两浙辎轩续录》。

题牡丹台

春梦醒花房,春风转画廊。

浓姿初映日,秀色不禁霜。

一桁莺帘碧,双飞蝶路长。

沉吟玉溪作,花片断人肠。

[注释]玉溪作:李商隐号玉溪生,有《牡丹》诗,借咏牡丹抒发诗人对意中人的爱慕、相思之情。

牡 丹 台

绰约仙姿胜洛阳,高台云涌独流芳。

艳含湖水三春阔,秀吐钟山一脉长。

异质原分琼岛种,繁英常对紫微郎。

由来祖德馨香在,好与人间集颂扬。

[注释]牡丹台:在乌溪江破石村笔架山旁。

◎清·杨光祖

【简介】杨光祖(生卒年不详),字觐文。衢州西安人。康熙甲午年(1714)副贡,康熙丁酉年(1717)举人。生有至性,幼读史,至忠孝大节,辄起敬三复。《四书合讲》纂辑者詹文焕、翁复尝师事之。

题余氏牡丹台

钟灵自古称川岳,神异先征富贵花。

一本幻成姚魏色,多人知是甲科芽。

鱣鱼堂集三公像,鸂鶒滩飞宰相沙。

信是物情原有验,何疑山地产仙葩。

◎清·余本敦

【简介】余本敦(生卒年不详),字上民,号立亭,亦作立庭,一号郎山。衢江区湖南镇破石村人,嘉庆四年(1799)进士,内阁侍读学士。著有《礼记直解》《周官说节》《观史摘编》《图书纂要》《郎山诗集》等。著名的黄鹤楼楹联"此地饶千秋风月,偶来作半日神仙",即其所作。

印　山

澄湖自南来,潋滟向西注。

有山当其冲,屹立如砥柱。

面面环沧波,歠欲烟与雾。

巍然高以方,乃如印在御。

石气何青苍,玲珑嵌抱固。

上无杂草木,丛桂滴风露。

登穴望嵚岖,拱峙作门户。

固当毓英豪,方严绝比附。

我闻形家言,往往多谬误。

人皇定九州,鞶笏问何处。

今来对清秋,指点斜阳渡。

窃叹造物奇,信有云霞护。

［注释］印山:指笔架山,破石四景之一,孤峰屹立于乌溪江畔上游,海拔150米,山体中间高两边低,山上林木葱郁,因形似笔架而得名。

◎清·叶枝扶

【简介】叶枝扶(生卒年不详),字匡林,号景崇,衢州西安人,康熙丁酉年(1717)举人。官直隶遵化州州同,多惠政。

湘思唐孝子墓

唐代琴城在,斜阳满一窠。

乌啼寻旧树,凤食想嘉禾。

毛檄生前痛,倪经隐后多。

寒山风猎猎,应不损蒿莪。

［注释］湘思:湖南镇岩家山湘思自然村。孝子墓:墓在湘思村乌溪江右岸。孝子:即指唐代衢州郑崇义。《两浙明贤录》:"崇义为郡学士,

读书署中,忽心痛,曰:'得无母有故乎?'奔归,母果病。比卒,结庐躬耕墓田,以供时荐,终身不仕。"

◎清·余汝儒

【简介】生平不详。

砚 池

双池为砚色不同,一墨还兼有一红。

如有微凹多聚墨,浓占文笔插云峰。

◎清·余明远

【简介】余明远(生卒年不详),衢江区湖南镇破石村人。生平事略不详。

牡 丹 台

秀气融成结此胎,却从琼岛自飞来。

世间漫道无奇种,独散芳香陇上开。

◎清·余思仑

【简介】余思仑(生卒年不详),衢江区湖南镇破石村人。生平事略不详。

双 蝶 峰

徘徊湖上祖茔崇,个里伊谁溯化工。

图画天然春水绿,诗情妙处夕阳红。

插云两两高飞似,映月双双巧舞同。

卜凤岂是吾宗定,须知旧德累多功。

◎清·余思贤

【简介】余思贤(生卒年不详),字二可,号圣友,余时泰子。衢州乌溪江人。少聪慧,祖父爱之。受业朗山先生门,及长,恂恂儒雅,嘉庆间郡增生。终生尊遗训,课读外不预非己事。

印 山

石印累累瑞气浮,一卷兀若砥中流。

虽然完璞无雕琢,宜锡嘉名忠孝侯。

◎清·余思贞

【简介】余思贞(生卒年不详),字正民,号竹筠,余思贤弟。嘉庆间诸生。

双 蝶 峰

奇峰两朵从天下,相对青青郁不开。

缥缈白云风散处,一齐化作蝶飞来。

◎清·余金鉴

【简介】余金鉴(生卒年不详),原名思乐,字颂僖,后更名金鉴,号月波。衢州西安人。少有才名,文情藻丽,得于父训者多。嘉庆年间郡廪生。

双 蝶 峰

峭拔青峰对岸开,白云片片自飞来。

联翩散得天香后,应兆探花使者回。

印 山

碧岫烟云绕锦章,玉纹金缕练风霜。

夜来月照湖光澈,印满菱花字一方。

砚 池

秀色天成两砚池,为朱为墨别于斯。

湖山面面云烟起,却忆挥毫落纸时。

◎清·郑受书

【简介】郑受书(生卒年不详),衢州西安人。生平事略不详。

飞泉漱石

树杪飞来百道泉,云根石罅雪痕穿。

胡麻饭屑随流水,疑有天台采药仙。

[注释]柘川:即柘木村,后被淹没。《衢西柘川程氏宗谱》程凤冈撰《柘川记》:"郡南百二十里,有柘川焉。其名不知所由始。或曰:土宜桑柘,因以为名。"

瀑布垂虹

飞云飞雪复飞虹,倒泻天河碧落空。

雌霓雄霓双影白,不因晴雨隔西东。

松涛泛月

松风有影偏宜月,松月无声却引风。

听到月斜风谡谡,山中宰相乐山中。

◎清·郑沅

【简介】郑沅(生卒年不详),原名重,字千里,又字二泉。郑文琅子,咸丰年间岁贡生。

春涨浮洲

小小金焦水面浮,有时春服满汀洲。

雪消新涨飞三峡,雨落残花梦一鸥。

东港风飞西港劈,上滩云逐下滩流。

主人爱写兰亭帖,觞咏年年好客留。

湖南八咏

叠 石

奇弄翻疑造物颠,三成更叠四成悬。

讲经夺席凌云客,偶向山阿咏有卷。

燕 岩

料得神仙到处游,洞门云锁石为楼。

春来秋去浑无定,飞燕巢空不掉头。

双 峰

屹然两界划西东,势欲凌云直破空。

笔蘸银河天尺五,高超不与众山同。

双 溪

天光云影满山窗,滚雪飞花下急泷。

有客缘溪时弄月,夜明可许掬珠双。

将 军 岩

列宿登台画入云,空山独裹锦苔纹。
甲兵数万肝肠古,草木风声张一军。

纱 帽 尖

几树花开插帽檐,山中宰相笑掀髯。
闲眠更有芙蓉帐,脱去町畦露顶尖。

板 桥

乍来乍去水声忙,人迹何曾印晓霜。
比似湖心亭上望,空濛低浸四山苍。

水 碓

滩生日夜向风轮,烟埘云春万斛尘。
更胜月中仙子杵,捣残云兔桂余辛。

回阁秋风

一丘一壑一天秋,何如临风人倚楼。
远眺眼中沧海小,高登足下白云浮。
欲怀题柱香如客,可学乘槎博望侯。
几缕软烟红树里,重峦叠崖画图收。

天马奔云

飞行远势绝尘奔,峰自飞来鹫岭蹲。
凡马欲教空万古,小山恰好对孤村。
从知佛国通西极,可许云程达北阍。
崧岳降生原倜傥,有人清气得乾坤。

山禽杂树

图中著我醉翁亭,携酒携柑客共听。
各自呼名山鸟狎,相关乐意水禽停。
落花茵坐香留久,倚树琴眼梦欲醒。
牧笛樵歌归晚照,泉声一路玉玲珑。

◎清·程凤冈

【简介】程凤冈（生卒年不详），字梧嵅，号歧园。道光庚子年（1840）恩科副榜。家住城南百里外柘木村（在今岭洋乡境内）。

南山别墅

南山僻处结茅斋，不受尘侵亦自佳。

小港风回萦荇带，疏林雨过堕松钗。

晚邀樵牧来闲话，静对琴书契素怀。

若使柳州作游记，尽消竹杖与芒鞋。

草 鞋 岭

我家茅庐三两间，日日开门见青山。

登高未许夸捷足，待与白云相往还。

草鞋之岭高崔嵬，百级千级空中开。

此生能着几两屐，偏使劳劳跋涉来。

[注释]今岭洋乡境内有草鞋山。

◎清·陈一夔

【简介】陈一夔（生卒年不详），字赏侯，号二石。衢州西安人。邑人郑烺说他"弱冠游庠，食饩。天姿豪迈，读书肆力于古。善骑射，工击剑。自谓纡青拖紫如拾芥耳。乃屡困矮屋。天厚其才而薄其命。于是徜徉山水，寄托琴樽。其磊落抑塞之奇气、浩荡凌铄之奇才，发而为诗"。乾隆间廪生。著有《二石诗稿》。

严剥道中

一

鸟道几百折，幽寻未觉劳。

草香粘屐齿，岚翠湿征袍。

箐密鸟声怪，村孤酒价高。

耳根无俗韵，滩响挟松涛。

二

岭断疑无路,溪回又一村。

有峰皆瀑布,何水不云根。

地僻衣冠古,山深巫觋尊。

今朝喜晴霁,返照在柴门。

[注释] 严剥:在今岭洋乡洋口村境内,清代曾设严剥司巡检署。"箐密鸟声怪,村孤酒价高。"非亲至不能到。"岭断疑无路,溪回又一村"可媲美陆游的"山重水复疑无路,柳暗花明又一村"。

◎清·朱有祥

【简介】朱有祥(生卒年不详),据《举贤缪氏宗谱》载,其为嘉庆年间人,生平事略不详。

举溪即景

两岸烟村隔小溪,故人家在板桥西。

门前牧竖驱黄犊,竹里邻家唱晓鸡。

曲涧分泉青鸟过,乱山横影碧云齐。

沿堤一带诗中画,尚有群鸦绕树啼。

[注释] 举溪,即举村乡举村源。

◎清·邱茂荣

【简介】邱茂荣(生卒年不详),字仰山,号望泰,清光绪丁未年(1907)从浙江省监狱完全科毕业回乡,参与柴家邱祠纂谱时作诗三首(录于《平西半桥邱氏族谱》)。

洋 溪 谣

洋溪源,三样宝,

爬山越岭当棉袄。

过溪过水当洗澡,

番薯干,当乌枣。

近现代诗词选

◎民国·方光焘

【简介】方光焘（1898—1964），原名曙先，浙江衢州人。著名语言学家、作家、文艺理论家、文学翻译家。曾赴日本留学，毕业后回国任教。1929年由浙江省教育厅派至法国里昂大学攻读语言学。1931年回国参加抗日活动。曾任上海大学、安徽大学、复旦大学、暨南大学、中山大学、中央大学教授。1949年后，任南京大学中文系主任、教授。

日寇窜犯衢州避难鱼山感怀

恼人风雨罩春天，寒透重裘梦未圆。

蝶冻蜂僵阴雨涩，最迟花事是今年。

［注释］鱼山：今岭洋乡鱼山村。

◎民国·郑永禧

【简介】郑永禧（1866—1931），字渭川，浙江衢州人，光绪年间举人，著有《衢县志》《竹隐庐随笔》等。

缘溪踏春因至黄坛

一树花残一树新，今朝犹幸未深春。

迟迟红日懒如我，面面青山回向人。

十里鸠鹍浑莫辨，几家鸡犬自为邻。

此间别有桃源在，拟待呼船借问津。

［注释］黄坛：即今黄坛口村。

宿黄坛口

乱泉危石怒难平,枕上虚惊风雨声。

一夜挑灯三起坐,为伊醒眼到天明。

四山围作白云窝,上下声闻鸟语多。

才说不如归去好,又行不得劝哥哥。

抱儿峰

我闻天姥峰,削壁灿烂青芙蓉。

又闻云母石,肤寸一起泽下尺。

耸然此石何其来,非姥非母儿在怀。

想因造化混元后,天泄异精结胚胎。

一朝风雨势离合,与娘分形而折骸。

形骸本归一气耳,气孕阴阳无二理。

大抵人生天地间,聚散离合阴阳起。

不见此石当道横,奇峰兀立云英英。

百川作脉山为骨,子母相连一气生。

娘兮娘兮壮煦煦,怀中濡濡石钟乳。

挂肚牵肠只为儿,燠寒不避风和雨。

儿兮儿兮劳依依,日在娘怀未忍远。

干霄讵乏高飞志,只将寸草答春晖。

能悟此理盖已寒,尝告天下为儿者。

纵令娘是石心肠,也知抱儿不相舍。

[注释] 抱儿峰:位于烂柯山南,临溪石壁矗立,中有一石峰,面向响谷,如母亲开怀哺乳状,名抱儿石。石色纯白,苔藓不生,形酷似之。背后又若寿星。故近村小孩多以石父石母呼之。

◎民国·余绍宋

【简介】余绍宋(1882—1949),号越园,别署寒柯,浙江龙游人。近代著名学者、书画家。曾主编《东南日报》副刊《金石书画》半月刊。著有《寒柯堂集》等。

观抱儿峰铭诗其下

抱儿峰,抱儿不舍留慈容。羡儿常在母抱中,满身风露兮,苔藓不封。谁伴寂寥兮,四围苍松。巉岩壁立兮,攀跻无从。江水滔滔兮日下,抱而不舍兮,曾无日夜。

[注释]诗人自述:"峰在衢县南乡黄坛口溪边,高数仞,立岩上,状如母亲开怀哺乳。色纯白,苔藓不生,因有是名。"

◎民国·徐瑞徵

【简介】徐瑞徵(1880—1937),又名心庵,字兰荪,衢州烂柯山下石室村人,旧时城东止马湾"大夫第"是其宅第。自少随父宦游,曾任云南督府秘书等职。擅长书画、篆刻,尤工设色花鸟,是余绍宋创办的北京"宣南画社"、杭州"东皋雅集"的主要成员。抗日战争爆发时避归衢州,困苦无奈,因酒致疾而卒。余绍宋为其撰悼诗多首,并辑成《余庐所存心庵篆刻》两册。其另有《心庵印集》传世。

湖滨独步

凉意添秋眼,疏林露远山。

人归黄叶里,鸟出乱云间。

风定波如镜,天高云一弯。

一年湖上景,难得此幽闲。

◎余贤俊

【简介】余贤俊(1902—1950),衢江区湖南镇破石村人。先后毕业于上海大学、黄埔军校。曾担任《党军日报》《党军丛书》《大江通讯》《安徽民国日报》《安徽半月刊》《衢县国民日报》《新风日报》等报刊主编或对应报社社长等职。曾创办破石乡中心学校,并自任校长。余贤俊115周年诞辰之时,中共浙江省委原副书记梁平波先生曾亲题"桃李芬芳"以示褒奖。

为雪红先生送别诗

文星方喜耀湖钟,笔架砚田笑靥逢。

桃李满园枝上绿,雪红已是状元红。

[注释]王雪红:原破石乡中心学校教师,曾以全县第一的优异成绩考取国立暨南大学,欣喜之余,诗人以诗相赠别。

◎何建章

【简介】何建章(1889—1955),字育姜,原名其昌。衢江区岭洋乡柴家村人。民国时曾在浙江省公立法政专门学校任教,门生遍布省内各级法院与行政部门。抗战胜利后,在国立英士大学法学院任职。这位刑法学专家是该校当时为数不多的"部聘教授"。何建章不仅是严谨的法律学家,更是一个感情丰富的诗人。1937年冬,《衢州日报》刊载其次子何英鹍的两首感时诗,该报总编辑邱剑庐在按语中就提及"吾邑南乡何建章先生,蜚声法界,诗亦清奇"。可见他在当时浙西诗坛上,享有一定的声誉。他生前写了很多诗,可惜,由于种种原因,散失殆尽。现在收集到的几首,是由亲友们凭记忆背诵出来的。

题廿六坞围山饭庄

云峰峻岭路羊肠,越涧穿林到此乡。

眼底方疑无去途,溪旁何幸有山庄。

入门共喜几窗净,扑鼻频闻笋肴香。

寄语行人且驻足,再寻客店道茫茫。

哭典甥十绝(十选四)

少小伶仃舅最亲,连年伴我作征人。

钱江风浪桐江月,几度同舟过富春。

记否杭城风雪中? 联桥桥畔度残冬。

共看烽火连天起,一片乡心五夜同。

青春作伴我还乡,陶令归来喜欲狂。

山径盘桓松下憩,同游更约上江郎。

二十年前此室中,素衣白帽哭尊翁。

不堪旧地重来日,又哭当年竹马童。

国难天灾何日了

1942 年日寇窜犯衢县、江山后,农村疫病流行,尤以疟疾流行最广。当时缺医少药,农民不懂科学,求助于迷信,或出门藏匿,名曰躲"半工鬼",或请老太婆祈祷"保寿"。有感于此,他写诗道:

劫火未平降疫魔,穷乡何处觅华佗?

出门尽避"半工鬼","保寿"单求十太婆。

嫠妇荒山哀新冢,财亨内地筑金窝。

国难天灾何日了?感时我亦泪滂沱。

思儿梦寐带啼痕

1944 年的一个午夜,柴家村一妇人梦见三年前被抓丁去当兵上前线的儿子回家了,在呼唤自己。结果醒来发现是一场梦。她疑心儿子已死,是其鬼魂回家找母,次日在门口恸哭不止。何先生闻说,感慨万分,回家写诗道:

茅屋霜寒被不温,思儿梦寐带啼痕。

多年未得军中信,半夜恍来月下魂。

仿佛声音犹往昔,分明脚步进房门。

披衣急起儿何在?惟见青灯明复昏。

贺三松表叔六十寿辰

何建章先生常对子女说:"我足迹遍及神州南北,阅人多矣!但我最尊敬的还是淳朴的山区农民。"住在邻近山村龙泉坑的一个老农邱三松,全家勤劳耕作,淳厚朴实,他深为赞赏。先生不喜为权贵写应酬诗,但当邱三松六十大寿时,他却特地赠诗祝贺。

羡煞华鬟叟,椿萱共健存。

云根拓乐土,峦际振山村。

勤德传儿辈,丰收泽幼孙。

白头兄尚在,闲与看鸡啄。

今日是何日？堂张六十筵。

泉香酿酒冽，笋苗佐餐鲜。

绕屋松篁郁，傍篱兰芷妍。

一门春意满，鸡犬亦神仙。

缘何"格等""滴侬精"

何建章先生，经常将方言俚语写入诗中，如讥讽家乡某狐假虎威的警察，就颇为辛辣诙谐，其中"格等"是"多么，这样"的意思，"滴侬精"则为令人厌恶的意思，都是乌溪江方言。

抓丁索赋赛凶神，强操北音恫里人。

底事黄衣乍披上，缘何"格等""滴侬精"！

◎何英豹

【简介】何英豹（1927—2016），又名何若萍，笔名何因，何建章之子。1945 年考入国立英士大学，获学士学位。1950 年赴开化县立初级中学任教，兼事务主任。1952 年调江山中学，兼史地教研组长、江山县历史教研大组长。1986 年撰写《运用乡土史教材进行思想教育的一些做法》发表于《教学月刊》，获省中小学优秀历史教学论文三等奖，也是当时衢州市唯一获奖论文。1987 年退休后从事教学、修志工作，被聘为中学教师职称评审委员会成员兼史地学科评审组组长，并为《江山市志》《江山教育志》《江山城关镇志》《江山多胜迹》《衢州市志·人物编》《浙江古今人物大辞典》等顾问、编辑，著有《仙霞史话》等，曾任江山市诗词学会副会长、衢州市诗词学会首届理事兼副秘书长等。

临江仙·乌鸦

雁行掠尽西风紧，长空漠漠云收。斜阳惨澹野烟浮。寒鸦三四点，飞过乱山头。烽火连天今又起，彷徨欲去还休。天涯何处是神州？瞑瞑暮色起，极目使人愁！

西江月·衢州黄坛口工地所见

昔日险滩乱石,今朝拱坝高耸。钻机轰响凿山通,铁臂凌空起重。

入夜人声犹噪,电炬绵亘如虹。何人鬼斧夺天工?群众辛勤劳动。

满江红·杭州赠英濂堂弟

城站灯辉,谁唤我,一声亲切?能几度,故园聚首,杭州作客?龙井漫游山径幽,塔巅远眺江天阔。忆湖滨、夜夜踏归程,万籁寂。

六桥下,粼波碧。白堤路,垂丝密。叹行箧难装,湖光山色。归旅莫谈离别愁,秋风将送鹏程翼。愿他乡、建设献真才,创伟业。

[注释]英濂堂弟 1962 年毕业于同济大学建系,分配到成都西南建筑设计院工作。1985—1986 年先后到非洲佛得角、加蓬等国援建议会厅堂与总统行官,获得好评。1989 年在西南建筑设计院海南、珠海两分院任总建筑师,获奖 10 多项。

赞衢州乌溪江引水工程

热汗浇苏脚下泥,改天换地汇雄师。

铁肩挑走荒旱岁,赤胆开通幸福渠。

跨岗渡槽横彩霓,穿山隧道引清溪。

灌区稻菽翻新浪,预告金秋捷报飞。

临江仙·缅怀柴汝梅先师

钓月耕云乐盛世,寒梅晚节香浓。挥毫潇洒抒心胸,诗情东思瀑,肝胆象丘枫。绛帐雨潭傍古渡,弦歌长漾春风。烟波难淹旧音容。故园常入梦,峭壁仰苍松。

[注释]柴汝梅(1912—1995)是本村长辈,字石松,号定川。早年从事教育工作,曾经历坎坷。晚年居家挥毫吟咏,被誉为衢州"农民书法家"。

喜收廖元中吟长寄赠照片

银髯鹤发笑颜开,喜迓嘉宾敬老来。

学运昔曾播火种,雪鸿今未没蒿莱。

新风浩荡吹深谷,古柏峥嵘蠹碧苔。

十月金秋多韵事,寿星晚景灿斜晖。

[**注释**]廖元中在衢县从事教育工作 30 多年,退休后主编《衢县志》之外,又先后主编《衢县乌溪江库区志》和《乌溪江人》等地方志书,并被推为衢州市诗词学会常务副会长。

金缕曲 · 寄赠建德柴廷芳乡兄

秉铎雨潭渡。颂神州、天回地变,才华崭露。宛转二胡秧歌曲,奏得鱼山翩舞。怀壮志、扬帆起步。建设宏图催健笔,献真知、谁料严霜妒?几曾叹,文章误!

明珠岂久蒙尘土?趁春潮、凌云搏击,雄风重鼓。情系佳醪开发史,谱写传奇新著。教名酒、香飘今古。琴剑长抚诗兴足,咏不完、千岛三江赋。绮霞映,常青树。

[**注释**]柴廷芳,20 世纪 80 年代深研建德严东关五茄皮酒的开发史料,写成传奇小说《玉露情缘》一书。

附关器词一首:

沁园春 · 读柴廷芳《退休感怀》

捧读感怀,润透心肠,字句铿锵。莫斤斤往事,面向前方。历史训教,岂止柴郎?家国昌柴,九州兴旺,老骥奋蹄纵马细。抬头望,正阳光灿烂,提笔为枪。

纵观今古高强,任白首、雄心志如钢。看廉颇斗米,汉升健壮,放翁泼墨,郭令兴唐。巨匠名家,风流人物,拨乱反正绘新章。学英烈,路遥识骏马,无限沧桑。

贺廖元中吟长七十大寿

出谷山泉一脉清,灌浇桃李化甘霖。
蒙冤勤钻医民术,拨雾放歌爱国吟。
情系乌溪编库志,花生彩笔灿鸡神。
古稀更喜高堂健,遐迩赞诗祝大椿。

沁园春 · 颂母校衢州一中建校百周年

母校沧桑,神州命运,同步浮沉。念府山黉舍,崇阶芳树;石梁祠庙,黄卷青灯。抗敌救亡,求知兴国,谱入弦歌燃炽情。迎朝日,有青年烈士,血洒黎明。

辉煌百岁良辰,值华夏腾飞喜报纷。看园丁桃李,竞收硕果;农工科贸,选出精英。励学敦行,因材施教,讲求素质育完人。蓝图展,赞衢江又崛,学府新城!

◎何英鹍

【简介】何英鹍(1920—1970),字若竹,何建章次子。1937年毕业于无锡国学专修学校。抗战前,在家乡任小学教师。1943年起先后在上海、浙江的多所中学任文史教师。1949年5月衢州解放,他加入衢州专署工作队下乡宣传,后在浙江省立衢州中学等学校任教。1951年任江山县立中学教导主任。1952年任江山县立中学校长。1970年病故。

击毁日机后记

飞旋几度扑灯台,烂额焦头亦可哀。

贼胆趋炎身试火,咎由自取化成灰。

虞美人·庆祝抗战胜利

静岩不静人声沸,结彩张灯美。万人空巷庆良辰,喜看东瀛屈膝降膏旌。

师生结队柯城绕,豪迈歌声啸。归来明月照长空,料得嫦娥也自舞东风。

[**注释**]诗人的这两首诗录自柴廷芳《君当如竹·怀念何英鹍老师》。击毁日机:抗战期间高炮部队在西南上空击落日机,日寇机毁人亡。静岩:抗战时期,学校为避免日寇侵害,搬迁到石梁山区静岩继续上课。

◎何石梁

【简介】何石梁(1940—2017),农民诗人。浙江省衢州市衢江区岭洋乡鱼山村人。2004年迁至衢江区云溪乡希望新村。一生勤奋好学,又能经常从艰苦环境中寻找快乐,例如:投身耕稼,从中能领略田园情趣;把玩弓弦,饭余可拉奏小曲山歌。曾经当过 3 年民办学校代课老师。也曾受聘于原衢县文化局 4 年多,负责编纂《衢县文化志》和《衢县民间文学三集成》。相关志书的编纂工作获相关部门荣誉奖证。之后,又参与编纂《衢州市志》,为"社会科学"一章主笔。1993 年被岭头乡政府聘用,担任文书工作。平生热爱诗词文化,钟情平仄,所创作品除常见本地报刊外,还收编于《中华诗词佳作选》《当代田园诗选》《中国山水诗书画大典》《大中华千家诗》和《首届中国百诗百联大赛作品集》等诗集。曾任衢州市诗词学会理事等。著有《草鞋岭樵歌》。

衢市村村通公路

拓宽压实水泥浇,路网织成千百条。
货的中巴频往返,毛猪柑橘好推销。
运输有赖汽车载,卖力毋须扁担挑。
任是深山更深处,进城也是坐公交。

谢县文化局长梅谷民君

值此升平歌舞时,惜才局长重文辞。
暂停稼穑田三亩,愧受编修笔一支。
泼墨君承摩诘韵,翻书我爱浩然诗。
此身今似过河卒,拼命向前无别思。

冬日闲居

霜轻云淡一冬晴,峡谷潺湲涧水清。
乍见陌头枯草乱,不闻树杪暮鸦鸣。
数弓老调惹人笑,几首歪诗抒己情。
每日黄昏功课罢,闲眠一枕到天明。

秋末偶成

秋高气爽白云多,处处欣歌好晚禾。
补好箩筐修竹簟,割完稻子掰苞萝。
只因五月施新政,不再千家吃大锅。
责任到人宜奋发,从今切莫叹蹉跎。

春晴感怀

一夕晴开意豁然,环村乍见翠如烟。
眼前虽是污泥路,头上已非阴雨天。
播下青秧刚出水,牵来黄犊即犁田。
春风拂拂精神爽,不信吾无丰裕年。

秋日山乡见闻

稻香又报一年秋,今日农家多自由。
嫂妇卖姜墟市上,村童打栗树梢头。
衣装趋向时新改,生计不唯田亩求。
更有能人先发富,拆除旧屋盖高楼。

青春力稼

家住仙霞岭下村,人凭田亩赖依存。
牵牛挑粪初投足,锄黍耘禾渐入门。
粗手厚蒙磨砺茧,布衫深渍汗斑痕。
风中雨里常来去,蓑笠随身逐晓昏。

壮岁清歌

维持生计不轻松,壮岁光阴益显穷。
弱女常申衣着缺,荆妻频告米坛空。
采薇常遇风兼雨,济困多蒙嫂与兄。
历尽艰难闻改革,一家始庆稻粱丰。

咏希望新村

拌料垒砖声闹腾,移民建屋逐年增。
门前浇筑水泥路,室内安装华彩灯。
饮用全凭自来水,淋身尚有太阳能。
栽青植绿招莺燕,燕舞莺歌春色恒。

七旬生日漫笔（二首）

一

恁个穷愁落魄人,居然活到古稀辰。
扪胸愧对蹉跎月,抬眼欣看妩媚春。
且放烟花遮苦涩,暂凭杯酒长精神。
成家儿女来相祝,新袄新鞋暖老身。

二

居家立业概无功,竖子须臾成老翁。
早岁光阴旁债过,晚年柴米靠儿供。
肩头已把锄头卸,脑汁还同墨汁融。
行近嵫嶭心踏实,余程不必问穷通。

新年放歌

近岁京华恩典深,关怀百姓布甘霖。
前年齐免耒田税,今日均贻养老金。
大写和谐兴社稷,广施仁爱暖民心。
衰迟赶上升平世,常把山歌信口吟。

赞颂东干渠

蓝图起处众心齐,两载开成东干渠。
借得仙霞一泓水,流流淌淌到兰溪。

樵 歌

村前东峙一高峰,小径乱生荆棘丛。
往返伐樵山道熟,肩挑重担亦从容。

吃苦叶菜

野蕨烹来苦带香,一家大小共争尝。

须知今日时鲜菜,曾是当年活命粮。

[注释]此诗在 2011 年被诗人拿去参加"首届中国百诗百联大赛",获优秀奖,入编《首届中国百诗百联大赛作品集》。

燕　归

僻地深居未计贫,春风一动长精神。

梁间双燕呢喃语,莫是殷勤问故人。

还家双抢

今日重来种野田,纵横疏密似当年。

只因肌骨不如昔,未到黄昏便叫天。

题梅公赏梅照

岁末春头天气寒,闲情无处觅奇观。

阳台一钵梅初放,引得斯人仔细看。

重阳后街头见

露后霜前九月天,秋声瑟瑟透窗轩。

文人常此悲凋叶,农妇街头卖橘鲜。

题《破钵栽兰图》

入根破钵命殊同,装饰雅居愿落空。

莫与梅香争道理,公平一向仗东风。

附梅谷民和诗一首:

身世虽然不尽同,三年明月共清风。

与君修得书三卷,应记樵翁第一功。

康庄公路进深山

浇筑水泥砌护栏,康庄公路进深山。

农家外出打工仔,年来飞驰摩托还。

鹧鸪天·备耕

又到备耕忙碌天,春寒不减雨绵绵。披蓑戴笠出工去,赚个圆圆轱辘圈。

锄杂草、铲塍边,你挑栏粪我耕田。犁头比得犁心正,轭上牛肩加一鞭。

[注释]圆圆轱辘圈即"○",生产队记工标志,即一工。

浪淘沙·农家苦乐

四季事农田,晴雨无闲。丰衣足食是何年?柴米油盐头等事,难以周全。

作息陌头边,吸袋黄烟。无拘无束瞎聊天。笑语驱忘劳累苦,爽性陶然。

西江月·为余振华守山写照

四季孤身有责,一间茅屋无楼。为防竹木被人偷,日夜溪东看守。

山上花明似锦,田边草碧如油。采薇归后捉泥鳅,月下琴声隐透。

踏莎行·梅溪新气象

流水一湾,群山环抱,梅溪涧内风光好。新添农舍绿荫遮,新修公路沿山绕。

坡上栽茶,田中插稻,东畴南陌人欢笑。一从田亩搞承包,农家无复愁温饱。

◎廖元中

【简介】廖元中(1931—2014),衢州市衢江区岭洋乡赖家村人。主编或参与编辑多部志书。在各级报刊发表文章一百余篇、诗词二百余首。其中,《六十年前的玉带案》《衢县禁烟禁毒始末》收入《中国大案纪实》《中国禁毒纪实》(河北人民出版社1998年版)。曾为浙江方志学会会员、中华诗词学会会员、衢州市诗词学会常务副会长、《浙西诗词》副主编、《浙江古今人物大辞典》编委。著有《廖元中诗词选》。

乌溪江四季风光（四首）

春初放棹

放棹乌溪水一湾，桃开尚觉料峭寒。

春风信已传树梢，嫩绿冠丛秀禁山。

夏晨渔乐

扁舟晃荡啭渔歌，云影天光映翠禾。

鲤鲫湖中争馅饵，岸边红掌拨清波。

秋江泛舟

秀水明山处处幽，疏林红叶一江秋。

重峦叠翠云天碧，水鸟纷飞伴客游。

冬雪渡头

霏霏雨雪白茫茫，船在云间雾里航。

扑面朔风非凛冽，楼前尚有橘柚黄。

乌溪江大坝远眺

仙霞余脉郁葱茏，叠嶂层峦气势雄。

碧水潆洄苍岭底，群峰隐约晚霞中。

乌溪一坝蛟龙锁，盆地三衢稻稷称。

更喜银丝牵万户，明珠璀璨映长空。

调寄满庭芳·重游乌溪江坑口

雨过天晴，云开日出，青山历历争妍。一泓湖水，荡漾映蓝天。三十年前坑口，转瞬间，沧海桑田。横坡上，煤车轧轧，日夜似流川。

亭旁，西渡口，人声鼎沸，竞上机船。找旧时桥影，踪迹茫然。回首松林深处，新村落，屋舍俨然。东风拂，乌溪两岸，处处百花园！

乌溪江畔（四首）

茶 韵

笔架山前景色佳，湖钟潭面燕儿钭。

娇声细语茶丛醉，背篓垂肩映晚霞。

溪 村

青青梅子枝头挂,地角榴花火样红。

两岸林深花隐约,蝉歌莺语意朦胧。

泛 舟

疏林红叶彩云翔,阵阵西风送晚凉。

一叶轻舟随意泛,黄花遍野伴诗香。

小 酌

铺天盖地白茫茫,万里河山尽玉装。

屋角红梅开一朵,泥炉新酿醉诗狂。

乌溪江电站大坝工地即景

萋萋芳草碧如油,江上风帆逐浪浮。

一片秧苗出土绿,数声汽笛隔山悠。

坝高要挡乌溪水,车大能装砂石洲。

牛女若怜银汉寂,何妨乘兴下凡游。

鹧鸪天·咏乌引工程

千里仙霞汇百川,烂柯山下聚龙涎。江南一曲红旗渠,奏出衢龙不旱天。

逢盛世,出新贤,万年红壤换新颜。乌渠引得春多少,绿满黄丘翠满田。

西江月·乌溪江库区村村通公路

千古山区流急,无能架设桥梁。过河洗澡古今淡,涨水望洋兴叹。

徒步群山阻隔,肩挑峻岭难翻。寒天大汗湿衣裳,苦干依然苦难。

竹村新景

绕廓清流带翠斜,烟云深锁小农家。

登山远眺松涛蔚,涉水近观柳浪赊。

村舍迷离橘树合,竹林掩映碧楼遮。

黄牛放甸嚼春草,牧子攀枝折野花。

题余良鉴山水画

山深林密雾重重,隐约红墙暮霭中。

倘使他年添牧子,还需画我作樵翁。

[**注释**]余良鉴,衢江区湖南镇破石村人,画家,1955 年毕业于中央美术学院华东分院,分配至山东省济南市群艺馆。

花果山访友

奇葩馥馥草萋萋,流水潺潺渡小溪。
山外云飘隐野鹤,林中客至逸兴飞。

山村新居吟

绿竹苍松绕屋长,新居初落映朝阳。
门迎悬壁天鹅影,户纳梅溪飞瀑扬。
春到峰前杜宇闹,秋来门口木樨香。
冬闲拥火儿绕膝,胜似白云送老乡。

乌溪江畔梯田

叠叠重重薄雾迷,填凹削凸接天齐。
古今几代愚公劲,修得苍山穗满陂。

秋游药王山

破晓缘溪探险崖,药王红叶赛春花。
看山看水不知倦,听雨听风笑到家。

白岩山林

白岩乌石翠松杉,更有红枫夹桂香。
茅舍贫家随水去,高楼富室满山乡。

戊寅龙门峡谷诗会吟（二首）

一

峡谷杜鹃火样红,寻幽探胜到龙宫。
悬崖峭壁垂飞瀑,古树浓荫沐惠风。

二

雾逐云涛绕翠峰,老杉遍野吐葱茏。
风流未必龙驹占,耆艾挥毫赛劲松。

乌溪江湘思岛行（三首）

湘思山庄

清江波碧艇飞行，逐浪何妨一憩身。

最是山庄神往地，清风为伴竹为邻。

竹屋小住

置身竹屋小勾留，碧水盈盈绕翠丘。

莫向江中涤缟袂，只缘缟袂秽清流。

游龙门峡谷

久居红尘世，欣然翠谷游。

四围山色秀，八面水声幽。

合掌心灵静，盘肢意志收。

遍身龙瀑韵，返舍梦长留。

石壁苦丁茶

无水无泥石缝中，苦丁茁长自从容。

叶肥秆壮根深固，解暑清凉举世崇。

孔家山木莲树

出水芙蓉登树杪，冲天颜展接朝阳。

花香叶碧身高洁，不落尘寰世俗乡。

龙门双钩藤

叶舒藤卷一丛丛，潜伏岩旁灌木中。

节节双钩芒不露，祛风发表显神功。

采茶（二首）

一

久雨初晴春意浓，茶芽新展舞东风。

师生同上东山去，笑语欢声逐翠丛。

二

新茶开采乐融融，小伙姑娘竞显红。

歌曲伴随篮筐满，高一荣膺首战功。

岗头喜装水锤泵

快艇如飞破浪行，一轮白日照山青。

苍松岩畔凌烟翠，绿竹坡中带雨新。

柳岸声传圆舞曲，果园味透蜜桃馨。

岗头喜装水锤泵，引上清流济众亲。

丙辰感怀

玉露金风又报秋，山居岁月去如流。

当年未识青春贵，此日空余白发愁。

朽木不雕无足惜，华堂将倾实堪忧。

飘蓬今后将何许，恰似浮沉逐浪鸥。

西 江 月

万里船浮江畔，千条排放溪中。奈何无浪复无风？被迫牵连难动。

莫道光阴似箭，征途尚有无穷。明朝海上发长风，哪怕逆流载重。

七十感怀

起伏沉浮巨浪中，坎坷历尽察鸿蒙。

研今研古难穷理，独立独行不逐风。

艺苑一兵充雅颂，志乘数卷曷为功。

是非恩怨泯一笑，倜傥人生创晚红。

附贺诗：

贺廖元中吟长七十大寿

傅春龄

乌溪江畔赞诗翁，历尽艰辛志未穷。

斗雪傲霜能悟道，知书达理尚儒宗。

志林携手创新业，艺苑并肩续雅风。

雨过天清笔更健，晚霞如火映青松。

恭祝元中老师七十华诞

何石梁

许结芳邻一涧中,顽愚年少赖启蒙。

探求探得马恩理,磨砺磨成磊落风。

艺苑一旌擎雅颂,志书七卷立丰功。

古稀当自捋髯笑,坎坷人生夕照红。

古稀逢新纪

梅水源头一佚民,古稀年届纪翻新。

勤耕诗圃甘淡泊,沧海浮舟老薙春。

丁巳秋日忆振华舅（六首）

丙辰之春,余在岭头乡溪东放牛,破石余振华舅,则奉生产队之遣在溪东守竹林,同住一铺,闲时二人吟诗作赋,互相唱和,得益匪浅。丁巳我回赖家,上金山头守山林,他回破石放牛,离情别绪,感而赋之。（作于1977年10月2日）

一

客住溪东似故乡,交游亦自不寻常。

酒醉常扶回草铺,吟诗每约舅商量。

二

君回破石我回乡,唯悲对酌唱阳关。

忆昔项家同饮日,教人能不再思量。

三

握别赠诗对碧山,词中情意自难量。

如今重读君诗后,更盼当时景再还。

四

山间连夜雨潺潺,节近中秋日渐凉。

采药频愁君病重,天寒常念舅衣单。

五

云霞之友不平常,别绪离思枉断肠。

昂首还将明月问,何时照我共乘凉。

六

寒夜灯昏酒盏空,唯闻窗外刮西风。

茫然四顾空回首,一片幽思入梦中。

丁巳陪振华舅大洪公采药

枫木经霜照眼红,舅甥同上大洪公。

峰岩起伏双溪隔,荆棘纵横一径通。

采药盈篮真有趣,归途满腹乐无穷。

亲朋笑语争来集,竞引还家设宴丰。

溪东遇友谈诗（1976 年秋）

绿树成荫日影浓,黄昏天外起凉风。

久思杨意深山里,今遇钟期碧水东。

词藻豪华难比拟,生涯冷落却相同。

莫愁贫病催人老,志趣还应似彩虹。

赴坑口与金良叔握别

云开雨霁报天晴,江岸风微江水清。

点点白帆添春色,森森绿树故人心。

蒙君盛宴勤招待,令我穷卑愧领情。

归来独坐孤灯下,三思倍觉羞颜频。

致王曼华婶

梅溪溪畔晚风清,寒日斜晖照老身。

别绪离思寄词赋,慧心精艺托画屏。

芳兰荄没香自远,娇蕖泥湮志弥贞。

凤愿难酬君休叹,落红原是护花人。

满庭芳·贺老师新婚

雪里梅香,屠苏酒熟,欣逢佳节良辰。俊彦淑女,今日结良姻。戚友登门祝贺,闹哄哄,喜气盈庭!举杯祝,人间天上,新月映华灯。

夫妻多欢乐,相亲相爱,相敬如宾。更互帮互学,竞夺先进!晨起朝霞飞舞,并肩走,笑语盈盈。从今始,躬耕桃李,做对好园丁!

月夜忆妹

别绪离情春复秋,回肠九转几时休。

西湖桃柳年年绿,北寨风沙处处忧。

十五钱塘潮有信,八千伊犁雁空瞅。

残灯孤影谁相忆,月色如银祇自愁。

[注释]廖元中二妹廖玉如,中共党员,1950年参军,1954年从浙江省军区司令部转业省保险公司秘书科。1959年调省科委办公室,后到省科委所属科技情报所计算技术研究所工作,参与创办《计算机时代》刊物。

秋日寄新疆三妹及妹丈

新疆风雪已临邦,木落江南叶正黄。

寨外冰峰坚且劲,乌溪江水碧犹苍。

北来鸿雁问寒暄,南住父兄祝健康。

万里江山难顾望,冷暖炎凉须自当。

[注释]廖元中三妹廖玉英,中共党员,曾任农四师六十九团医院院长、主治医师。三妹夫罗心田,湖南人,曾任农四师六十九团医院党委书记、团党委委员、副主任医师。

卜算子·老父平反

己巳金秋,北京陈云办公室来函,示查八十二岁高龄的老父廖炳奎六十年前之革命事迹。查证后,按失散老战士落实政策,赋词一阕以抒怀。

古道断崖边,雾锁霜枝重。忽遇东风送暖来,老树萌新蘖。

残柳已萧疏,稚木荫成拱。佳讯姗姗来日边,似梦终非梦。

杭十中深山慰问老校友

目送流年世纪新,升平岁月老堪珍。

舒怡耄耋身心健,长忆弱冠世乱频。

母校宗文情切切,耆苍学子意欣欣。

永怀革命同仁谊,绿水青山战友情。

《乌溪江人》出版赠邱以祥同志

同是乌溪港畔人,诗书共著义真诚。

乌溪江人刚脱稿,续编县志又同仁。

苦丁茶叶得金奖,木莲嘉树获芳名。

更期科研登百尺,绿色宫中永驻春。

[注释]邱以祥,浙江衢州人,毕业于南京林学院,出版了《木莲文集》《苦丁茶文集》等作品。

乌溪江中学校歌

山前峦松苍竹翠,乌溪江水秀山青,巍峨的教学楼,曲折的花坛径,宏敞明净,幽雅清新。乌溪江中学,乌溪江中学,培育一代新人。学习,生活,工作;刻苦,愉快,辛勤;攀登科学高峰,我们意志坚定!

山前峦松苍竹翠,乌溪江水秀山青,巍峨的教学楼,曲折的花坛径,宏敞明净,幽雅清新。乌溪江中学,乌溪江中学,培育一代新人。中华崛起奋进,我们肩负重任,建设美丽社会,我们甘献青春!

凤凰台上忆吹箫·悲秋

雾锁千山,雨淋万树,阴霾日里悲秋。听杜鹃啼血,狼嚎猿愁,多少黄花凋萎,疏林里红叶难留。严冬到,漫天风雪,地哭天忧。

忧忧,青春已逝,千万片雄心,付与沙鸥! 问东风何日,解我千愁。可叹年华将逝,心未老,白发垂头。垂头望,乌溪滚滚,无语东流。

春耕暮归

春耕日暮送归牛,漫步徐行村尽头。

隐隐翠微横径绿,悠悠碧水绕庄流。

半环新月天边吐,数点风帆水上浮。

应是山居多自在,只知农事不知愁。

秋　雪

冬令秋行自古稀,重阳初过雪花飞。

坡旁黄菊花犹闹,檐下坚冰箸已凝。

被冷衾寒何局促,形单影只独迟疑。

且将杯酒欣然酌,挑亮油灯写我诗。

满庭芳·酒醉

一

对酒当歌,开怀畅饮,瓶中透鼻香浓。醉来莫辨,高下与西东。昨夜归来跌倒,险些儿堕入溪中。晓来痛,全然不管,再饮两三盅。

与君未敢说,甜酸苦辣,富贵穷通。及人间龌龊,世上歪风,不若陶然一醉,却赢来万念皆空。幽窗下,举杯更酌,新月照青松。

二

痛饮三杯,陶然一醉,人生难得糊涂。算来算去,算算又如何? 不若遍搜袋角,去村中把酒来沽。并肩坐,与君痛饮,莫让酒留壶。

人间多少事,黄粱一枕,瞬眼消磨。看古今豪杰,气壮山河,无奈为人作嫁,却几乎难觅头觑。君休笑,元中醉也,且听发狂歌。

守　山　吟

飘然坎凛身,偶做守山人。

空谷秋声瑟,寒霜白草坪。

孤心风月伴,野舍兽禽邻。

聊作式微赋,春光何日临。

西江月·途中遇雷暴雨

暴雨夹头倾泼,狂风割面推来。电光一闪劈天开,霹雳震崩三界。

四顾难容局促,一行不许徘徊。急奔快赶下山隈,踏破穷山险寨。

鹊桥仙·进山守林

一张破席,半床旧絮,暂去山中蛰住。无人十里静悄悄,正脱却人间烟气。

日升煮米,日平采药,日落浩歌归舍。寒光如水泻茅庐,恰似住蓬莱宫里。

寄生草·秋月初升

漫道三春去,秋来月更华。看黄花遍野放暗香赊,观红叶满眼山林挂,一行行鸿雁南飞下。疏林顶西风天半卷浮云,东山上冰轮正涌老松桠。

赏月惊寒

山自苍苍月自明,微风拂却九衢尘。

一身寒意来天外,何日明君送我春。

独住金山草铺夜遇大雨

晦暗阴霾夜,独住金山巅。

贼风穿破壁,盗雨袭篱边。

被湿无蓑挡,床濡没草添。

凄然倚角落,默默待明天。

中秋夜雨

夜雨中秋万里阴,深山草铺倍凄清。

风传鸟语喳喳叫,雾透寒蛩唧唧鸣。

赏月成空唯独酌,悲歌慷慨只山听。

茶凉酒冷盘餐尽,留得残灯半盏明。

雨后日出

朵朵白云天际飘,株株夜合润边摇。

阳光一线穿云出,四壁溪山分外娆。

山 景

峰自峥嵘涧自澎,雄鹰飞舞独逍遥。

深株丛薄虎豹乐,峻岭崇山壮士遨。

雨日晨炊

天阴雨湿火难燃,满铺尘灰夹黑烟。
恰似出丧烧床稿,低声饮泣泪涟涟。

山行暴雨

淙淙银竹泼当头,沙石泥浆涌急流。
地动山摇篷欲倾,岿然独立看飞湫。

晚霞铺彩

七女成仙手艺精,漫天彩锦任铺陈。
寒鸦点点归林去,四野虫声合鸟鸣。

彗星闪烁

云淡天高夜色深,银河横渡满空星。
毫光一道西流去,半壁林山暗忽明。

采猕猴桃

累累猕桃挂树旁,肉肥子小色金黄。
未尝已是馋涎滴,不负娇儿想得狂。

守玉米·逐野兽

月照孤篷夜寂寥,芳华红叶共飘萧。
为驱野兽偷苞米,彻夜梆声响到霄。

吊 山 鸡

细雨微风雾盖天,山鸡觅食丛林间。
谁知中我弯弓计,桌上平添野味鲜。

捉 觯 鱼

碧水潭清滩水枯,觯鱼潜卧涧边窝。
缩身轻步猛然扑,快缚前边又一个。

打 蕲 蛇

斑驳陆离野草间,突然遇见发毛颠。
挥锄冷对头三寸,烤鲞还当沽酒钱。

中秋天晴

今日中秋夜，月圆人未圆。

亡妻填荒冢，稚子远天边。

独宿谁相忆，孤栖只自怜。

此生何苦楚，转转不能眠。

八月既望

寒夜清光照草庐，微云风拂过天河。

大千有色唯山影，万籁无声独我歌。

渺渺生涯空冷落，匆匆岁月枉蹉跎。

何如驾鹤腾空去，寻得诗仙把句和。

月夜山居独酌

山顶天清月色明，皓光照壁竹杯清。

高歌举酒无谈者，唯有风摧落木声。

卜算子·中秋

月上金山尖，始觉中秋节。欢度良辰有好肴，吊得山鸡只。

沽酒对空庐，独酌亦亲切。欲躲人间浊沃风，寂寞尤相得。

登金山观日出

万道霞光射碧空，朝阳绚烂跃晴峰。

清溪缭绕青山底，翠嶂沉浮薄雾中。

孑立虚心岩畔竹，孤标苍劲涧边松。

登高极目穷千里，壮志昂扬逐晓风。

临江仙·山顶独酌

沽酒竹筒拳握豆，时人道我疯癫。陶然醉眼瞩峰尖。群山摇足底，明月笑坳前！

世事纷繁皆不管，暂来冈顶偷闲。朦胧推枕上床眠。形留青草铺，魂舞九重天。

临江仙·丁巳中秋

今日欣逢中秋节,说来令尔开颜。饕肴样样有奇缘。南峰山鸡烩,东海带鱼煎。

亲朋故旧情殷切,不辞劳苦盘旋。登篷求药送糕点。江山黄酒醇,遂邑饼儿甜。

浪淘沙·学医

少息小河边,汲口清泉。水甜心苦汗涟涟。日晒雨淋身更壮,志气昂然。

处世苦无缘,贬逐山间。手抛黄卷学耕田。更研岐黄究脉理,不度虚年。

从医咏怀

自识岐黄术,活人救命多。

世俗难容我,方方施网罗。

进愁披荆棘,退忧背后刀。

药能治恶病,嫉心永难疗。

凌辱坚余志,穷卑助我傲。

谤兴名亦至,毁来德又高。

芳兰荪草没,香远仍缭绕。

曲折岩缝竹,迎风自逍遥。

平反感怀(二首)

一

盎然春意秀金峰,一抹青山夕照红。

憔悴面犹含瘴色,凄惶眼已见华风。

当年寂寞离群雁,今日欢欣归队鸿。

老树经霜枝更健,桑榆又绿众芳丛。

二

京华飞翰解千愁,风雨云烟一笑休。

坎坷崎岖浑不计,老牛更奋晚晴秋。

任农村草药医生吟

乌溪江畔暮春天,燕剪莺飞景色妍。

暇日上山挖野药,忙时下水理青田。

医蛇谢你新醅劝,治湿蒙他金鲤煎。

借得自然一束草,结交多少世人缘。

离亭燕·山中接复职通知

岭断云连天际,红叶西风雨霁。万木润滋娇更艳,林里间关鸟语。近处看黄花,朵朵清新如洗。

今日茅庐独住,恰似飘然遗世。杜宇声声却在啼,唤我乘风归去!雾散正天青,大地霞光万里!

退休一天(二首)

一

公差家事沓纷来,月季窗前恹恹开。

只悔今生成书蠹,字飞句舞苦难排。

二

退休门静少人来,月季阳台自在开。

大小孙儿争要抱,又牵又哭怎安排?

回乡有感

浪迹人间七二秋,生涯寥落几沉浮。

紫微山上攀岩险,斗角潭中泛舸悠。

室内诗书千古贵,窗前丹桂九秋稠。

风霜历尽日将夕,梅水滔滔向北流。

喜庆废除布票粮票

布粮票证相继除,吃饭穿衣任自如。

满目琳琅商市闹,中兴盛举万民呼。

[注释]1983年浙江全省废除布票,1993年浙江全省废除粮票,百姓欢欣鼓舞。

复职抒怀

鹊唱枝头喜讯传,清源正本任人贤。

梅开二度清香溢,竹报三多劲节坚。

故友新朋同励志,齐心协力共争先。

老夫喜作青春度,锈笔重磨写续篇。

谒曲阜孔庙

至圣先师世代崇,传承儒学遍寰中。

金声玉振知渊博,论语春秋哲理宏。

弟子三千皆俊杰,贤人七二尽儒鸿。

今临曲阜谒先哲,犹集故乡南孔宗。

故 乡 行

往昔回乡行路难,羊肠一线数千湾。

崎岖险道盘陀上,峻岭崇山蹀躞攀。

陡峭梯悬"草鞋岭",峰回路转"山险峦"。

相距百里城乡路,早发暮归星夜阑。

今日回乡水陆昌,交通便捷任飞翔。

盘山公路车驰骋,高峡平湖艇捷航。

车水马龙争高速,南来北往奔小康。

山村不再叹偏僻,致富先驱第一桩。

有感于不折腾

一言九鼎诺千金,从此神州不折腾。

警世铭言昭日月,和风瑞气振纲绳。

深思往昔相煎苦,应惜当今萁豆凝。

沐浴春晖心激荡,高歌一曲唱邦兴。

[注释]"不动摇、不懈怠、不折腾",是胡锦涛同志 2008 年 12 月 18 日在纪念党的十一届三中全会召开 30 周年大会上的讲话中首次提出的。此诗获 2011 年中国新闻文化促进会、重庆市委宣传部、人民日报社文艺部、《中华辞赋》社联合举办的"为中国共产党九十华诞放歌——诗词联

赋"征文大赛三等奖。

金缕曲·步韵奉和乡兄何英豹先生赠词

重唤雨潭渡。看河山、沧桑巨变,人生如露。记得鱼山童年伴,共读同游齐舞。追往事、如棋一步。少小别离霜首聚,忆沉浮、笑叙当年妒。同扼腕,青春误!

春风万里吹尘土。正乾坤、中兴盛世,重开旗鼓。老树逢春新枝发,奋笔勤书又著。写不尽、人间今古。夕照晚霞琴剑伴,更喜吟、欢乐黄昏赋。老亦壮,经霜树。

雨霖铃·悼汝梅兄

寒风萧瑟,报梅兄逝,泪洒衫湿。山重水复遥寄,心香一炷,祈兄安息。往事悠悠寄梦,赖长夜佳夕。一觉醒、梅影无踪,月映窗前见清碧。寒梅晚绽芳香溢。历千磨,铸就铮铮脊。苍松屹立崖壁。

水调歌头·乙酉中秋思念在台亲人

圆月当空照,万里望南天。金风遥送思念,秋水寄情笺。曾记当年相聚,正是中秋佳节,共庆月儿圆。畅饮团酒,同醉乐陶然。

银汉闪,星斗转,月轮旋。天涯咫尺,今宵隔海共婵娟。有道血浓于水,本是亲情骨肉,两岸脉相连。待到"三通"日,重聚更香甜。

◎王曼华

【简介】王曼华(1904—1983),原名王雅英,江苏吴县人。少年时随父居上海,自学古文、诗、画。曾师从朱天梵、俞剑华、申石伽习国画;从许麐父、王云裳习诗词和古文。1930年与衢县张廷芳结婚,定居杭州。1937年移居衢县岭头乡抱珠龙村,先后在多所小学任教。新中国成立后赋闲在家,晚年定居龙游。一生遭际坎坷,然乐观豁达,常以吟诗作画自娱自慰。著有《留痕集》《兰蕙集》《呻吟集》等,然存世极少。

空谷幽兰

空谷幽兰人不知,含香掩蕊蝶来迟。

不关寒尽春来晚,为有萋萋草护持。

杂咏（二首）

一

相逢数次未交谈,同病应同世味暗。

今是闲人无所事,荒芜笔墨又重探。

二

胡乱涂鸦岂足观,诗多瑰垒欲工难。

人间存有知音在,青眼犹看未等闲。

杂 感

昨日进城人,回来泪满巾。

街沿零食富,惋惜苦寒身。

植 树 歌

涧听松子落,童稚收藏频。

绿化全中国,育苗有后人。

◎柴汝梅

【简介】柴汝梅(1912—1995),字石松,号定川,别署梅翁、梅叟、鱼山一农、苦瓜生等,衢州市衢江区岭洋乡鱼山村人。早年从事教育工作,曾经历坎坷,晚年闲居鱼山村,常以诗书自娱。善书法,工诗词,偶作画。有存世遗墨《石松存稿》。

垂 钓

夕阳西下照山峰,垂钓溪边意趣浓。

日暮潭中鱼鳞跃,一竿风月映长空。

为上珠坂柳氏长庚亲翁七十寿咏

梅溪源内有仙翁，少小持家承古风。

南亩耘田生计足，西窗剪烛子孙从。

术精堪舆星命学，课占六壬数理通。

今日筵开杖国寿，桃红柳绿月明中。

为妙堂侄孙新居落成咏

挂瀑东峙对西峰，卜宅何妨此适中。

阶下平畴连沃野，门前修竹作屏风。

梅溪流水南而北，象鼻乔枫绿又红。

最喜高堂松竹茂，同观盛世兆年丰。

为"蒲松龄杯"国际书法大赛撰

蒲公妙笔写聊斋，巧把神仙狐鬼排。

封建权威难反抗，阴曹报应有明裁。

悲欢离合遂心愿，成败兴衰显异才。

巨著馨香传不朽，文章立意费疑猜。

守 牛 吟

一事无成鬓发斑，连年叱犊在高山。

蛇兽横行无所忌，蜂虻螫肤又何伤。

留得老夫身健在，消除毒害气伸张。

仰视浮云开白日，牛鞭应变钓鱼竿。

满庭芳·鱼山村

流水一湾，群峰环抱，鱼山景致清幽。东畴西陌，男女乐悠悠。不负一年四季，巧安排、稻麦丰收。庭台上，花香鸟语，风光眼底收。

人生伤往事，兴衰成败，似喜还忧。看豺狼当道，粉墨风流。可惜昙花一现，又何曾久得甜头。何如我，草堂一座，耕读两自由。

◎余振华

【简介】余振华（1917—1979），衢州市衢江区湖南镇破石村人。1948 年毕业于国立暨南大学。曾为衢州二中教师，后转至乡政府工作。随后回家参加本村生产劳动，直到去世。余振华生性聪颖，爱好颇多，琴棋书画、诗词歌赋样样皆通。晚年将平生所作汇集成册，共计四百余篇（首）。2014年7月，由何石梁先生从其书稿中选编《余振华诗词选》一册。

神坑种田

作息神坑垄亩上，爱儿慈母各陶然。
茅檐日暖呼雏鸭，垅尾风和引小泉。
薄暮天阴宜种菜，清晨凉快好耕田。
群童笑逐歌声动，吆喝黄牛饮北川。

春日即事四律

一

春晴水色碧于天，放牧崖旁花欲燃。
四面峰峦云似锦，一溪杨柳雾如烟。
姑娘洗涤河桥畔，稚子投竿石级边。
亭午归来麦饭熟，浩歌手舞策牛鞭。

二

茫茫大雾罩田家，岩畔初抽雨后茶。
梁燕吵惊春晓梦，晨风吹放屋檐花。
缘医小疾栽山药，为织芒鞋种野麻。
傍晚牵牛食草去，归来已是夕阳斜。

三

碧桃含笑倚篱开，花落缤纷掩翠苔。
红杏枝头双燕语，绿杨树下一鸥洄。
寻针唤母轻挑刺，扫径呼童莫撒埃。
欲待围棋无对手，门前忽报友人来。

四

野藤翠竹拂檐遮，饭罢庭前剔蛙牙。
山鸟呼回午后梦，炉烟催沸灶中茶。
遥闻犬吠知亲至，偶见云阴觉日斜。
提得篮儿寻笋去，一身飞满碧桃花。

春山放牧

野花如醉斗芳菲，岩畔清泉滴翠微。
松影横斜竹影乱，公牛健壮母牛肥。
拂开红树缘寻笋，笑对青山好读书。
日暮崖旁曲径静，白云深处牧人归。

立夏即事

芭蕉叶大蔷薇香，立夏山居日渐长。
碧水潭中宜洗浴，绿杨树下好乘凉。
编篱免鸭糟新谷，作拍为牛击小虻。
煮酒调羹炊黍饭，邀来溪友共飞觞。

秋山放牧

秋高气爽木樨香，古道牛归满夕阳。
竹影参差疑似画，禽声上下健如簧。
妻言有客因沽酒，母唤添衣恐受凉。
入夜苍茫迷大雾，但闻村犬吠邻庄。

山居冬日

天寒整日掩茅扉，曲径萧然霜露凝。
鹊补旧巢衔野荻，牛磨鹿角斗新泥。
输将老汉三杯酒，赢得山翁一局棋。
入夜呼呼风刺骨，原来已是雪花飞。

贺寿诗（四首）

1961年农历五月十八日为老母七旬寿辰作诗四首，以示祝贺。

一

灼灼榴花照眼开，欣逢阿母寿辰来。

慈如二月春风露，节比孤山白雪梅。

池畔天晴汲水去，茅檐日暖捣衣回。

闲时持帚柴门下，徐扫斑斑石上苔。

二

南山松柏仰云飞，老母欣逢寿诞期。

志决一生唯重节，年高七十尚裁衣。

待人有礼方称快，劝子无能不算奇。

每日三餐麦饭熟，围裙倚闾盼儿归。

三

笑向慈亲问起居，今朝快乐乐何如？

榴花灼灼耀人目，梅果青青映草庐。

可喜六孙蛮似犊，略呆一子浅知书。

阿娘健壮胜畴昔，檐下提羹犹喂猪。

四

母亲七十志尤坚，麦饭园蔬不弃嫌。

春暖偕孙犹采药，夜阑与子尚聊天。

缝衣每到三更静，做菜常能一桌鲜。

久住山中仍健步，忘情白发是何年。

山居除夕（三首）

一

左右邻居竹径通，夜来鞭炮响隆隆。

窗前雪映梅花白，檐下灯迎蜡烛红。

溪友欣逢称老健，山翁笑语谢茶浓。

相邀明日黄昏后，同到他家饮几盅。

二

昨日牵牛饮小川，遥闻锣鼓响喧阗。

梅开影落幽窗下，雪霁鸦归夕照边。

阿嫂呼儿饴饼饵，山翁嘱我写春联。

群童笑逐新衣换，攘攘熙熙待过年。

三

遥闻鞭炮响连天，竹叶桃符岁又迁。

瑞雪庭前迎彩烛，梅花檐下拂春联。

山翁约我陪新客，溪友留亲设盛筵。

灯火辉煌箫鼓闹，家家煮酒庆丰年。

咏 梅

偶见梅开独自欣，呼妻煮酒炒春芹。

月明影落河桥暮，雪霁香浮涧水分。

未向西风稍战栗，曾因霜冻更芳芬。

黄昏默对幽窗下，遥想孤山一片云。

咏 兰

崖旁昨日赶牛回，采得兰花屋后栽。

晨起烟霞凝翠黛，夜来月影照青苔。

不因岁冷幽香减，每向春寒斗艳开。

素志素心素淑静，何愁风雨更相催。

咏 菊

木落千岩院圃荒，篱边唯见菊花黄。

夜寒露重蛩声淡，月黑天高雁阵凉。

怒放无心招隐士，盛开有意斗秋霜。

浑身灿烂如金甲，要与西风细较量。

咏 竹

万竿绿玉拂云霄,壮志昂然不折挠。
碧水溪头风袅袅,青山脚下雨潇潇。
春来未作开花念,秋去还持落叶凋。
岁岁虚心高晚节,何愁冰冻满寒郊。

砍 柴

昨日砍柴峻岭上,昂然步下白云巅。
身强体健精神爽,胆壮心红意志坚。
天热频挥胸脯汗,口干狂饮涧中泉。
浩歌一曲无拘束,应我山音如膝前。

东仓路上

东仓路上我常行,野草闲花杂地生。
峡谷云浮迷古道,空山鸟语报新晴。
村夫言笑全无忌,戚友留茶倍有情。
更喜门前溪涧水,迎来夜月一川明。

岁暮感怀

崎岖路上慢徘徊,人老身衰志不衰。
笑语田间挑大粪,高歌山顶砍茅柴。
不愁月黑奔波累,惟恐年终结算亏。
岁岁心红如一日,忘情白发镜中催。

寄 友 人

村夫生性固愚顽,蒙比先贤有愧颜。
默对青灯人静寂,仰观星斗夜阑珊。
桃红陌上牵牛去,柳绿溪前把钓还。
麦饭园蔬甘淡泊,芒鞋破衲自安闲。

老　牛

疲劳一梦正温存,忽听鸡鸣又断魂。

出去晨星方闪烁,归来夜月久黄昏。

犁松高地犁低地,耕了南村耕北村。

终岁勤劳何所有,唯留遍体策鞭痕。

1978年春带病入山再作放牧之歌

一夜雷声涧水浑,清晨送犊出栏门。

云开渐渐闻啼鸟,雾散徐徐见远村。

为测时辰观日影,因寻牛牯察蹄痕。

闲来打坐青松下,忘记人间卑与尊。

雨中放牧

春雨绵绵久不休,山中放牧使人愁。

黄泥路上泥成粥,青草池边草淹头。

霹雳来时如地裂,狂风起处若林浮。

破蓑破笠飘摇里,但见云迷不见牛。

放 牛 歌

春分乍近水盈川,南圃已耕早稻田。

薄雾迷离朝露冷,晨曦澹荡晓风尖。

晴天箬帽随身带,落雨蓑衣整日穿。

我为黄牛废寝食,犹愁牛肚不肥圆。

春　日

春风吹放碧桃花,燕子归来日未斜。

几处老翁播早稻,谁家少妇摘新茶。

妻因养鸭先孵蛋,我亦挑肥欲种瓜。

陌上儿童三五辈,持竿也想钓青蛙。

◎徐云峰

【简介】徐云峰(1930—2001),衢州市柯城区人。曾任职于政府机关。最后提前退休,专事考古研究。从甲骨文入手,研究水稻起源,成果获国内外学界和媒体关注。发表《商代稻作与蚩尤文化》《三祖堂·蚩尤族·稻文化》《探索龙游石窟开凿年代的琐论》《姑蔑史实钩沉》等论文。浙江师范大学客座教授,衢州市诗词楹联学会会员。

雨中登"乌引"大坝长歌行

风雷激荡豪雨泼,仲夏骚人访佳域。车驰仆顿无心顾,神仙身往诗兴足。停车撑伞上天台,藏头缩脑裤管沃。俄尔眼前忽一亮,顿觉浑身气脱俗。两恋凹地拔平湖,坝上坝下两般局。俯浊水猛翻腾,犹如黄河伏更出。浪花不息昂首去,机轮飞转输电促。一路奔波串明珠,关情还染金葡绿。百里行程不下鞍,只为夺得丰稔粟。北有"红旗"南"乌引",神州迭岁刷纪录。反顾糊上分外谧,纸厂一岛显盒局。天际一抹无限翠,更逗墨客笔下书。尤爱湖面起属纱,疑是太真新出浴,人间仙境美画图,流连喝醉雨中白。

◎邱以祥

【简介】邱以祥,1940年7月生,浙江省衢州市衢江区岭洋乡人,曾任衢县县委组织部干部科长、县科委副主任等职,衢州市诗词楹联学会会员,曾任衢州市衢江区诗词学会副秘书长。

重登洋口炮台山有感

炮台山上炮无踪,炮去台空江入东。
古道荒芜藏马陆,石碑水没赠龙宫。
三溪汇拢洋村外,六路通行府县中。
故地旧台今尚在,国仇永记寇行凶。

[注释]炮台山位于乌溪江畔洋口村后山。1942年5月15日,国民党县政府为避日机轰炸,临时将文书档案等水运至洋口乡政府,并在村后山筑一炮台,故名炮台山。

行香子·参加母校南京林业大学校庆赠诗学友

黄卷躬修,面壁凝眸。惜三余、集腋成裘。闻鸡起舞,朗诵悠悠。共玄湖秋,名湖柳,碧湖舟。

人生易老,黑发难留。献青春、绿被神州。披坚执锐,壮志方遒。正姓名香,才名震,烈名留。

长相思·纳凉

月也朦,岛也朦,朦坐湘思古树枫。家灯点点红。

笑融融,乐融融,乐到何时返梦中。身凉睡意浓。

◎曹有芳

【简介】曹有芳(1936—2019),笔名一凡、一帆等。浙江衢州人。毕业于衢州师范学校。务农三十春秋,其间默默犁田笔耕。20世纪80年代后在中学任语文老师。一生酷爱阅读和创作诗词。作品散见于省内外诗刊。写景如画,万物生情,生前是浙江省诗词与楹联学会会员。

红 叶

不缘秋肃醉寒冬,铁杆虬枝老叶红。

化作春泥肥劲草,生生不息绿葱茏。

龙门涧水

龙门峡谷水冷冷,如玉如冰淑气馨。

为有崇山千古秀,松风不使杂轻尘。

瞻孔氏家庙过大成门

幽深肃穆大成门,瑟瑟无分夏与春。

移步葱茏银杏下,千年教谕细聆听。

柯山棋缘

千载青霞一线天,日迟亭下说棋缘。

从来石室无虚士,国运昌时弈事延。

谢 同 事

乙酉七夕古稀初度,同仁相贺,短章拙句,谨表谢忱。

盛业蒸蒸不老天,雁行南北彩云间。

八千远涉轻蹄疾,七秩踉跄奋步前。

乌引东干渠兴工忆旧

东渠破土忆当年,烁烁红旗鼓乐喧。

石室滩头银锄舞,柯山脚下壮心坚。

驯洪奋举屠龙剑,润旱轻挥引玉涓。

故地相违十四载,清流布网润桃源。

读良鉴兄丹竹《傲骨千秋》

倚石临泉三两竿,湖中潭上忆清帆。

凝听素壁中郎笛,化作新篁一片丹。

◎余万源

【简介】余万源(1924—2021),衢州市衢江区湖南镇破石村人。1945年毕业于衢县简易师范学校,终身从教。2019年9月荣获中共中央、国务院、中央军委颁发的"庆祝中华人民共和国成立70周年"纪念章。退休后,回到破石老家生活。积极筹划、主持、参与了诸如重修圆石余氏族谱等公益活动,对弘扬余氏家族"孝文化"起到了积极的作用。八旬高龄,才开始学习古典诗歌写作,诗词作品不时见诸《衢江诗词》,生前系衢州市衢江区诗词学会会员。诗作《苦丁茶》收录于《衢州当代诗词选》。

歌破石村

古村破石小畲乡,绿水青山享富康。

修竹悠然含笑意,香樟雄势映天苍。

长传祖训荣宗族,福耀家门兴一方。

空气清新舒适地,养生尤赞好风光。

凉 亭 好

村旁一座小凉亭,谈笑常闻老叟声。

地北天南聊趣事,左邻右舍问亲情。

夏天暑热乘风爽,冬季严寒晒日明。

聚散长相同喜好,带来生活秀康宁。

采 药

山中草木绿茵茵,药物资源喜野林。

采用但留根再长,重生利可惠黎民。

赞乌溪江中心卫生院

乌溪江畔设医院,救死扶伤责在肩。

结合中西功效快,疑难杂症治能痊。

定期体检乐心田,未病绸缪防患先。

入户筛查频又细,无愁日子赛神仙。

◎张轶雄

【简介】张轶雄,笔名菲楠、张翼,生于 1936 年,从教 37 年,语文名师,全国优秀班主任。曾任衢州市第一、二届人大常委会副主任等职。

己卯夏谒徐公墓（二选一）

忠骨埋青山,京衢一线牵。

魂兮归故里,恩德泽新贤。

[注释]徐公:指徐以新。

怀先考（二选一）

襁褓之中离膝前,几番如梦识慈颜。

九年离散情难寄,千里奔波家不全。

生父归来疑客至,亲人相对默无言。

可怜命蹇运多舛,总把天伦欢乐愆。

[注释]先考:指张廷芳(1899—1957),字步霄,浙江衢州人,毕业于北京大学经济学系,初从军,后从政。

忆 阿 母

阿母原非村妇行,烽烟骤起进山藏。

丹青妙手浣纱累,窈窕淑媛劳作忙。

心有灵犀成扁鹊,家无长物育儿郎。

寸心难报三春意,舐犊深情梦里偿。

六七届初三（1）班毕业四十周年聚会

魂绕梦牵四十年,今朝聚会忆从前。

萤窗共读情难忘,风雨偕行志愈坚。

盛世方兴皆乐业,幼苗茁长已参天。

青丝雪染终无悔,蜡烛成灰芯在焉。

采桑子·浮石潭

当年旷野坟茔地,处处凄清。不再凄清。大道康庄阔步行。

重游旧地心潮涌,不是神灵。胜似神灵。现代公输海样情。

[注释]浮石潭:位于衢城北衢江边,因中有巨石露出水面而得名。传说明太祖朱元璋曾路过此处。浮石潭畔曾为乱坟岗。公输:指公输班,又名鲁班,为古代能工巧匠。

◎余良鉴

【简介】余良鉴,1932年生,衢江区湖南镇破石村人。1955年毕业于中央美术学院华东分院。画家,山东济南政工助理研究员。

游烂柯山

缤纷红叶醉痕浓,路转峰回山数重。

遥望悬空留一线,石梁无恙跃蛟龙。

水调歌头·三衢道中

游子思乡切,兼程风雨稠。青山绿水飞驰,稻实待丰收。不息川流车海,路桥乘空高架,拔地起高楼。迎客府山顶,水向东流。

蒲松龄,写三怪,出衢州。鸭鬼白布,震响文坛几百秋。赴赵公祠瞻仰,敬看先贤遗迹,正气誉全球。处处风光美,他日再归游。

◎余良佐

【简介】余良佐，1944 年生，浙江衢州人。酷爱古诗文研究，作品曾获 2006 年度、2008 年度"中国对联创作奖"。衢州市诗词楹联学会理事。

游龙门峡谷

拍除面上尘三斗，入峡龙嘘一口风。

得陇何妨兼望蜀，饮泉我更涤心胸。

献烂柯山诗碑有感（二首）

一

一死方休蛀书癖，万元岂易保碑心？

趋时泥古两无双，谁更和吾弘德吟？

二

洞天星落布棋局，绝顶虹飞化石桥。

囡傍仙山人易悟，几时尽退拜金潮？

［注释]作者于 1974 年在衢州烂柯山无意中拾得徐渭（徐文长）诗碑，1993 年无偿献给正在整修中的烂柯山，一时传为佳话。

题《破石起竹图》

益添劲挺凌云起，既克艰危破石生。

俯向人间偏笑我，未将逆境助飞腾。

题行鸡图

啼停霞恰飞冠上，振帜火红君益前。

举世农民钦壮甚，司晨岂不更司年！

鹧鸪天·赴巨峰山途中

才脱红尘已不凡，顺龙脊起向天攀。云浮鸡犬有时出，泉化琴筝到处弹。

喧壑竹，漫峦杉，总勾留我劝毋还。巨峰更耸摄魂去，顶上仙霞早揽餐。

◎杜瑰生

【简介】杜瑰生(1914—2015),字韦庵等,衢州市柯城区人。1949年前曾任浙江省民政厅视察兼人事室主任之职。改革开放后曾任衢州市政协委员、衢州市政协文史资料委员会副主任、鹿鸣诗社副社长、衢州市诗词学会顾问等职。著有《开垦荒地》《诗是吾家事》等。

追忆沃渣（二首）

一

乌溪江水钟神秀,幻出诗人和画家。

鲁迅大师勤奖掖,纪程木刻有沃渣。

二

遗作罕留山水幅,都为挺进少闲情。

家乡如此好风景,补写他时待毕成。

[注释]沃渣(1905—1973),原名程庆福,浙江衢州人。中学毕业后,考入南京中央大学绘画系,一年后又转入上海新华艺术专科学校西画系。1928年,沃渣加入中国共产主义青年团,后被叛徒出卖,在杭州被捕,监押4年后,经组织营救出狱。1935年,沃渣以《旱年》《水灾》《暴动前夕》等版画,求教于鲁迅先生。从此开始与鲁迅先生交往。常为《中国农村》《中国呼声》(美国作家史沫特莱女士主办)提供画稿。1937年10月奔赴延安,任鲁迅艺术学院美术系主任、晋察冀边区参议员、华北联合大学美术系主任。抗战胜利后,调任东北大学鲁迅艺术学院美术系主任。1948年,他又调东北画室工作。中华人民共和国成立后,历任中国美术家协会理事、研究员,人民美术出版社创作室主任、编辑室主任等。1962年,沃渣任北京荣宝斋经理。沃渣夫人毕成,中央美术学院教授,曾为沃渣写传,来乌溪江作画。

◎傅春龄

【简介】傅春龄,1922年出生于浙江省龙游县,1947年毕业于国立暨南大学中文系,获文学学士学位。1948年秋加入中国共产党,担任过中共龙游县临工委书记、中共闽浙边城工委委员等职。

98孟夏龙门诗会

龙门开视野,峡谷展奇观。极目千山静,源头水一湾。

轻云浮石笋,飞瀑入龙潭。返朴归真处,游人兴未澜。

◎姜宁馨

【简介】姜宁馨,衢州市柯城区人。民革衢州市第一、二届主委,第三、四届名誉主委,先后担任衢州市政协副主席、衢州市副市长、衢州市人大常委会副主任等职。

龙门行

龙门峡川黄山景,仙霞飞瀑神农风。

古树青藤绿峭壁,水门尖耸紫云中。

◎祝瑜英

【简介】祝瑜英,生于1948年,浙江江山人。大学文化。曾任江山市副市长、衢州市政协副主席、衢州市人民政府咨询委副主任、浙江省诗词与楹联学会副会长等职。

如梦令 · 游乌溪江即兴

今日龙潭豪饮,满目琼乡仙境。醉问领游人,此去瑶台可近?有幸,此乃乌溪胜境。

贺何石梁先生诗集付梓

养子无需金玉堂,何家老屋尽书香。

龙腾豹变寻常事,挂角扶犁亦凤凰。

◎陈诗武

【简介】陈诗武,生于1940年,浙江衢州人。1959年参加工作,历任衢州市农业局副局长、衢县农业局局长、衢县政协副主席等职。系浙江省老年书画研究会会员、浙江省老干部美术家协会会员、衢州市老年书画研究会会员,曾任衢州市衢江区老年书画研究会副会长、衢州市衢江区诗词学会副秘书长等职。

去岭洋(通韵)

青嶂山梁盘转排,腾云驾雾到乡斋。

天梯叠翠白云外,门户果实迎客来。

仙霞湖(通韵)

环抱群山水拍岸,逐波白鹭任飞翻。

渔家高咏清风愿,万户滋荣湿地园。

缅想英雄徐以新(通韵)

少年先觉红军奔,忘我舍生为庶民。

心志世荣担大任,魂归故土导乡亲。

瞻仰红军墓(通韵)

英烈忠魂山岭赞,浩然正气水云间。

先贤创业千秋缅,新月前行何惧艰。

访鱼山村(通韵)

村傍梅溪洗尘强,门前高岭碧云光。

户出名辈崇学尚,忠孝家风传世长。

◎祝耀华

【简介】祝耀华,字历清,生于1943年,衢州市衢江区湖南镇湖南村人,喜吟诗作对,有较好的文字功底。

红岩瀑布(通韵)

瀑布两节如玉龙,飞流直泻气犹雄。

悬崖倒壁藏人处,凉意习习似入冬。

[注释]红岩瀑布位于举村乡西坑村，岩高 18 米、宽 5 米左右，溪水丰盈时瀑布非常壮观。

洞崖龙宫

古窟依依列九重，悬崖峭壁卧苍龙。

天生洞府多佳景，今日开园寻圣踪。

西坑石柱（通韵）

巉岩险景矗云霄，雄劲苍鹰没胆翱。

石笋成双相对称，神仙意欲造天桥。

西坑竹海

蓝天一色绿云浮，十里源长未尽头。

翠影婆娑腾碧浪，鸣泉幽咽泻清流。

严霜酷雪知贞节，墨客游人纵唱酬。

山野财源今茂盛，竹涛洗尽万家愁。

当代诗词选

（1949 年新中国成立后）

◎祝仁卿

【简介】祝仁卿,网名江郎书院,任职于衢州市政协,卜居于乌溪江畔。中华诗词学会会员,浙江省诗词与楹联学会会员,衢州市诗词楹联学会副会长。

仙霞湖舟中即题

仙霞湖上泛舟时,恰是春芽新染枝。

写意何愁无水墨,山川作画我题诗。

岭洋问茶（三则）

一

山匀春色入波光,船泊桃源到岭洋。

云起时分听雨落,清风来处识茶香。

二

大山深处白云家,碧水源头种绿茶。

问道清香何若许？朝衔玉露暮吞霞。

三

出壑千湾承玉露,连天万嶂起烟霞。

大山深处耕瑶圃,小海源头种好茶。

乌溪夕照

一叶孤舟出烂柯,斜阳半下远山坡。

鱼鹰潜水翻轻浪,夕影沉江染碧波。

日暮过乌溪江大桥即景

舴舟渺渺水中央，划破平波皱夕阳。
欲问江湖底深浅，无缘唤得捕鱼郎。

夕下乌溪江畔

烂柯山外傍仙家，云水相融共晚霞。
似惜桑榆无限好，隔江闻唱女人花。

仲夏乌溪江边速写

江天雨过晚云舒，水岸悠哉几钓夫。
心外枯荣未旁顾，清风无奈弄香蒲。

乌溪流霞

江上流霞自不同，乌溪独得烂柯风。
千秋云水千秋局，总有浮光一刹红。

乌溪夕影晚舟

乌溪水阔影无遮，一叶轻舟浴晚霞。
遥望渔翁频撒网，欲将红日捕回家。

乌溪江畔日常两则

一

水澈云奇夕影真，江风渔火晚行人。
十年渐识偏居好，占得烂柯溪上春。

二

生计羁身难远游，烂柯山水足勾留。
晓来行走氤氲里，夕下西江看钓舟。

举汉天路

仙霞湖上作天游，竹海瑶池眼底收。
霄岭新开蹈云路，凡夫咫步入仙流。

过举村西坑畲寨

天生一个凤凰窝，五色梧巢落满坡。
畲寨山歌唱新调，各家竞比客谁多。

举村西坑红岩瀑布

云外飞流下翠微,千寻白练九天垂。

最宜太白匡庐句,欲借无名更问谁?

过茶坪仙人谷

独得药王遗药锄,当年灵气有存余。

天生一个仙人谷,修竹清风明月居。

初秋访岭洋

飞舟穿翠岭,拾步上云台。

山桂觉秋早,携香迓客来。

乌溪江晓

舍外清江上,晓天收网人。

孤舟钓生计,无问岁冬春。

晓雨乌溪江

晓雨江边过,氤氲出烂柯。

浮舟捕鱼者,疑是渡仙河。

晚秋乌溪江畔速写

独坐秋江畔,临风看夕阳。

寒禽旋聚散,落木渐疏荒。

舟系芦花下,神驰野鹤乡。

忽来潮妹俩,争试网红妆。

八声甘州·乌溪江畔

望烟波渺渺泛银光,秋水共长天。感荻花飞絮,枫枝凋色,秋渐阑珊。忽见三三两两,游戏小沙滩。趁得秋阳好,半日休闲。

正把长汀走遍,喜江宽野旷,妙趣天然。是居家近处,朝夕可流连。对江波、流光倒影,小篱园、宛在水云间。心归处、红尘便好,何必南山。

南歌子·乌溪江畔

远岫笼霓彩,烟波夕影红。清江近出烂柯中,朝暮氤氲聚散、隐仙踪。

筑舍仙山外,安身玉水东。往来沐浴四时风。汲取钟灵慧水、涤心胸。

青玉案·辛丑惊蛰岭洋行

入山时节逢惊蛰,恍然是、桃源客。篱落石阶春雨湿。新青嫩碧,桃红李白,掩映黄泥宅。

南山多被红尘蚀,一派浮华淹陈迹。何觅处寻常巷陌。东风笔墨,山遮水隔,却此留原色。

水调歌头·乌溪江畔秋望

独坐乌溪畔,时久觉轻寒。秋来江面沉寂,不复水潺潺。驰目江洲寥廓,几点沙鸥掠过,自在舞翩跹。岸柳半凋处,长短钓鱼竿。

风拂过,鱼跳跃,起微澜。恰如心底,陈年遥忆又纷翻。多少红尘往事,几许悲欢离合,淡忘总艰难。何似东流水,一去不回还。

水调歌头·庚子重阳乌溪江岸远足

晴岸水天阔,时令正重阳。寻秋未向高处,远足绕清江。变幻西天云彩,摇曳兼葭白穗,秋影入沧浪。汀上色方好,彳亍路程长。

秋水静,堤影瘦,晚风凉。几枝红叶,盈盈斜出钓台旁。水上轻舟一叶,遥看渔翁理楫,起网拾鱼忙。莫待桑榆晚,且惜好秋光。

◎叶昌华

【简介】叶昌华,生于 1949 年,衢州市衢江区高家镇人。曾任衢江区委老干部局副局长。曾经担任过浙江省诗词学会、衢州市诗词学会理事,衢州市衢江区诗词学会会长。现为中华诗词学会、浙江省诗词与楹联学会会员等。作品散见于各级学会专刊。

乌溪江国家湿地公园规划读感

一江两库碧悠悠,兴辟公园列国猷。

坚盾护林培绿地,细刀雕玉缀红丘。

青松屹岭山形奕,明月映湖云影柔。

草木萋萋中百兽,花香蝶舞正风流。

痛悼最美乡村医生廖美娣

魂依故土壮山乡，草木相知梦影常。

贫瘠无离争自爱，欣荣可羡吐清香。

疗伤问症亲农脉，抗疫应时踏石梁。

三十二年情未了，美人足迹世留长。

忆徐菊英讲述胞弟徐以新革命故事

整齐竖耳细聆听，报告从心语动情。

草地苦行经险境，雪山难越向重生。

埋身起死亏同伴，断趾还魂续远征。

无怨蒙冤存信仰，留人故事刻英名。

岭洋开茶节喜赋

我本无缘识岭洋，开茶办节咏情良。

琼坛论道争雄剑，贤士谋篇壮故乡。

笑仰云峰浮蔼气，信依碧水映和阳。

大山着意扬春讯，玉叶新芽益世昌。

咏鱼山书法村

清风奕岭碧如蓝，傍水家家乐美湾。

空谷鸟鸣萦梦幻，石阶人步静无烦。

翰香有意兴文脉，墨彩衷情映秀峦。

誉获雅名添喜色，老农庆福古今谈。

临江仙·情系乌溪江

大坝截流湖渺渺，清波渔唱春秋。灌田发电解民忧。明灯辉晔晔，禾穗喜丰收。

供水年年常保洁，甘泉兴涌源头。一江清水万家流。乌溪情脉脉，可爱是乡愁。

喜闻茶香赞岭洋

一方好水育心花，如梦如痴映彩霞。

热土曾凝先辈血，新居更亮后人家。

农商合作营财旺，风雨匀调助气华。

玉茗萦香香馞馞，红红火火向天涯。

风入松·岭洋采风

平湖幽谷一湾应,天籁喻风情。层林尽染云涯处,赏文脉,体老农耕。漫品甘泉香茗,好闻彩羽飞莺。

秋光倾泻万山明,霞蔚谧门庭。春华同梦兴秋实,星辉熠,光耀前程。共富相荣新景,酒斟慰祭英灵。

参观何建章故居

乡愁寻迹仰高山,黛瓦泥墙座岭湾。

梦会故人存毓秀,先贤才学耀光环。

水调歌头·小湖南

起舞九龙谷,留醉两湖湾。莺飞村坞灵秀,峰岭卷花鬟。如近蜃楼晓景,随赏渔舟钓影,明暗尽悠然。溪映廊桥月,问寄古今滩。

耸高坝,旧蓑笠,塑沙盘。春风煦煦,魂断雁梦隐甜酸。背井离愁乡土,垒石重圆芳苑,淬火铸光环。耕读传家久,库水绿潺潺。

◎童康祥

【简介】童康祥,生于 1962 年,衢州市柯城区九华乡人,衢州市衢江区诗词楹联学会会长,曾任衢江区总工会主席、衢江区科技局局长等职,中华诗词学会会员,浙江省诗词与楹联学会会员。

岭洋行(五首)

谒徐以新墓

险途万里惧何艰,海外波涛信步还。

热血满腔挥大地,忠魂安处是家山。

大山茶饮

芽含春露片宁娴,片片菁华云雾间。

一缕茶香销万乏,青峰与我两闲闲。

仙霞湖

四围晴翠入衣襟,碧水一壶霞里斟。

但得湖光清俗耳,来聆世外不尘音。

偶遇李加呈

秀水灵山自毓英，乡贤馆里遇加呈。

曾经诗句见真性，如面春风又一程。

临江仙·鱼山村

兴入亭门堪洗眼，白云晴翠秋红。清溪一曲碧环中。古樟垂逸岭，紫气绕鱼峰。

石径沧桑梅气息，来闻翰墨遗风。几回明月照岑空。先贤多少梦，留续后生工。

临江仙·访何建章故居

斑古灰檐晖峻岭，恢宏质朴清扬。沧桑不易是书香。一门崇本脉，几代续华章。

重启淳风新逸景，诗花墨韵庭芳。初飞金燕旧巢梁。云山千万里，萦梦数家乡。

临江仙·偶访邱府

石径行经深巷处，匆匆偶遇邱慈。晒秋涤涧乐陶之。福由心境造，天趣自然诗。

错列峰峦皆笔架，门前梅水鹅池。研磨寒露倩毫滋。李桃千万树，堂殿有芬枝。

临江仙·咏乌溪江

谁捧湖光泅水墨，岚轻风碧林幽。鳞波夕照挽渔舟。晓峰辞淡月，天籁洗尘眸。

笔架凌霄今古梦，廊桥萦漫乡愁。云横高壑展鸿猷。深源滋太木，一脉润千畴。

◎李加呈

【简介】李加呈，生于 1957 年，衢州市衢江区岭洋乡抱珠龙村人。

岭洋行吟

一、柳家

香樟根底笑谈疯,翠叶繁枝横半空。

欲问古村千载事,沧桑刻在树皮中。

二、鱼山

戏言风水有还无,却看梅溪才俊殊。

莫问祖坟烟火事,一方山水养贤夫。

三、溪东

闻鸡千里隔河听,远逃朝霞照野庭。

高坝村庄凝别趣,一湖倒影耀山屏。

四、上珠坂

一溪欢快过村间,清澈涟波鱼好闲。

两岸桥连楼掩映,白云青障饰庄颜。

五、洋口

曾经古道接江湾,繁闹山墟不复还。

最小世间洋口市,如今故事说千般。

六、岗头

红豆杉群耀古今,大山深谷看丹林。

游人每到幽奇处,醉得摇头把韵寻。

七、白岩

洋溪源里碧波流,稚梦乡中阿母愁。

今日小车哩喇叫,田郎山女喜心头。

八、大日坂

铮铮铁骨两红军,永驻深山伴碧云。

一路村花堪寓祭,九泉粟裕可含欣。

九、岭头

遥看西岭一方红,晨曜晖晖照翠峰。

船泊村湾三两个,常闻叫卖是渔翁。

十、赖家

金山无语接天高,十里青川足底淘。

久住寒村浑不觉,石崖泉角最风骚。

十一、抱珠龙

村借矜名始一新,红堂绿墓客追巡。

乌溪何故青如许,掩映仙霞四季春。

仙霞湖秋暮即景

犁花快艇载乡翁,天籁悠扬出碧丛。

人舞人歌山色里,鹭来鹭去水声中。

十分潋滟翻秋景,一段清新写昊穹。

兴起摄图心倚醉,白云湖面逗霏红。

乡景（新韵）

仙霞水镜映层峦,村落参差绕碧湾。

百岭嬉江腾玉马,千溪入库佩龙泉。

舟飞湖面渔翁跃,浪打嶙峋樵户顽。

璀璨明珠辉岸景,板桥茅店梦中还。

大 山 茶

乌溪江水清如许,为有群山护浪华。

居易诗能疏脏腑,孔氏文每润丹霞。

泉箫炉上吹才俊,玉爪瓯中舞紫砂。

笔兴三衢歌盛世,淙流源起在津涯。

湖南镇水库

仙霞岭脉抱天湖,招接几多山外夫。

开阔鳞波嘉客送,漫长玉带快车驱。

不惝眼看船边景,只管眉飞镜上都。

古道羞惭云里隐,酒香熏醉水中鲈。

步韵何石梁先生《接"中国传统文化最高成就奖"感赋》

诗意缠萦耕砚田，此生修得笔端缘。

弃犁弄墨嬉文阙，恋土怀乡逐鹤年。

艺苑伯夷睁慧眼，蓬丛璞玉荐时贤。

虚名冷对存风骨，今昔辞章不值钱。

附何石梁先生原诗：

接"中国传统文化最高成就奖"感赋

白头花眼罢耕田，转与风骚深结缘。

蒙友提携游艺苑，靠儿供养度残年。

烹茶扫舍还需己，钓誉沽名且让贤。

买个最高成就奖，衰翁囊瘪哪来钱？

仙霞古道感怀（新韵）

石步蜿蜒无马蹄，山青水秀阅心怡。

隘关坐谷听尘事，险径铺云怀墨夷。

百里商家扬鼎盛，八都诗片撒天迪。

踏歌远去情犹在，遥想黄白当载曲。

[注释]黄白：宋黄公度，唐白居易（他们都在仙霞古道留有诗迹）。

仙霞关，为中国古代关隘，闽浙往来要冲。

和放华隔离点诗韵

酒店安然住，关心四处来。

感时花径冷，惜别柳桥徊。

静坐敲诗韵，微聊叹疫灾。

隔离何隔爱，你我不须猜。

大哥独自过九十岁生日

一盘洋面自烹调，鸡蛋轻轻灶角敲。

只怨疫情粘岁月，却将华诞裹清寥。

田之三叠

种 田

躬身逐退汗如弦，两手青毫描乐天。

借问丹青宽乘长，下肢丈量一年年。

耕 田

牛公迈步轭犁牵，翻出泥轮圈亮鲜。

身后摇鞭加恫吓，且当酬唱复催眠。

耖 田

竖横画遍镜中天，转北圈南莳璧田。

社稷高低休我管，只求平地种安然。

抱 珠 龙

——有感于并村及落实养老保险政策

抱玉鎏银喜美辰，珠联合璧兴乡邻。

龙腾虎跃前程阔，村老樵夫享晚春。

仙霞湖晨观

袅袅白纱舞袖绫，渔舟点点缀其行。

疑天抖落丹青卷，却见飞鹚出画屏。

鱼山村农民丰收节即景

割稻弯腰已久违，垄田机器显风威。

今天何故人工施，为把灵根扣野扉。

竹枝词·仙霞湖边触景（通韵）

一

水头白鹭水灵灵，不忌滩边有人行。

领班那只高或低，盘起一圈白玉翎。

二

公园曲径风带馨，露尾雉鸡自安身。

呼哧一声奋飞起，冲散头上一片云。

三

桥下何故有琴声,高山流水却分明。

小鱼摇尾缓缓转,人行桥上不零丁。

[注释]中华诗词学会原副会长高昌老师在《我爱写诗词》一书中说,竹枝词写法很简单,除押韵外,没有对仗和粘连的要求,可不拘平仄格律,自由挥洒。中国楹联学会理事应绿霞老师在《诗词入门必读》一书中说,竹枝词是绝句的变格,格律介于古体、拗体和近体之间。要求清新自然,通俗易懂。忌违反生活语言习惯用语的倒装,忌用典,忌用生僻字,忌生造词语和凑韵。

竹枝词·房前屋后(通韵)

一、玉米

流光绿剑似青林,棒子硕长抱秆亲。

莫道威风胜如将,主食营里不见君。

二、丝瓜

沟边地角散缤纷,阔叶长藤落鸣禽。

开门展眼迎悦色,不需秋风自爽心。

三、番薯

梅前不敢道冰姿,雨后平添疯长枝。

曾经为你争斤两,今天不只为农饥。

登　高

上到岚峰顶,心潮不自持。

烟松浓淡画,石壁断连书。

泉响增山静,猿啼动树迟。

从来樵父路,转可轿车驰。

茶农(通韵)

晓星催汝去,草草陌阡驰。

当午肠敲鼓,于餐粽点饥。

赶鲜双手快,踊贵众心齐。

寒月明村市,无心夜色姿。

访大山茶厂（通韵）

山间玉露耀江轮，湖畔楼头听凤音。

岂是财红独照眼，只缘翠绿最牵心。

杯中汤色悠然丽，案上茗香别样醇。

来客四方频眷顾，黄芽朵朵献芳津。

抱珠龙村黄金茶基地

十里山坑百垄茶，金光闪烁映农家。

不知莺谷藏诗梦，唯见青波浮嫩芽。

端午抒怀

中天悬七宿，吉日舞千龙。

蒲剑斩妖气，艾鞭驱病容。

飞舟南国瑞，征旆北疆彤。

敢问湘阴水，几多怀屈宗。

[注释]：此诗被中华诗词学会官方微刊采用。

采 茶

半山青翠向天开，惜看纤衫共雾徊。

为问村姑辛与苦，歌声款款破云来。

农耕系列

一、犁

未想耕犁也退休，归居老宅没烦愁。

千年遍野来回度，今日盈门上下眸。

恰喜诗成吟旧故，每因谈吐忆黄牛。

彼人多怪存观照，应教餐中说亩丘。

二、簸箕

透红身架赖春秋，历代家传不许丢。

偶尔打开分细看，布鞋麻线老娘愁。

三、蓑衣

板墙悬挂作琦珍,惜爱当应是主人。

时令每常芒种到,俺插秧稻尔贴身。

四、如梦令·家什

旧凳锡壶粗碗,掐指年轮计算。低首细端详,却把时间埋怨。惭叹、惭叹、我已古稀相伴。

五、渔歌子·谷扇

大腹能将万物容,张嘴轻可吐醇风。稻粱绿,菜花红,摇笔转念赞田翁。

六、捣练子·石磨

春漠漠,夜深深,夫妇推磨把苦吟。曾记油灯摇半影,现将双手抖飞音。

七、归自谣·草鞋

曾记否,万里川岑浮脚底,雪风难阻凭芒履,长征不踏名和利,江山易,英雄刻在良心里。

古风·山里行

兴起上高峰,林下车道雄。驱车煞费劲,正好观景风。

猢狲玩古树,深谷映红枫。山音次第转,鸟语出茏葱。

及顶凭远眺,伸手揽山丛。忽而波涛涌,云翻若飞龙。

但觉涛尖上,我成弄潮翁。驾云看乌溪,碧波撩人痴。

大坝真伟岸,谷中挺雄姿。背水二十亿,琼浆三衢慈。

众峰醉碧水,任凭鱼儿嬉。空峡平湖靓,百景渊镜奇。

下得壑谷行,一弯一村横。茶园围村舍,高楼入翠屏。

泉水叮咚响,烹茗漫客迎。炊烟升起处,犬吠伴鸡声。

路灯向夕亮,疑在不夜城。隘角见民宿,农家驰远名。

金山头上雪,初冬唤新莺。养生胜地是,空气免费蒸。

人在山里走,情由心中生。

[注释]湖南镇水库库容 20 亿立方米。金山头是衢南名山,海拔 1200 多米。

山　居

扶弦坐岭头,横笛向崇丘。

琼蕊餐饥腹,飞泉润渴喉。

放怀流水抱,任性落霞投。

清乐融山籁,歌诗和鸟啾。

小湖南古渡（通韵仄脚）

香樟摇影复年年,耕翠钓云沿岸拢。

似雪飞花白鹭翻,如虹溢彩桥桁拱。

庭轩有画读今昔,阶础无痕知客众。

水面轻舟徒自横,闻得俚曲彻天送。

追念大山医生廖美娣

扎根故壤卅春秋,临到终场无话留。

岭动白衣天坠泪,悲侵山谷痛飞丘。

百家闻讯频频急,千众伤心惜惜忧。

空锁医堂谁叩问,落花满地叹离愁。

[注释]廖美娣:生前是岭洋乡卫生院院长,在抗击新冠疫情中因公殉职。她的事迹,全国40余家媒体进行了报道。被追认为"全国三八红旗手""浙江好人""最美乡村医师""优秀共产党员"等。

茶　乡

百畈黄金叶,千名采采姑。

铜钿巴掌捏,空气觉香酥。

读唐珙《进洞庭》得句

春风吹暖岭头坡,满目葱茏竹浪婀。

不为柴林添寂寞,一山清梦寄天河。

[注释]唐珙:指唐温如,唐五代诗人。

赋得陶弘景《诏问山中何所有赋诗以答》

山中何所有,空气最清芬。

欲借拿云手,携来寄与君。

[注释]陶弘景:南北朝诗人。

《岭洋春色》题照

清水平湖七彩横，沙丘起伏紫云英。

渔舟远影蓝天下，次第山音杂鸟声。

和邱维正《听老妈唱歌》韵

竹杖生情和福音，随儿看景步丹林。

包缝记忆封箱底，翻出陈恩晒爱心。

喜题举汉公路通车

望断群峰阅岁年，思怀闹市数星天。

今朝举汉通归路，驾凤骑龙云水间。

屈大成送红军

放羊路上救雄英，甘肃高台扬俊名。

岩洞扶伤盟契弟，穷家济困护孤身。

历经阻险青山寄，但向延安赤胆呈。

一段佳言书侧记，清歌俚曲诉钟情。

[注释]红西路军进驻河西走廊途中，遭甘肃军阀马步芳部重重包围，损失惨重，我军大部溃散。西路军干部团政治处主任徐以新和副总指挥王树声等转入祁连山雪域打游击，又逢马军搜山围歼。徐以新陷入深山老林，孤军奋战。在危急关头，遇放羊牧民屈大成搭救，最终在屈护送下直奔延安。屈大成也因此加入中国共产党。此段故事在肃南裕固族自治县家喻户晓。

长征路上徐以新

背包石板走长征，刻写豪言振义兵。

蒙受秦冤磨苦志，唱吟楚赋砺孤贞。

雪山二过茫茫路，草地三巡耿耿情。

不尽黄河应记取，英雄多少遂涛声。

瞻仰徐以新陈列馆

揣块银圆找铁军，芒鞋裹脚铸芳魂。

趁心跟党才颖献，执意为民苦辣吞。

故里多情埋傲骨，红堂有幸拜清身。

当年星火扬播者，笑慰传薪有后人。

赖家行三题（通韵）

一、瀑布

沉雷下陡崖，林缝泻白纱。

抱景跟前照，轻身入紫霞。

二、金山头底药材基地

一路巡溪谷，幽幽药草娴。

乡民辛苦地，却道是金山。

三、村趣

小桥流水看，渊谷斗蛙闻。

不信新村貌，居然无旧痕。

贺岭洋文化站多功能厅建成

通明灯火大堂新，亮丽银屏庆典临。

耄耋媪翁敲劲键，年轻男女比清音。

拾来智慧风流足，要得安康欢喜心。

莫道山乡偏僻地，党恩永住稿民吟。

韵和余荣喜《忆老岭头》

难离故土意端忧，思绪翻飞总难休。

逆水帆船商客苦，乌溪渡口岭峰遒。

曾经粮站千人籴，几度医堂万众谋。

梦里寻芳询旧舍，一江碧潋载乡愁。

附余荣喜原诗：

忆老岭头

春风疾速碧波流，我在滨边梦里游。

小石街沿依曲水，大房巷间傍桥楼。

向东山背红蓝绿，往北挑夫张李刘。

眼眺天湖仙景落，故居水下念乡愁。

山村实况录

空山空室且空林，竹海松涛鸟叫频。

刷亮泥墙何缱绻，穿红耆叟怎逶巡。

到新天地掏金阙，把旧窝居作古村。

路口锦旗常猎猎，只因茶莽唤来宾。

贺岭洋乡第三届茶文化节（二首）

一

一杯玉露奉来宾，茶舞村歌正醉人。
商贾八方君细数，红浆绿液是琼津。

二

茶经文化上高台，字正腔圆入戏来。
挥动红旗同唱好，柴门致富路衢开。

雨中竹山（通韵）

半山细雨雾蒙蒙，竹浪沉浮向翠峰。
林下偶闻空谷响，铁锄挖笋动山风。

远眺榨牙岗山樱盛开

层峦恰似大观台，万树千花交错来。
谢客罗浮清梦下，樱山贺岁逼天开。

望　雪

山河一夜落芳尘，骋望依窗到拂晨。
篁路爪痕延远处，倏然想起打工人。

贺衢江区岭洋乡抱珠龙村第二届山药推介会

抹一红色嵌村名，借万重山挂露庭。
瀫水欢歌夹浪涌，小溪咏放大潮声。

题岭洋乡综合文化站

村门走进任驰情，拥抱三余书有声。
键入乾坤经艺站，网连华夏礼仪庭。
培植意树观风物，开放心花阅雁程。
智海畅游濯秽垢，饬身只为梦田耕。

过小湖南

青山两岸托澄岚，一库涟波惹醉酣。
诗意染林君细察，霜情写叶客垂参。
离怀总引新愁起，长句频将旧梦谈。
请让琴心瀫水寄，乡音到处古风甘。

雨 中 吟

重霄筛下太平丝,稻谷秧苗正此时。

绿竹林中听鸟语,青波水面看纹姿。

村烟不愿高天去,家燕宁甘低屋思。

初夏轻雷迎众趣,白云深处凯歌期。

贺岭洋乡开茶节

一畈梯田绿色濡,红球悬挂伴霞姝。

听声鸿鼓催春急,看景丹台喧茗株。

才喜花园邦礼事,又兴茶道养康途。

高天飘带扬瑶草,八面来宾慕玉壶。

参观大山茶厂车间

踏进厂房声细细,惊叹机器显威神。

水平滚出高山韵,垂直磨来玉露身。

乌 溪 江

一川草色映朝霞,两岸夭妍开韵花。

江出层峰连万岭,舟浮春霭入千家。

相看绿水流晖过,作伴青山光景赊。

莫醉东君深浅里,堪携梦境走天涯。

访五梅先生故居

一方天井载时光,旧屋新容靓古庄。

字写桃源悬皓壁,墨沮梅岭散清香。

明公崇法高风远,擢世征材秋李芳。

雕砌凤楣应有忆,何缘建业寄文章。

[注释]何建章,村民称"五梅先生"。其故居已被当地政府修缮一新,予以保留。

外 一 首

信步陪游访桂堂,开间五架载流芳。

一门健笔荣村户,三代豪光映故乡。

独　坐

独坐闲心屋,储思写故乡。
青笺如有尺,应把笔情量。

水调歌头·仙霞湖

四十正年壮,老气已横秋。悬崖隘谷端坐,矢志一无休。堵住五流八洞,截断三峦千垅,琼液奔衢州。照水红光阔,层碧送君游。

鱼追浪,风鼓帆,鹭盘舟。渔乡胜景,全凭眼底不时收。刚见溪东把钓,又遇遂昌茶嫂,欲把日光留。大坝巍然立,山色有无浮。

临江仙·岭洋十咏

一、仙霞湖

高峡平湖山变岛,渔舟快艇穿梭。半江竹月弄青波。云从峰顶过,人在浪中歌。

返照农家烟火旺,门围犬吠鸡鹅。天池直把古村驮。一屏油画靓,四韵颂辞多。

二、新村面貌

瓦屋泥墙招翠岭,路灯雪亮通明。高楼错落半山横。道悠悠北去,车急急南行。

不信桃源天下在,却看人在蓬瀛。居家敬老养苍生。唐装妆暮岁,竹杖笃新声。

[注释]居家敬老:指照料中心和敬老院。

三、上海人进山乡

小小旮旯偏壤地,问君有甚游观。轿车带屋作华轩。钓鱼沿柳岸,采薇上山端。

竹海松涛随可见,久居不识真颜。氧吧天赐自妖娴。乌溪茶溢沸,沪市燕萦牵。

四、生态公园

庭院深深夸几许,长堤一里蜿蜒。乌溪库尾接丘园。翠微围石径,花木衬亭轩。

曾记山塘污水臭,如今旧貌新颜。茶香出自岭洋源。灯光撩月色,排舞唱鸿鸯。

五、红军墓

翠柏参天沿玉陛,苍松肃立怀情。棱森荫里两当兵。时年驱腐恶,今岁拜英灵。

细找碑文无姓字,寻思渺漫枪声。每逢过节火烟兴。清明童叟祭,国庆大旗升。

六、停车场

南北无非千米路,山农八百村庄。旷场沿线布边旁。行人稀少走,车辆满街狂。

白带框框标九位,得知规矩圆方。排成一字不苍皇。文明巡远道,礼貌抚柴桑。

七、山趣

竹海松涛浮雾阁,鸡声报晓村头。练身太极和云揉。舞来舒畅意,挥去恼人愁。

傍近鹧鸪飞又落,不成扰我心悠。晨烟起处恋歌留。柴门听鸟语,山壑看风流。

八、田趣

岁月悠悠谈变格,垄田几度缘边。一朝新政改畴颜。猕猴桃妩媚,薯蓣蔓缠绵。

平畈沟渠流水澈,风吹稻浪腾掀。农经足裕向山田。荷锄农叟看,歇脚客商欢。

九、文化站

拿个手机来邑屋,求知谙事风潮。讲师授课一条条。乡情通放荡,浙里办逍遥。

忙里偷闲歌两曲,广场舞伴笙箫。却如春雨润禾苗。家山随世改,民德逐波飚。

十、山路

百里山弯萦带绕,笑声装满池塘。穿行林海上康庄。车鸣云外响,银燕竹梢航。

谷货驾骑巡闹市,归来身价昂昂。牛羊群处草坪芳。泉流弦乐澈,石记韵诗香。

浣溪沙·夏日傍晚门口观景

白鹭追牛耍牧童,鹁鸪清唱鼓蛙隆。家鸡麻雀共餐融。

残日倚山邀皓月,乡翁摇扇话凉风。村图一幅淡烟中。

苏幕遮·乡愁

地三分,田七亩。溪水潺潺,红蟹陪穷叟。瓦屋清安餐饭久,一日奔城、反被羁愁纠。

入高楼,融九薮。花草悠悠,碧树扬欢趣。别梦如何还系绶,却是皮囊、粘满相思扣。

东风第一枝·村口古樟咏叹调

矗立参天,戏云唱雾,胸装无数春梦。夏商周汉兴衰,唐宋元明分统。何须司马,写钝笔、难书传颂。看我身、墨海文流,恁尔觅千年诵。

三教盛、九流争宠。五派起、方家称猛。不需细看金经,有心且耕世垄。粗皮绿叶,写沧桑、画龙描凤。世间事、雨雨风风,梢头嫩枝梳送。

多丽·山乡夏日傍晚

扁舟轻,雾穿网撒冥冥。几声雷,唤来风劲,云开雨点疏屏。看西霞,催人返里,听蛙呐,挑夜飞萤。气候千端,瞬时四象。青山盖墨乍飘零。渺烟起,鸡鸣狗吠,渔父岸边行。还兼那,农夫阡陌,少妇门槛。

屋前坪,碰杯碗举,话聊世景年成。感韶华,水中云影,生爱意,林下泉青。掠地清风,拂胸凉意,似闻得塞外高筝。转头望,江天一色,穹际布繁星。嫦娥笑,多情凡界,夜夜山盟。

鹧鸪天·今昔

曾记童年下衢州,芒鞋裹脚路悠悠。街旁偶见旗袍女,店面频听洋货售。

大米笑,食盐愁,直将百姓肚肠搜。如今代步娇车走,谁数高楼桥与舟。

浣溪沙·看居家养老中心高龄老人有感

八九高龄沿路纭,寒村陵谷恁容人。悠悠世路看今晨。

喜套唐装浮曲径,兴持竹杖抖芳尘。老腰挺直夕阳新。

武陵春·去洋口大日畈看望筑路工人

弯道驱车行夹谷,岂敢仰头盯。只觉高山照半明,寒意把风生。

路上工人未显苦,相握好声声。树顶温阳不解情,深壑几重冰。

如梦令·题岭洋乡抱珠龙村生态特色公园

黄菊香樟月桂,石径长廊茶筛。天赐大花园,山里旮旯焕蔚。新岁,新岁,叫我如何描绘。

不见了邋遢鬼,遁去哉烟头涕。百舌树枝来,惹得仙霞鱼醉。欢喜、欢喜、留守老人何悔。

喝火令·乌溪江（通韵）

两岸高山抱,一流畔际来。木排穿雾号声徊。更有百端音景,游客费量猜。

曲荡深云里,情浮粉脸腮。万般清影镜中裁。喜赏春芳,喜赏夏花开。喜赏鹭飞人字,不觉洗心台。

千秋岁·悼念廖美娣医生

悲鸣翠麓,惨痛钩肠腹。佳人逝,村民哭。悬壶行峤路,跟党扬帆幅。看青岭,悠悠足迹犹牵目。

皓祓包哀玉,灵屋燃凄烛。垂首默,弯腰肃。只期来世好,再造农家福。空山里,白云为你歌离曲。

沁园春·劳动者颂

逐梦儿郎,鼓帆四海,征斾九霄。把焊花朵朵,巧拼精构;匠心款款,细刻微雕。科技能人,长城卫士,个个都当侧目瞧。中华造,凭双双巨手,各领风骚。

家国处处妖娆,能不把、辛勤汗水抛。看劈波航母,浪尖弄舞;飞天火箭,宇宙操刀。草甸牛羊,田园谷粟,业业行行都不孬。看今日,正风流无限,击棹惊涛。

西江月·题山村壁画

牛牯木犁入画,蓑衣箬笠登墙。荒田芒草复新黄,谁忆当年碧幌。

好梦逐时逐世,闲愁追月追霜。农耕图任老农扛,独对夕阳爽朗。

浣溪沙·上元杂感

淡月浮山照盛明，梅溪十里挂红灯。天门地户景辉萦。

草木临春闻晓鼓，乡村不夜动心城。阴埃散灭尽芳情。

[正宫] 小梁州·偕衢江区诗会诸友赴鱼山村采风

走到村前把眼投，碧水川流。丰收二字透清遒。鱼山叟，对鸟和啁啾。【么篇】(换头)建章旧室撸吟袖，画新庄、康富双优。堤塅长、梅溪秀。凭栏远眺，白露落沙洲。

[双调] 折桂令·唱今朝

想千年、哪帝何朝，能把黎民，托上云霄。问问青山，摸摸弯月，民富隆么。开纪元、同欢世好，惊天地、齐向航标。打打钱包，唱唱歌谣，闲了登山，喜起叉腰。

[越调] 小桃红·村舞

青丝飘处粉裙旋，凤眼娥眉现。(女儿)红袖(男儿)白衫共双燕，似(在)云天。村歌一曲升平献。微风细软，飞身纤健，山落舞翩翩。

[双调] 清江引·醉入仙霞

乌溪水清山岬里，过客飞舟醉。浪逐鱼阵追，忘入深霄内，妹呼大哥哥唤妹。

[注释]曲谱依钱明锵《快速制曲手册》，括号内为衬字。

[正宫] 叨叨令·傍晚散步

街灯点亮悠悠路，探头高挂门门护，山民饭后匆匆步，碧光迸射排排树。得了啊也么哥！得了啊也么哥！人生可意逐欢处。

锦缠道·岭洋生态廊道

峤道弯弯，越野轿车驰赴。岭蜿蜒、徐行之路。危岩绝壁停睛睹。万树千峰，百丈悬崖处。

看猿猴跃枝，徒添幽趣。问谁人、若何相遇。世境新、生态长廊走，觅花听鸟，更向高天去。

水调歌头·东溪兴怀

一脉崇山出,两库远烟连。清涟如许,孰知川谷自双源。入画青峰起伏,盘岸红芳左右,渔舸竞流湍。我欲碧波乘,击楫拨心弦。

洲栖鹭,霞散彩,镜飞鸳。眼中镜像,鳞浪湖上漾忻欢。但教词家诗客,徒有新腔旧拍,无法道天然。村落江边媚,百变水云间。

◎何放华

【简介】何放华,生于 1969 年。爷爷何建章,伯父何英鹃、何英豹,父亲何石梁,诗学功底非同一般。受家庭环境影响,何放华在父亲 2017 年去世后,开始学写诗词。如今学有所成,现为中华诗词学会、浙江省诗词与楹联学会、衢州市诗词楹联学会会员,衢州市衢江区诗词楹联学会副会长,中华诗词学会网衢江板块网络信息管理员。作品曾获衢州市衢江区诗词楹联学会咏菊诗同题竞赛一等奖等。

回 老 家

人约清明后,驰车向故乡。

路斜溪水碧,村寂野花香。

竹径抽红笋,茶园采绿芳。

迎头逢旧识,邀我品琼浆。

踏莎行·衢江区诗词创作基地落户鱼山村有感

梅水含情,鱼山欢睦,春光无限迷双目。东畴南亩菜花黄,时时蜂蝶纷飞逐。

古道通衢,新牌亮屋,几回总是乡心触。推门寂寂喊无人,堂前却有书香扑。

见李昊威代母三八节领奖有感

心慰青天慧眼开,好人虽逝福音来。

威儿懂事初长大,代母光荣上奖台。

赞湖南镇破石村余良阁一家

惊天破石出贤人，致富未抛乡土亲。

财大更兼量气大，几多慷慨惠村民。

[注释]湖南镇破石村余良阁连续两年新春之际以子女的名义，花30万元为村里75周岁以上老人送千元红包，至善至亲，感人肺腑！

观岭洋乡鱼山村乡贤馆有感

脉自仙霞岭自幽，鱼山水口续风流。

参天樟下民心朴，蔽日亭中诗气优。

兴发家家皆乐业，古今代代有贤侯。

南乡僻壤林泉地，凰凤高飞遍五洲。

如梦令·儿童节忆童年

放下书包摘妙。编个柳条当帽。一到莳田时，学父水中插稻。蛮好，蛮好，疏密纵横不倒。

6·20大暴雨记之

暴涨江河似海东，塌方毁屋路人冲。

家乡那道民心坝，保住良田抵住洪。

癸卯正月初四携妻姐游举汉网红天路经洋坑村有怀

喜向深山自驾乘，盘旋陡似快高登。

车行竹海惊飞鸟，客近泉崖舞棒冰。

水绕翁源心欲醉，云开天路意犹兴。

谁来都说洋坑好，白屋清潭入画层。

咏乌溪江山前峃

峡谷比肩宽，奇观坝底滩。

题诗吟节理，采药憩前峃。

林薄云飞绕，坞深泉激湍。

径深喧客少，此处可偷安。

鱼山夏夜

露渥风清村陌静，路灯影映石阶斜。

鱼山茂叶鸣归鸟，和尚尖峰挂晚霞。

得句桥边吹落月，避炎楼外浣溪沙。

红旗舞动南乡里，满眼霓虹不敢夸。

[注释] 鱼山与和尚尖都是鱼山村名山。

家乡美

时闻变化赞家乡，终趁晴明赏岭洋。

治理荒丘妆故地，保修古迹忆贤郎。

自然健体步斜径，随意休闲倚曲廊。

最喜溪流声响处，鱼山石刻乐心房。

贺幸福岭洋乡鱼山书法村暨揭牌典礼

红纸乌金喜气扬，行书正草各登场。

元回庚子歌丰乐，春到人间献吉祥。

财近门庭财运广，政通邻里政恩长。

当年倒数贫居地，幸福如今遍岭洋。

赞鱼山村网格员杨丽琴

穿村访巷影身单，未雨绸缪排险难。

路远山高情意到，挨家挨户问平安。

仙乡岭洋（题图诗）

一

碧树蓝天三二家，舒心养目不曾赊。

莺啼雨住新茶绿，一段春光属菜花。

二

醉是岭洋三月行，白云青嶂紫云英。

仙霞野水寒犹暖，一叶孤舟暗复明。

依邱维正《为柴巨城姊妹合影》韵

亲人团聚话时迁，比昔夸今尧舜天。

耄耋欣逢尘世好，眼明体健享高年。

举汉天路游

约友寻芳总忘还，蜿蜒轴上彩云间。
每经峰顶每尖叫，竹海湖光一目关。

西江月·举汉一日游

竹海林皋如翠，泉甘涧险嶙峋。穿峦观瀑白云亲，尽赏乌溪江韵。
畲寨山歌荡漾，翁源谷酒芬氲。今成举汉必游巡，一路古村秘蕴。

西江月·依韵和廖立生咏坑口抽水蓄能电站

此处峰高叠翠，长年户散人稀。桃源有幸建瑶池，如梦欣然已醉。
感受山头容异，登临坝顶雄奇。几多机动伴烟飞，只为能源重利。

追悼最美乡村医生廖美娣院长

惊闻噩耗痛心头，玉碎清溪湿眼眸。
路远山高无美娣，伤风感冒老乡愁。
悬壶风雨家家乐，轴转晨昏面面优。
三十二年如一日，口碑胜过奖杯收。

追思“早餐奶奶”毛师花

摆摊三十载，播德几千寻。
生意非求利，经营无愧心。
浆浓含量足，馅嫩见情深。
试问苍天下，谁人有此襟。

谒岭洋乡原外交部副部长徐以新墓

漫漫长征未退场，初心抱志党中央。
语通多国外交棒，忠孝归根故土香。

依韵何史爱玉中坑诗友夜谈

谁约秋风到半山，驰车涉远为哪般。
寻踪只是真情在，道合随缘老屋环。
待客盘盘皆绿色，推杯曲曲若清潺。
祥云一片烟村美，琴瑟和鸣杏草间。

渔歌子·乌溪江仙霞湖

绿岛岸苇野鸟栖,乌溪山水使人怡。浮云净,晚风微。荡舟垂钓不知归。

依韵和李加呈《疫情下的婚礼》

盼来喜事盼来宾,礼到奈何身未临。

唯祝今宵应快乐,鸳鸯被里胜于春。

步韵邱维正咏岭洋乡森林消防队

峰高地阔设专员,飒爽英姿待命前。

哪里火情偏逆向,巡山越岭不辞年。

岭洋采风途中

船经航埠口,心境豁开阳。

隔岸前峦翠,凭栏远岫苍。

波光翻绚彩,水气透清香。

红叶迷痴处,欲题诗已忘。

谒拜红军墓

翻山越岭忆曾经,翠柏浓荫野草青。

先烈碑前温党誓,如期盛世慰英灵。

诗咏湖南镇

粼波翠绿水悠悠,烟雨丹青诗意稠。

叠石空林闻鸟啭,横江巨坝看鱼洄。

清风小洞清风醉,古韵长廊古韵幽。

且把湖南当九寨,人文地貌各千秋。

◎叶裕龙

【简介】叶裕龙,字峥嵘,生于 1947 年,衢州市柯城人。工于诗词,并具金石、书画、剪纸以及音乐等多方面才能。下过乡,当过中学教师。曾任衢州市工商联(商会)秘书长,衢州市政协第三、四届委员,参与《衢州年鉴》《衢州市志》撰稿。原为衢州市诗词楹联学会副会长兼秘书长,现为中华诗词学会、浙江省诗词与楹联学会会员。与衢州市民俗学家汪筱联合作编著出版《峥嵘山志》等"衢州古城记"系列三部。

鱼山村瞻仰红军墓

缅怀先烈到山村,宣誓碑前情意真。

时代征途思奋进,争传捷报慰忠魂。

赞岭洋乡先贤徐以新

岭洋山水育贤英,开国元勋列大名。

百战沙场历生死,山乡筑梦树旗旌。

参观鱼山村何建章故居

耕读乡风累代延,鱼山虽僻卧龙潜。

何家旧宅无华饰,法学名流出此间。

◎王海岳

【简介】王海岳,生于 1955 年,衢州市衢江区太真乡人,曾任小学校长、衢江区诗词学会会长等职。中华诗词学会会员,浙江省诗词与楹联学会会员,衢州市诗词楹联学会会员,衢州市衢江区诗词楹联学会会员。

岭洋采风组诗

一

驱车进岭洋,山路仄且长。

人喜上高处,心轻众峰惶。

新屋荫绿海。故土谱华章。

终至心仪地,诗乡呈瑞祥。

二

乡贤徐以新,久列外交人。

留学俄邦久,跻身革命纯。

高朋分宇内,功踞外交津。

心系家山切,魂归伴乡亲。

三

何家私邸朴，书卷传承馨。

文脉经年久，家规教化灵。

名声遐迩久，才智吟闲庭。

鱼跃钟灵秀，清风皓月宁。

◎廖元龙

【简介】廖元龙，生于1953年，衢州市衢江区岭洋乡赖家村人，曾在南京军区后勤部队和空军部队服役，从战士到教导员，有空军少校军衔。曾任衢县政府办公室副主任、县农业局党委副书记、县机关工委书记等职，热爱文学创作，主要作品有《草诗三百首》《沃土先锋》等10部，现为浙江省诗词与楹联学会会员、衢州市诗词楹联学会会员、衢州市衢江区诗词楹联学会会员、衢州市作家协会会员。

岭洋（三首）

过廿六坞

弯弯山道下沟冲，好似摇篮练坐功。

驶出村庄乡野阔，初心染得满天红。

上红军烈士陵园

青松列队石阶雄，故屋碑园军士红。

怀揣初心宣党誓，新征路上报头功。

飞越乌溪江水库

马达隆隆碧浪掀，清泉漾漾映蓝天。

农房后靠青山半，又见泥坟埋祖先。

游子回乡过年

途遥万里顶寒风，赶聚家乡灯火红。

美酒香糕行礼后，追车落泪念重逢。

有感无人村

岭道弯弯山谷空，年前不见对联红。

搬迁城镇居新屋，步入厅堂拜太公。

野兽成群房里窜，村人结队外乡冲。

听听时代驱贫号，梦想迎来共富隆。

雪

云花散落着银毛，万物身装换白袍。

屋下劳工飞骑去，孤车斗雪上岗豪。

画堂春·重游乌溪江口

走乌溪水域茫茫，大桥直跨车狂。

看芦花水岸朝阳，冬已披霜。

忆夏季江面浪，行舟脆笛流光。

众商摊夜半开张，食客喷香。

江城子·文明过新年

又逢新岁闹翻天，聚乡贤，大团圆。

提倡文明，求快乐无边。

尽孝儿孙回故里，拎补品，敬金钱。

遇佳看好酒生鲜，讲安然，想周全。

棋举牌行，多让少争先。

跳舞吟诗歌唱乐，春晚夜，众欢传。

相见欢·打工人回乡过年

寒风冽路难行，鸟哀鸣。

白雪残渣轮滑一身冰。

接家令，年丰盛，好心情。

带上平安商品放歌声。

柳梢青·雨水季节

雨滴绵涟,红军岭下,水溢丘田。
翠竹弯腰,青枝垂叶,遮挡沟前。
村人突破轻烟,出笋地、开封取鲜。
鞭走泥间,锄瞄肥处,相遇情缘。

抱珠龙村

青山碧水抱珠龙,十送红军留影踪。
出走贤孙多壮士,返回孝子少粮农。
搬迁库外增收入,稳住村中守旧峰。
呵护资源为己任,白云深处尽葱茏。

岭洋乡赖家村

蓝天覆背古村庄,瀑布飞来雾气凉。
黛瓦黄墙居熟客,柴扉石巷入厅堂。
梯田口口丰粮谷,孝子门门走八方。
夜幕青山林鸟静,坡间灯火见辉煌。

◎邱维正

【简介】邱维正,生于1962年,衢州市衢江区岭洋乡赖家村人。

看乌溪江大坝泄洪

高山烟雨朦胧,大闸顿开泄洪。
水势奔腾壮丽,风光恰似舞龙。

仙 霞 湖

天降明珠映物华,晶莹碧绿玉无瑕。
行吟山水心欢畅,仙境桃源是我家。

赖家情怀

银杏花香翠谷间,金坑飞瀑悦心田。
古村淳朴乡风好,别梦依稀忆少年。

赖家金坑岭瀑布（二首）

一

苍岭悬崖白练飞，珠帘银幕雾烟微。
隐藏深谷少人识，德润桑田迎客归。

二

层峦滴翠涌清泉，溅起银珠秀美妍。
声若雷鸣姿若练，却携低调出山川。

山村小舍鲁家蓬

丈宽峡谷若天门，碧水蜿蜒绕古村。
小舍迢遥阡陌路，乡愁萦梦也牵魂。

在老家岭洋度周末偶得

山涧梅溪碧水延，林荫避暑恰当前。
清凉阙里泥墙屋，夜半蛙声伴我眠。

闻上珠坂村敬老活动有感

捐钱赠物慰乡亲，晚辈贤能情感真。
耄耋之年享清福，笑容甜美四时春。

诗书鱼山赞

秀美山乡翠色幽，望归亭畔客悠游。
当门鱼脊临溪水，隔岸鸡冠对土楼。
法学名家拟词赋，书坛巨匠写风流。
飘香翰墨经时久，如入丹青醉眼眸。

致敬何建章先生

释法操持国子监，芬芳桃李尽民间。
侍梅溪谷自高洁，仗义扶危只等闲。

"八一"咏怀革命老前辈徐以新

投身北伐少儿郎，征战驱魔气宇昂。
驻外胸怀家国计，清廉勤勉美名扬。

痛别最美乡村医生廖美娣

故里乡亲凡小恙,呼声美娣就心安。

愕然蝶化登仙去,偶有忧伤谁解难?

怀念父亲

刚毅不言顽石坚,勤劳睿智敢称贤。

榻前教诲今犹耳,遥寄哀思梦中天。

痛悼母亲

凛冽凄风夜半寒,可怜慈母撒人寰。

焚香泣跪心犹碎,养育恩情难再还。

岭洋茶乡春色

碧波倒映渔舟影,林茂竹深听鸟鸣。

遥看云英添秀色,春光不负大山情。

家乡出行之变

村落奇偏路亦颠,翻山徒步数天艰。

如今铺就柏油路,自驾归来半日闲。

试咏岭洋天路

登上山巅头顶天,龙潭飞涧景清妍。

古枫小径似曾识,想摘星辰可往前。

咏岭洋乡第二届农民丰收节

秋风着意扮山庄,满畈金黄稻黍香。

谷穗弯腰宾客赞,栗蓬开口笑声扬。

台前鼓乐添欢乐,田里挥镰试比强。

簏篝情浓丰收景,漂洋越岭醉家乡。

观柴春福雕刻艺术馆有感

花苞吐蕊恁传神,喜鹊翩飞模样真。

细琢精雕成大作,可知工匠练功辛。

贺亲家陈华松乔迁新居

庭前溪水秀，屋后果蔬香。

翰墨萦华宇，松风日月长。

赞余良阁新春融爱意

山乡望族育贤人，创业功成善事亲。

一片深情存大爱，迎春送福惠村邻。

拜读《廖元中诗词选编》有感

疏影超然凛冽中，孤芳自信吐玫红。

东风吹得浮云散，足见寒梅品不同。

花甲随想

少时未觉光阴快，花甲随风已眼前。

常念人生多彩路，只期晚景更悠然。

咏　梅

魅影含英韵带神，暗香浮动惠清新。

莫愁寒冽少佳景，雪里花红最悦人。

咏　菊

秋冬陌上含苞放，姹紫争妍送暗香。

芳泽不输春艳色，一枝清丽傲寒霜。

咏龙门峡谷

一帘飞瀑听龙鸣，双剑如峰诗画并。

铁索连环山涧路，人间仙境踏歌行。

咏举汉公路

传说山巅接九天，玉龙环绕洞岩前，

串珠成链古村秀，画里郊游景色妍。

畲乡西坑神韵

洞府神儒寄七贤，常临飞瀑水帘前。

只因秘境藏珍宝，紫气萦乡可遇仙。

翁源古村

一泓清水入村流,两岸农家多土楼。
山野隐藏诗意境,桃源草舍岂须求。

喜迎诗友岭洋采风行(新韵)

故里茶乡景色新,兴情陪客再行巡。
梅溪欢唱农家乐,清酒一杯敬贵宾。

赞乌溪江移民馆

墅舍轩廊相映姿,镜屏画壁寄情思。
乡山代有才人出,满眼风光尽是诗。

情咏乌溪江

一江碧水蓬莱涌,浩荡犹滋万顷田。
幽谷清湾风煦煦,平湖阔岸羽翩翩。
轻舟放棹随心旷,耕读荣门逐梦妍。
画意诗情怀故土,乡愁逸韵永流传。

◎楼行斐

【简介】楼行斐,浙江杭州人,先后在衢州卫生学校及上海浦东新区卫生学校从事临床医学教育及管理工作,直至退休,现居沪地。自幼爱好诗词,现为中华诗词学会会员。

举村山岑人家

侵晨百鸟唱高瓴,入夜伸腰可揽星。

涧水潺潺窗下石,松风竹雨不时听。

水调歌头·大美乌溪江（毛滂体）

夏日三衢旅,欲睹好河山。乌溪江上,崇坝帘水泻长滩。石径婉娫陂涧,翠竹舞云弄雨,秀树鸟鸣欢。处处丛花影,郁馥沁岚烟。

小舟渡,美村落,瓦如丹。楼台极目,曲岸远向濑城垣。晓有松风相伴,夜月时圆时缺,静谧可修禅。似此清流少,歇浦忆黄坛。

◎林瑛

【简介】林瑛,衢州市龙游县人,会计师,衢州市、龙游县作家协会会员,中华诗词学会会员,浙江省诗词与楹联学会会员,作品散见于地方报刊。

乌溪江春色

乌溪江水碧天幽,裁剪翠蓝千百悠。

青鸟醉心晴霭映,紫鸾快意绿波流。

山光落照倚云气,野色苍烟随棹舟。

峰壑岚生画图卷,一弯月瘦寄衢州。

岭洋飞瀑势俱雄,荡雾喷珠挂半空。

龙象山川驰锦绣,虎溪雨露映玲珑。

千行岚气竹林翠,万顷松阴金谷葱。

峰似莲花烟紫润,清幽毓秀倚祥虹。

岭 洋 吟

前身定是众仙乡,云掩幽栖居岭洋。

卵石悠悠酬不尽,水澄溪曲绝尘妆。

蜿绕云悠醉岭洋,光阴深处古村长。

雕花牛腿谁痴看,檐口灯笼揽景乡。

◎许奕松

【简介】许奕松,号悬壶征人,生于1943年,江苏东台人。曾任衢州城南医院副院长。中华诗词学会、浙江省诗词与楹联学会会员,衢州市诗词楹联学会副秘书长兼办公室主任,柯城区诗词学会副会长。有个人诗集《悬壶漫咏》。

游乌溪江

避暑寻幽去处何? 乌溪江上好吟歌。

层峦叠翠成图画,高坝截流化电波。

当报中华添锦绣,匪宜世外着渔蓑。

尽情一沐清纯水,沁润诗心思汨罗。

◎朱先本

【简介】朱先本,生于1928年,曾任衢州市衢江区诗词学会副会长,现为中华诗词学会、浙江省诗词与楹联学会、衢州市诗词楹联学会会员。

破石竹海

荫天一角绿云稠,原是青筠笼岭头。

翠影层层腾碧浪,清音簌簌奏箜篌。

枝繁叶茂阴长在,土厚笋荣旺不休。

丰沃金山常献宝,助农共富振田畴。

◎何史爱

【简介】何史爱,生于1965年,衢州市衢江区岭洋乡人,江山市长台中学代岗老师。爱好文学和古典诗词。作品散见于"流云诗词"等微信公众号,有较多诗词发表在《衢江诗词》《衢州诗词》等刊物上。现为中华诗词学会、浙江省诗词与楹联学会、衢州市诗词楹联学会、衢州市衢江区诗词楹联学会会员。

小湖南春曙台观景

登临观景台,足下水云开。

春色千山涌,莺声四面来。

和邱维正《翁源古村》

山长水远古村幽，烟雨晴岚七色流。

不是春风偏爱此，如何寒境换清丘。

茶乡岭洋

碧水乌溪宜室家，繁林野卉织烟霞。

更看玉叶舒千顷，处处香飘云雾茶。

游药王山

夏日登山游兴浓，层林叠翠涌双瞳。

琉璃桥上人惊梦，三妙亭前客爽风。

千里浮云犹带雪，一川飞瀑正飞虹。

药王可晓今何夕，流火烟消万绿丛。

老家晚景

清溪石岸老篱笆，古木高枝系夕霞。

一曲牧歌云上过，晚风情动格桑花。

城乡公交一体化两元出行有感

偏壤平川一线牵，沥青油路向山连。

公交唱响惠民曲，百里成行两块钱。

山　居

碧溪云岸万山偎，烟锁青屏复往来。

听鸟别枝常切切，观流出涧每皑皑。

素风勠力染秋实，清露痴心沐径苔。

最是银蟾知我者，为敲词阙两徘徊

茶乡岭洋

源头活水润芳丘，紫雾云霓林海幽。

灵气催生茶一品，富民康养惠千秋。

康养岭洋

初夏家山丽，景观处处栽。穿花蝴蝶闹，逐蜜土蜂催。贞子花堆雪,香风暗染腮。田田荷叶出,静静水塘开。藜麦苗成穗,汀兰梢结苔。河边观紫燕,林下觅青梅。江碧渔舟白,天青子鹭徊。灵峰生瑞气,嘉木入高杯。慢品茶乡韵,细尝泉水醅。助农多妙策,奔富有良媒。康养旅游地,客人纷沓来。

山 居 吟

筑屋南山下,周周花木荫。出门行迤逦,入户夜愔愔。流水为君乐,浮云作枕衾。春来烹绿茗,秋至送归禽。袅袅风吹雪,飘飘雨洒襟。修篱西院外,种菊北溪浔。晴暖踏幽径,阴寒读妙箴。研墨赋词格,调弦抚竹琴。梨妆为尔点,鸟韵奉天音。一曲千山和,一人百树檎。何须金络脑,无意众芳歆。焉又胡轻喟?夫而奚独斟?身安偏壤地,最合问初心。

岭洋春色

一

紫云落落向群英,溪水幽幽捕翠青。

一抹轻舟浮静泊,渔人独坐钓芳馨。

二

小小木轻柯,悠悠漾碧波。

渔人延墨竹,垂线入幽涡。

潭水缘山绿,溪风为尔歌。

半滩花草艳,一眼醉婆娑。

乡 景

家乡三五月,景色笑春风。

树树橘花白,山山桃露红。

蓝穹飞紫鹤,碧水映青菘。

四省通衢地,天然福禄宫。

戏题举汉公路

迢迢天路似飞虹,直破苍穹玉帝宫。

惊出群仙来探望,喧喧鼓乐驭长风。

举汉天路见景

白龙飞跃万山迎,碧水微扬鸟不惊。

轻雾迷离游客醉,忽闻江上笛声声。

江边小景（通韵）

高阳映照金波闪,竹木轻摇舟自闲。

橘落江花鱼立现,游人喜看钓云天。

天路蓝天（通韵）

绵延天路似蛟龙,直饮乌溪水万盅。

洗尽穹隆铅铁色,晴空一碧醉红彤。

小 阳 春

十月孟冬催返景,山光水色一时新。

坡坡茶树花飞雪,对对素蛾鳞作尘。

更有斑鸠常唤友,还留野果待酬宾。

西风翻作东风暖,昙蕊新枝亦醉人。

夏 夜

疑似银河落世田,炫光流晕浣溪边。

长延亮盏喧廊宇,轻点丹萤闹院前。

凉意扶帘萦气爽,翠烟添韵富诗妍。

山乡夜景美如画,胜过桃源四月天。

朝中措·归乡见景

高峰绿竹护天门,玉带绕烟云。碧水轻吟谷底,恰如清曲醒神。

桃源深处,鸡鹅欢叫,翁老呼孙。俏妇浣衣清浅,笑声飘过篱门。

西江月·忆山中采药

涧谷溪流清浅,漫山绿树撑天。荷锄寻草比猴猿,惊退松鸡不见。

涯路陡坡忽断,三羊双腱轻闲。常春藤蔓竞林前,晓日清风缱绻。

渔歌子·乌溪江

烟笼清溪野鹤飞,群山修竹雾岚奇。峰锦绣,涧迷离,水绿云轻醉不归。

渔歌子·乌溪江

云霞秀映一湾溪,青山烟雨笼旅衣。百鸟闹,鳜鱼肥。早钩鳝鱼晚钓龟。

行香子·仙霞湖荡舟

一众诗仙,踏破岚烟。兰舟已醉水中天。鸟鱼亲睦,紫陌清渊。叹水中云,波中日,涧中鹃。

群峰染墨,秋颜轻浅。看湖光山色缠绵。荧屏爆闪,意兴盈然。爱雁蹁跹,风缱绻,水漪涟。

十六字令·忠魂徐以新

秋,铁马金戈壮志酬。萧萧处,寒月冷吴钩。

秋,远赴他邦意正道。红旗下,沧海任沉浮。

秋,今觅英雄桑梓丘。忠魂笑,千里白云悠。

十六字令·秋游岭洋

秋,茶韵仙乡迎客游。梅溪水,缓缓载轻舟。

秋,墨竹丹枫篱菊幽。茶乡走,醉倒众风流。

秋,翰墨诗香岁月稠。鱼山好,代代出名流。

秋,埋骨何须桑梓丘。忠魂笑,却道解乡愁。

看鱼山村未来社区雏形

何故山乡欢乐多,白云天上听吟哦。

未来村社布新景,喜事初装一大箩。

梅溪垂钓图

小小木轻柯,悠悠闲绿波。

渔人延墨竹,垂线入幽涡。

潭水缘山护,溪风为尔哦。

一行游客醉,久久未移挪。

古镇寄韵

踏春消夏散清愁,信步湖南情自悠。

古镇由来多胜迹,故园无处不风流。

牡丹亭上岚烟翠,笔架山前翰墨稠。

谁谱嘉华共觞咏?百年筑梦劲方遒。

◎余荣喜

【简介】余荣喜,笔名三里人,生于 1964 年,衢州衢江区岭洋乡人。高中学历,当过初中代课老师,现为中华诗词学会会员。

乌 溪 江

崇山四立涌清流,江映浮岚泛钓舟。

鹤影过云常唧唧,蝉声飞瀑自悠悠。

两湖水电吟歌赋,万亩农田咏锦秋。

若问青罗何处有,仙霞岭脉竹溪头。

小湖南春曙亭遐思

春曙亭中坐,山风洗耳听。

千峰虽不动,日脚不曾停。

玉中坑观雾

细雨纷飞数日连,千峰借雨酿苍烟。

浮岚自有青云志,欲拔春山上九天。

雨中岭洋

峰叠树青飘冷风,白烟听雨卧山中。

仙霞碧水鱼追逐,偶见轻舟钓笠翁。

小 湖 南

村对青山水碧晶,红阳清晰鸟歌清。

千年古意抖音上,生活宜居誉北京。

笔 架 山

笔架山前墨水波,独留破石韵文多。

余家一斗官人上,数代乌纱一斛罗。

游举汉绿色通道之感

远眺山村一卧龙,头嘻江水尾翘穹。

斜横绝壁一刀剪,直曲层云千里通。

倜傥山风撩树妹,风流牧笛唤村童。

乡村兀见擎天路,旧宅翻新笑脸红。

梦 父

昨宵梦爹觅归路,步履蹒跚异世孤。

头上依然生白发,衫边未变有斑糊。

欲投怀抱追思苦,渐远音容回首无。

觉醒泪流花枕袖,但望从此别艰劬。

贺抱珠龙文化礼堂获省五星级评定

亭廊依碧水,小苑满乡愁。

阁内诗书画,山家青史留。

洋 坑 吟

夏日洋坑走,人家在半峰。

停车栖白屋,山色羡茶浓。

杨梅岙夏望

千山接碧空,万树绿妆同。

三界通关处,轻云驭竹风。

岁末连续阴雨天

雨神书雨诗,淅沥一星期。

天上水虽富,可匀炎旱时。

雨中山村

夏雨丝纱入眼柔,轻烟有意满山浮。

今天目尽林中色,来日方能作梦游。

遗忘的故乡诗人

梅溪自古墨波长,故里文人丢二郎。

文彦诗词曾一见,老曹净植字含香。

[注释]文彦:指鱼山村柴文彦。老曹:指岭头村曹有芳。

访老杨不遇

正月中旬一日闲,寻君却遇大门关。

邻家解释去诸暨,春暖花开方复还。

[注释]老杨：指塘坞杨爱花。

三八节李昊威替母领奖有感

莫道羊肠生绿苔，仙霞湖畔玉花开。

全国三八红旗手，越岭翻山走出来。

岭头村田陇行

深山有道树阴遮，石已生苔路侧斜。

忽听天鸡林外唱，远方疑是有人家。

雨中岭头

白雾翻山绘夏图，斜风暴雨叶飞珠。

千坑水唱银花曲，浪滚梅溪入碧湖。

赖家新貌

碧水生花夸白鸭，村房户户换装新。

如今民宿贵宾满，不见当年砍树人。

送诗友上船吟

诗友初冬山里行，梅溪村落镜头清。

飞驹过隙坐船去，水载轻舟是我情。

雨　水

雨水逢晴无雨水，山乡处处曙光春。

天河一日波澜出，惊动江南犁地人。

岭洋春茶

四季轻烟早晚霞，千花芳气浸山茶。

岭洋美女初春采，一品清香名万家。

门前圆月秋暝

玉镜出山东，轻云醉酒红。

心怜金栗树，目极广寒宫。

月看村灯亮，峰连夜色融。

路边飞落叶，思绪已随风。

冬至夜闲步

夜踏田园陌，徐风不觉寒。

村灯光有意，野鸟唱无端。

月照芦花舞，人来树影拦。

抬头望天地，诗句步蹒跚。

同学小聚游仙霞湖

四月桐花初艳紫，同窗小聚踏山川。

峰青依旧绿湖水，发白归来划木船。

八岁相逢书桌案，六旬互对泪帘泉。

人人乐说童颜事，春色飞回五十年。

登小湖南拦路山（二首）

一

拾阶千步入林丛，春曙亭楼景不同。

远处翠微云是帽，深山红日画当空。

江南古镇水中瞰，天上农家世外通。

高峡出湖湖作镜，容颜四季自新中。

二

十里山沟树木遮，泉歌曲曲颂春华。

青蛙对对听流水，勤鸟双双飞出家。

人到涧边寻笋色，草新石穴吐香花。

寒晶入谷生银带，日照轻云起紫霞。

一剪梅·怀父

慈父今生为子忙。田作香房，山作家床。佛身再世作忠良。面对骄阳，背向天霜。

常梦伊人在异乡。吾涕滂滂，吾泪汪汪。生前艰苦痛儿心。梦境留香，醒眼含伤。

满江红·岭头冬雪

树瘦寒冬，霜冰刺，千山万象。地雾盖，眼前萧色，北风翻浪。天赐琼芳妆草木,松思梅妹看山旁。四季末,青女抚琴间,披银帐。

千万片,鹅毛状。铺大地,丹青匠。覆江山万里,闲观峰嶂。青竹弯腰修养好,翠微试画梨花放。日照暖,入地化清泉,春溪唱。

满庭芳·夏日闲游上侣村

车道千弯,天连万树,四轮慢数途程。满颜林翠,栀子替红英。人醉风光回首,高峰顶,光板平平。太阳热,电多山富,昂看日含情。

惊奇,宽路侧,楼高山绕,车止人行。借问洗衣郎,上侣村名。昔日泥墙瓦破,逢盛世,政府英明。推贫屋,村官昼夜,林下布篷瀛。

沁园春·岭洋

碧水蓝天,瀑入森林,古墙色银。望梯田皆绿,青青茶树;杨梅酒醉,细细芳茵。千古梅溪,老翁叙旧,杨柳先师斗法神。今乡士,四海金名片,徐老乡亲。

遥瞻世界为邻,水山美人间属贵珍。望海宽沧远,游人叹息;池平旷野,钓叟鱼贫。周视神州,天高云淡,上等仙霞泉水醇。回故里,看岭洋风景,四季如春。

[注释]柳:指柳家的法师。杨:指抱珠龙村杨家铺的法师。 徐老:指徐以新。

十六字令·岭洋秋吟

秋,泉水叮咚石下流。何方去,玉露润衢州。

秋,湿地湖边好放牛。皮童闹,入水学蛙游。

秋,一道残阳入水游。黄昏到,户户灶烟柔。

秋,树遇霜风红欲流。人观醉,速举镜头收。

秋,路轨梅溪向上修。家乡好,民宿各村优。

五梅先生故事吟

五梅前辈传奇多,外出村民常借箩。

强盗幽途见筐字,刀戈收起目光和。

(小时候常听老人讲当地村民要去江山,经白石乡,此地土匪众多,只要见箩筐上有何建章三字,就不敢抢了!)

喜吟诗友来岭洋

白云轻舞在天台,黄菊新妆陌上开。

何故初冬恋秋意,只因诗会众仙来。

魅力小湖南

古镇东边半月湾,游人到得不思还。

廊桥细说百年事,破石重描今日颜。

坝已改移南北水,湖能滋润万千山。

采风路上无船只,醉驾诗舟笔楫澜。

[注释]湖:指仙霞湖。

◎柴丽玲

【简介】柴丽玲,生于 1965 年,衢州市衢江区岭洋乡鱼山村人,高中学历,在岭洋乡文化站工作十年。热爱文学,曾参与《衢县民间故事集成》的撰稿,特别钟爱古典诗词。近年来有不少作品在《衢江诗词》《衢州诗词》上发表。

遇　梅

梅家骄女沐春阳,粉蕊银装款款香。

残雪未消颜色好,一枝疏影出西墙。

贺岭洋乡第二届农民丰收节(二首)

鹧鸪天·水秀鱼山又扬帆

秋分时节岭洋酣,金波翠壁舞红衫。田间鱼跃众欢喜,台上狮腾两俊男。

佳客至,好茶添,渔歌伴舞过山岚。稻黄栗熟香千里,水秀鱼山又扬帆。

[注释]此作在衢州市衢江区诗词学会同题竞赛中获三等奖。

鱼山新风采

秋月梅溪锣鼓喧,双狮劲舞动疏烟。

稻田鱼跃添风采,大赋农民丰收年。

长相思·咏鱼山

梅溪流,碧溪流,山路弯弯几度秋。鱼山立前头。

古韵悠,诗韵悠,低唱鱼山景更幽。樵歌山曲稠。

赞衢江

空港新城两岸通,浙西建设动真功。

一湾碧水桥横渡,几点飞禽竞逐风。

宝塔祥云斜照里,樱花粉雨淡烟中。

沿江公路多佳景,千里长堤诗画融。

咏 鱼 山

鱼山村落有清流,卵石台阶曲径幽。

两岸水声和鸟语,一丘古木共春秋。

乡人见面乡情在,古屋遗风古韵留。

诗兴常随稻香起,老来耕读景中游。

瞻仰红军墓

苍松翠柏映旗红,烈骨忠魂笑菊丛。

百岁誓言今尚在,初心不变与君同。

回老家有感

百里驱车探宅门,何家大院墨香痕。

案头诗画高风在,室内清规亮节存。

几代贤才怀故土,一楼雅仕恬乡村。

老邻犹记当年事,件件桩桩尽感恩。

游仙霞湖思移民

横空高坝出,湖影荡山风。

多少古村落,幽深水族宫。

烟波千顷绿,灯火万家红。

乡道茫茫处,离人不计功。

◎柴元霞

【简介】柴元霞,生于1965年,衢州市衢江区岭洋乡鱼山村人,中学高级教师,从教38年,曾任衢江区第九次党代会代表。爱好文学,平时热爱阅读,尤其喜欢唐诗宋词。退休后,对古典诗词产生了浓厚的兴趣,近年受众多擅长诗词创作的前辈的影响,开始学习格律诗词创作,作品常在《衢江诗词》《衢州诗词》上发表。

鹧鸪天·山村巨变有感

满目春光入画屏,莺歌燕舞喜盈庭。桃红柳绿景增秀,云白天蓝风更轻。
郎纵唱,妹移筝,鸳鸯琴瑟曲和鸣。农家生活今非昔,惬意人生天宇明。

咏怀早餐奶奶

昂首白云处,音容在故乡。

逢人频细问,何处早餐香。

淡淡平常事,偏能热我肠。

今朝伤别处,清泪湿衣裳。

衢江区诗联鱼山授牌随想

梅溪锦鲤笑颜开,只为授牌贵客来。

更待鱼山人杰出,诗风墨韵上楼台。

[注释]衢江区诗联:指衢州市衢江区诗词楹联学会。

游望仙谷

木屋巧依崖石边,弯弯栈道入云天。

望仙谷里神仙住,明月清风伴醉眠。

贺岭洋乡第二届农民丰收节

一湾碧水润山田,辛苦迎来丰收年。

今日四方来祝庆,鼓声敲到小村前。

桃园抒怀

江湖夜雨十年灯,几度风霜桃李情。

日月同辉探索路,师生共气赴前程。

年年阅卷过千卷,卷卷求精方益精。

一别芳园无适意,爱听朗朗读书声。

缅怀革命先烈徐以新

生在深山心爱国,少年万里觅光辉。

南征北战终无悔,一颗忠魂载誉归。

随衢江诗友回乡采风有感

观光天作镜,随友故乡行。

莫道山多险,神闲脚步轻。

◎徐红祥

【简介】徐红祥,生于1970年,衢州市衢江区全旺镇岩头村人,中华诗词学会、浙江省诗词与楹联学会、衢州市诗词楹联学会、衢州市衢江区诗词楹联学会会员。

过乌溪江有感

暗暮烟轻倦鸟飞,相思入岛亦余绯。

山环湖绕九重线,路转峰随二八矶。

江上郎君抛网远,岭头渔妇弄炊微。

等闲流出桃花处,应是农家故友归。

宿牛头湾山水庄

如帘春雨砺罡风,两岸青山雾葱蒙。

本是江心漂泊鸟,沉浮烟柳去何终。

◎黄维

【简介】黄维,生于1958年,高级政工师,一级企业人力资源管理师,国家一级企业文化师。1975年参加工作,2018年于国网浙江省电力有限公司衢州供电公司退休。中华诗词学会、浙江省诗词与楹联学会、衢州市诗词楹联学会、衢州市衢江区诗词楹联学会会员,诗词爱好者。

五言排律·游湖遇雨

船头山雨注,烟锁九龙湖。

黑絮齐倾墨,银晶乱跳珠。

爽身凉气送,涤暑客欢呼。

静坐听弦奏,扶窗看岸糊。

忽然云雾散,岚翠碧波铺。

醉笔吟奇景,诗心待酒沽。

秋游大路外焦村

溪边林密凝霜露,叶落红残深涧铺。

径曲山间到农舍,畲家情热酒千壶。

农 家 乐

山花芦苇涧边扬,坐听泉流林绕房。

深羡乡村农户乐,土鸡味美野茶香。

宿仙人谷夜间所见(二首)

一

村寨接天荒,星空闪耀芒。

凉风山涧至,萤火若流光。

二

深潭浮落叶,暝色透疏林。

灯火阑珊处,秋虫夜弄音。

访破石古村

炊烟袅袅泛晨光,岁月留痕深巷藏。

黛瓦青砖存古韵,飞檐翘角透沧桑。

砚池水洗旧文墨,笔架山添新乐章。

盛世年华今又是,文昌兴瑞梦轻扬。

◎马远旺

【简介】马远旺,生于1963年,退休于衢州市衢江区农业农村局。曾发表各种新闻报道数百篇,三次获"农机秀才"荣誉称号。

乌溪江颂

乌溪江岸古堤长,紫陌仙霞焕晓光。

石柱横霄摩岁月,兰舟枕水共仓黄。

龙门载道深山转,天脊通神瑞梦扬。

不尽骚人登峻岭,漫吟诗韵入杯觞。

忆王孙·乌溪江

乌溪江水醉春梢,九玉仙霞飞练撩。药裹幽林不断号。远人潮,雾锁青庐风里摇。

岭洋采茶女

岭洋原上采新茶,风拂霓裳日影斜。

媚悦弄姿春俏发,迷离玉露展英华。

◎刘樟根

【简介】刘樟根,衢州市衢江区岭洋乡岭头村人。退休于乡镇基层管理岗位,曾任洋口乡党委副书记等职。

仙霞碧水绕绵羊(古风)

碧水绕古丘,仙霞映土楼。

车随山路转,景入眼眸幽。

四面浮苍翠,竹间有清流。

山野腾薄雾,江风吹碧洲。

夹岸芳菲尽,画中纛凤柔。

◎王静

【简介】王静,字致远,生于1972年。写诗30余年,言志抒情以自慰平生。浙江省诗词与楹联学会会员,衢州市诗词楹联学会会员。

游小湖南镇(新韵)

观光岂为游仙迹,睹胜今来阅古篇。

烟锁群峰担日月,雾笼远树隐山川。

横空翠盖千重岭,倒影红霞一片天。

赚得湖南风水后,运交华盖益流年。

◎蒋开宜

【简介】蒋开宜,网名五百年,生于1963年,浙江江山人,衢江区全旺镇退休干部,衢州市诗词楹联学会、衢州市衢江区诗词楹联学会会员。

乌溪江咏

岚雾浓云锁黛株,轻舟逐浪戏鱼凫。

崇山腰系银丝带,幽谷胸怀碧玉湖。

绿水西流滋圣地,清波东引润金衢。

马良研就乌溪墨,神画乡村七彩图。

◎黄荣南

【简介】黄荣南,生于 1948 年,衢州市衢江区高家镇人,退休小学老师,衢州市诗词楹联学会会员。

拜读"衢江诗友"到岭洋采风作品有感

采风到岭洋,诗画吾共享。

拜读沁心欢,胜途得欣赏。

◎吴志祥

【简介】吴志祥,衢州市龙游县人。

乌溪江行吟

一

白鹭徜徉漪水圆,桃花初灼岭含烟。

相思一棹随云去,耕读寻源山那边。

二

杨柳风扶绿绦长,江花浪涌碧波香。

乌溪渠引分流去,要为金龙解水荒。

三

油菜花黄波不寒,江天一色共蓝蓝。

乌溪水暖游凫浴,杨柳轻轻着碧衫。

四

高峡坝卧筑黄坛,霞岭乌溪汇万泉。

一曲琴弹水云画,弈棋遥对烂柯山。

◎杜来泉

【简介】杜来泉,生于1948年,曾任衢江区政协秘书长。退休后,开始学习摄影、诗词创作,并多有建树。

鱼 山 吟

自古小村多俊杰,相传风水兴聪明。

文章百斗藏深阁,谁说山民都白丁。

祭徐以新

石径深深翠柏荫,诗人情祭以新魂。

展陈馆内听辞说,滴血忠贞启后昆。

赞乌溪江曾忆东溪水乱衢,今依叠嶂出平湖

泛舟迎笑往来客,发电照明昏暗途。

蓄库迁移愁故土,回乡未忘展宏图。

犹围湿地顺民意,古色新湾几醒苏。

十六字令·秋

秋,野色斑斓尽一流。情相望,独爱寄同游。

秋,稻菽瓜蔬喜庆收。同相贺,美意解烦愁。

◎万川音

【简介】万川音,生于1961年,退休于衢州市柯城区供销合作社联合社。

瞻仰抱珠龙烈士墓

烈士长眠峻岭中,留名千古倍光荣。

端庄肃穆凝情壮,激我初心守志雄。

访鱼山村

一方净土小山村,远隔喧嚣气色馨。

父辈英才留榜样,生平事迹励儿孙。

◎徐昌和

【简介】徐昌和,生于1956年,衢州市衢江区云溪乡人,退休中学老师。编写《情韵》《景韵》《哲韵》《政韵》系列图书,诗词创作成果颇丰。中华诗词学会会员,浙江省诗词与楹联学会会员,衢州市诗词楹联学会会员,衢州市衢江区诗词楹联学会会员。

瞻何建章故居

石路青青五尺平,土墙硬硬百年挺。

倚山向水清幽庭,曾育群才目睿炯。

观鱼山风水（通韵）

西岭云天巨谷来,高风携水向东排。

一山如鲤逆流上,无限精神育俊才。

◎吴庆耀

【简介】吴庆耀,生于1969年,衢江区双桥乡人,曾从事婚庆摄影业,对古典诗词颇有研究,即兴创作信手拈来,在各级诗刊发表诗词作品较多,中华诗词学会会员,浙江省诗词与楹联学会会员,衢州市诗词楹联学会会员,衢州市衢江区诗词楹联学会会员。

访 岭 洋

一众骚家破渚烟,寻根踏迹拜英贤。

鱼山村落诗情荡,烈士陵园意绪牵。

红色墓碑重起誓,抱珠龙寨又欢天。

但期花好月圆后,再访岭洋书美篇。

泛舟乌溪江

乌溪旖秀水生华,翠柳烟波入彩霞。

云醉苍山扶绿树,客迷碧浪吻青虾。

蛙鸣唱响丰收曲,燕至掀开春季纱。

一曲歌谣馨好梦,衢南遍处泛诗花。

咏怀革命前辈徐以新

干戈寥落话以新,烈火熔金铸党魂。

东海堂前书读正,北伐帐上事求真。

长征万里修风骨,历却千辛褪俗尘。

不尽春江涛去也,徐公政绩迄今闻。

沉醉鱼山

采风心旷然,沉醉在鱼山。

午膳农家乐,舟行碧水弦。

席间斟酒笑,饭后沏茶嫣。

挥手言辞去,依依别绪绵。

◎徐秀香

【简介】徐秀香,生于1963年,从事乡镇基层管理工作三十余年,曾任乡镇宣传委员等职,衢州市诗词楹联学会会员,衢州市衢江区诗词楹联学会会员。

岭洋采风行(二首)

一

驱车颠簸百余里,方到鱼山景致起。

碧水梅溪挨路流,柔波脉脉书香绮。

二

以新先辈半传奇,落叶归根静安寐。

火炬熊熊曾力擎,红光永照中华地。

◎江衢生

【简介】江衢生,生于1954年,从事农技专业知识传播工作数十年,爱好广泛,在书法、格律诗词、茶艺方面均有建树。衢州市诗词楹联学会会员,衢州市衢江区诗词楹联学会会员。

岭洋采风漫兴

一车诗友欢歌乐,岭库采风路颠窄。

为悼以新再誓言,望亭相约访文迹。

云诗一首三杯醒,驻足鱼山竞尔拍。

登得游舟万水波,青山白朵送君驿。

◎季志根

【简介】季志根,生于 1950 年,衢州市衢江区樟潭街道人,倾情于土特产采购与销售,热爱诗词创作,颇有成就。中华诗词学会会员,浙江省诗词与楹联学会会员,衢州市诗词楹联学会会员,衢州市衢江区诗词楹联学会会员。

采风徐以新故乡抱珠龙

穿峡山隈至岭洋,寻源采访抱珠岗。

以新魂魄归生地,于此唤醒情永昌。

石壁云留才秀出,溪流岸绿世民纲。

鱼头代有诗词客,风华通灵显此方。

渔山村途归

清江碧水渔山下,两岸青岚入客船。

慕道采风诗志远,填词作赋有佳篇。

访鱼山何家祖宅

鱼游龙度至鱼山,明月青峰碧涧前。

耕读何家风节亮,后人皆把圣贤延。

青玉案·耕读传世

颠驰一路何家府。细细看、流芳处。祖宅长留诗画羽。韵常满布,情痴农圃。把酒聊天叙。曾经风雅辞官伍。一笔贤书立师语。此刻却留清素缕。诗吟继学,遣词佳句,耕与书同举。

情咏乌溪江

山前峦下共生源,旭映波澄孕圣贤。

香岫问书人辈出,砚池落笔世流传。

廊桥走读百年誉,破石凤鸣今古延。

瑶殿明珠穷目力,九龙阙里紫烟绵。

◎章光贵

【简介】章光贵,生于1943年,衢州市衢江区廿里镇太阳畈村人。中学老师,退休后开始学习书画、诗词创作,曾任衢州市老年书画研究会书法组副组长、衢州市衢江区老年书画研究会副会长等职,中国老年书画研究会、浙江省老年书画研究会会员。书法作品工整朗逸,在山水工笔、古典诗词等方面都有建树。其中《山乌水溪滩巨变》荣获"巨康杯"衢州市首届老年综艺大赛一等奖。衢州市诗词楹联学会、衢州市衢江区诗词楹联学会会员。

岭洋采风

草鞋岭及年落湾,诗友慕名访岭洋。

抱珠龙观先辈馆,鱼山村闻墨翰香。

重青巨鲤逆流上,护佑村民世代昌。

遗址碑前风景美,游人同赞国家强。

乌溪江采风有感

节理石山奇峻险,乌溪江水舞翩跹。

华东高坝有能耐,巨电清泉送世间。

◎郑雪忠

【简介】郑雪忠,生于1961年,衢州市衢江区樟潭街道前程村人,从事乡镇林业、民政、劳保保障及社区管理工作30余年。退休后,喜运动爱诗词,衢州市诗词楹联学会、衢州市衢江区诗词楹联学会会员。

鱼山印记

又见菊黄枫叶红,世家耕读印山中。

以新光彩门前照,励志后生多立功。

◎许金水

【简介】许金水,生于 1953 年,衢州市衢江区高家镇人,勤勉刻苦,工余时间常吟诗作对,丰富业余生活。衢州市诗词楹联学会、衢州市衢江区诗词楹联学会会员。

岭洋采风赞

秋末初冬喜暖阳,甘余诗仙访岭洋。

抱龙山峰多美色,先贤馆看锦绣章。

◎余恒

【简介】余恒,生于 1959 年,衢州市柯城区人,曾先后就职于基层乡镇卫生院和柯城区人民医院。退休后开始学习格律诗词,在各类平台发表诗词作品 260 余首。衢州市诗词楹联学会会员,柯城区诗词学会会员。

岭洋仙色

君篇诱我入乡关,翠绿群峰戏老顽。

碧影蓝波迷雾绕,鸟鸣花笑送吾还。

◎叶翠青

【简介】叶翠青,笔名叠翠,生于 1958 年,衢州市衢江区后溪人,退休于江山市森林警察岗位,爱好诗词,作品先后在《中华诗词》《诗刊》等纸媒发表并在多个全国性赛事中获奖,衢州市诗词楹联学会、衢州市衢江区诗词楹联学会会员。

深山探故人不遇

石径层层通远岫,苍苔渌渌少行人。

空山别室搬家去,远客他乡觅脱贫。

◎郑瑞雪

【简介】郑瑞雪,又名郑雪峰,生于 1957 年,退休于浙江省衢州理工学校。文字组织能力较强,诗词创作功底扎实,有较多作品发表于专业诗刊。浙江省诗词与楹联学会、衢州市诗词楹联学会、衢州市衢江区诗词楹联学会会员。

咏外交部副部长徐以新

烟柳深深好俊郎，春风得意跫音锵。

丹心碧血千秋在，壮志凌云万代强。

巧出奇兵胜次第，深藏顽寇败仓皇。

外交领域华篇著，浩荡声威四海扬。

咏鱼山村

千峰叠嶂势连空，鸟语楼台入画中。

墨客圣贤荣故里，一湾碧水向苍穹。

咏 何 府

明月清泉香绿茶，楼台亭院映朝霞。

千秋族谱圣贤贵，亿万珠玑咏府嘉。

◎颜正发

【简介】颜正发，生于 1964 年，毕业于浙江林学院（现浙江农业大学），退休于衢江区林业局退休，衢州市衢江区诗词楹联学会会员。曾在乌溪江林业站、举村乡、湖南镇政府工作过，还担任过岭洋乡溪东村农村工作指导员 10 年。曾多次在烟雨蒙蒙中乘轮船往返于仙霞湖，见到过满江灯火似银河的捕鱼场面，见到过乌溪江大坝泄洪时如万马奔腾的壮观场景，也参加过移民出库的具体工作，对乌溪江的山、乌溪江的水、乌溪江的人民有着特殊的感情。

醉美乌溪江

一重高坝出平湖，九曲澄波映月孤。

晓雾凉风排筏渡，古樟荻影野禽凫。

景乡似画醉骚客，青岭如屏隔闹区。

赖有此方神秀地，清溪荡漾润金衢。

◎袁敏清

【简介】袁敏清,生于1963年,退休于衢州市公安局衢江分局警察岗位,爱好书法、诗词,衢州市衢江区诗词楹联学会会员。

初夏游九龙湖

松涛惊破石,白鹭弄清波。

艳羡渔翁趣,归舟逐梦歌。

◎徐建新

【简介】徐建新,字易之,生于20世纪70年代初,衢州市衢江区人,中学资深文史教师。1989年开始发表文学作品,散文、现代诗、古诗词均有涉猎,散见于各种纸质媒体和网络平台。衢州市作家协会会员、衢州市诗词楹联学会会员、衢州市民间文艺家协会会员、衢州市地名文化研究会会员。

破石有吟

乌溪侧畔古村悠,耕读传承意蕴稠。

破石如常心荡漾,向云许我载春秋。

青山翠拥桃源境,绿水涓潺蓬岛柔。

且赏今朝佳景盛,笔锋流彩阁寒留。

◎徐青松

【简介】徐青松,生于1972年,高级教师,任教于衢州市衢江区第一小学。浙江省诗词与楹联学会、衢州市诗词楹联学会会员,衢州市衢江区诗词楹联学会理事。

甲辰初夏游小湖南镇

倚杖乌溪到岭头,一江百转润衢州。

浮岚樵语闻山响,高峡渔歌逐水流。

巉壁野芳丛发好,深林谷鸟几声幽。

廊桥日暮湘思月,破石澄心夜泛舟。

辞 赋 选

◎清·余本奎

圆石湖钟记

　　湖钟天设之名境也,阴翳崇窿,群峰耸翠,山川形胜甲于三衢,士大夫之闻是名者,每以不得其地为恨。而其至于是者又未尝不俯仰徘徊,流连之不忍去也。予尝凭临远瞩,其东高山壁立,一伏一突,摆列如人状况;其下则为溪,不知其何始峻急多石,波涛汹涌,注于桥梁之下,峥嵘如大鼓訇然有声,堪舆家以为棋下鼓者是也。其南为大河,长如白练,注入于怀,即周公源也。其间舟楫往来,无时停息,牧童樵叟之讴吟,渔夫渔父之唱和,皆可以比目而观,倾耳而听。其前为双蝶峰,左右互峙,美秀而文,有图画所不能到。说者谓群鹰鹗荐,必双凤齐飞者,以此谓也。湖稍转而西而钟山在焉,山在湖侧,此湖钟所由名也。又谓印山,修洁高耸,秀雅郁丽如拥高位者,左右戎行,剑戟林列,而印适在手。其内为印池,又为砚池,水似赤黑分者然,故名此。然亢阳久旱,秋槁冬枯,而水固未尝竭。其西,山之高适与东并,形似亦复坞其后来龙,巍然,突然,如鹰隼之击,如赤骏之奔,固不能尽述。而特其迅驰而来也,有虹梁渡而过焉,谓为仙桥过峡,其下潺然有水声,目无所见,不知其深浅,如游者俱于是而止焉。尝从其中以望山之高,水之深,云之浮,邈然天际,当不复疑在人间也。夫天人有间隔之形,而实有相通之理,人而积德行仁,是为人而天矣,以天所生之人,处天所适之地,又奚疑哉!

乾隆四年岁次乙未(1775)夏月

◎清·郑文琅

重修清化寺记

古今寺刹,兴废不知凡几,而佳山佳水阅久常新,变易不易,皆理固然耳。

湘潭之南,山水明秀,坞名沙圆,郑氏十八世祖宣议郎郑崇义公之墓在焉。寺创于北宋乾兴改元壬戌之岁(1022),先在柯山左麓黄坛谷口,檀越本郑氏,其徙于此,则元至正二十年(1360),蕃孙公因祖墓右沙圆庵坍坏,即其故址改建也,未详所以然。宗牒载:宋南渡时,仲熊公为端明殿大学士,捐田给沙圆庵僧供祀,是不始于唐,必始于北宋。后给事公大经、同卿公有年相继给清化寺僧田,在明隆庆、万历年间。国朝康熙甲寅(1674)闽变,浙衢近罹兵燹,寺又圮毁,溪山依旧,栋宇倾颓,盖芜没荒烟蔓草间者百余年于兹矣。昔文学洪逵公倡议重建,合族询谋佥同。功未及半,赍志而殁,子侄辈勉继其志,日积月累,阅十余年告竣,所费不赀,非徒佞佛,实怀祖也。由是楼阁重重,树木翁蔚,时一登眺,水媚山辉。以今视昔,所谓变易者非与欤,废者易而兴,今之兴者安知不复废耶?恃有不易者,在后之视今,犹今之视昔,即复废何虑不复兴耶?子子孙孙毋忘尔祖,因记年月以谂来者。

◎清·程凤冈

柘 川 记

郡南百二十里,有柘川焉。其名,不知所由始。或曰:土宜桑柘,因以为名。道由洋潭入,幽邃屈曲,十余里,似无人居者。将入境,隔以峻岭,岭之上,地宽平。依山建文昌祠,祠前有亭,远望若空中楼阁。绕山左旋数十步,豁然开朗。由岭道而下,桑麻遍野,间阎相望,皆吾程氏世居也。宅居东山下,址如半规月,四面皆山,隐然如大环。村前一泓流水,既清且涟,铮铮淙淙,幽咽如鸣弦。中隔小渚,劈流而下,望之如双玉带。春夏之交,溪水涨,合流汹涌,浩浩乎如黄河之奔放;起伏顿挫,动心骇目,亦奇观也。西有瀑流一道,时雨既至,悬崖倒注。杂夕阳如彩虹。又别起一山,高不逾十丈,临溪突出,势如天马行空,里人因以天马名。上多苍松古木,葱花蓊郁,时闻禽鸟声。下临深潭。游鳞拨刺举,熙熙然有自得之乐。面山稍逼,乃皆启南户而居其间。山川云气出没无时,奇诡异状:俄尔重峦半掩,俄尔横截山腰,倏忽变幻莫可端倪。每登临眺望;耸然而静者与目谋;泠然而动者与耳谋;灵气往来,烟云缭绕,飞跃自如者与神谋。乐哉柘川,虽辋川别墅不是过也。吾祖卜居是乡,传世三十,今吾因而居焉。所得不既多乎!夫人偶有会心,尚低徊留之而不去,况快意适观如柘川哉,况吾也哉!

(原载《衢西柘川程氏宗谱》)

◎余振华(3篇)

乌溪江赋

乌溪江,从遂昌流到西安,浩浩荡荡。至樟树潭,合江山、常山之水为钱塘江之源。虽长凡数百里,而两岸山峰夹峙,林木茂郁;竹篱茅舍,聚成村落;江流有声,波澜壮阔;高下失势,怒涛咽石;亦有深潭,绿不可测;碧水悠悠,天山共色;风帆上下,悦可人目。

予童年之时,每春夏之交,辄钓游于乌溪江畔。岸石嶙嶙,江流滚滚,鸟语花香,风和日暖;水逐飞花,霞横天半。然后坐于绿杨深处,下饵投竿;垂丝放线,钓鱼于篮。听渔歌之唱晚,瞩遥远之峰岚。

吾想;夫乌溪江水,日夜奔流;波浮木筏,浪送飞舟;宜乎转运,畅乎需求。此则固其功也!然则波涛汹涌,礁石离离;洪流暴涨,浊浪横飞;舟倾楫覆,筏断人危。此则固其罪也!千秋以往,任其所为;凶狂暴戾,莫能与违。

然今日也,大非往昔;人民当家,天翻地覆;高山仰止,河流驯伏。先则于黄坛口,继则于山前峦,筑拦河之大坝,驯汹涌之狂澜。河水既蓄,一片空明;水光山色,悦目怡情;舟船往返,浪静波平;木筏连贯,任意纵横;仰高山之明月,望林表之停云;喜渔舟之布围,乐沙鸥之浮沉。

而水也,或命之自洞而出,发动电流;开办工厂,日夜不休;或命之从渠而入,灌溉田畴;消除干旱,确保丰收。乃既无折木筏之患,更无倾舟楫之忧。

吁嗟呼！英明领导,人定胜天;豪情壮志改造自然;不折不挠,壮举空前。兹者纵目于乌溪江畔,亦可知祖国面貌之新鲜!

湖钟赋

湖钟,位于乌溪江畔,为湖钟山与湖钟潭之总名。其地风物茂美,先祖墓莹在焉。但见浓荫碧绿,古木参天;阴晴暗晦,变化万千。湖钟山主峰突起,高仰入云,蜿蜒而下,徐徐曲伸。状如翅张之鹤,欲引颈而飞腾。其山之麓,林木翁郁;枝叶扶疏,昼不见日;盛夏正午,赤日炎炎;步入林中,漱口弄泉;清风徐来,冷气森严。瞬眼而汗干体爽,再坐而急欲衣穿。若深秋骤至,其凉快而爽然。

其与湖钟有襟相连者,湖钟潭也。盖乌溪江经流至此,汇而成潭。潭水澄碧,深而莫测,一片平湖,沙鸥翔集;而或长烟一空,骤雨初息;霞彩飞腾,湖光映赤;往游湖上,扁舟一叶;烟波浩渺,山峰矗立。俄而又见远空,挂绚烂之长虹;分缤纷之五彩,作万紫而千红。昔者辟放生池,隆冬时节,群鱼咸集;潭内万鱼,山中一日;物我忘机,人鱼共乐。

潭之东侧,突兀一石,状如笔架,故称笔架山。悬崖峭壁,嶙峋挺拔。上有古松,状若虬龙;年年岁岁,披拂蒙茸。

沿崖攀跋,可达其巅;俯瞰江水,震撼心弦。诚股栗兮而欲坠,乃恐惧兮不前。

适或乌溪水涨,怒涛排壑,浊浪横飞;波澜壮阔,滔滔不羁。而笔架山也,虽为首冲;然坚身硬骨,不为所攻;真中流之砥柱,显英俊之雄风。

笔架山后,有池二方。其水如玉,称砚瓦塘。藤萝纵翠,兰桂芬芳。宜散心而垂钓,可把酒而徜徉。

舟楫至湖钟潭,徐徐而进。旅客出篷,瞻仰名胜,或系缆而纳凉,或访游而靠岸;或投竿而钓鱼,或仰林而兴叹。或缘径而登山,或傍阴而煮饭。山鸟相迎,蝉声响亮。临别依依,流连忘返。

然卒令人遗憾者,苟湖钟生于杭州之郊,西湖之滨,凭客遨游,任人游览。而卒生于深山僻壤之中,默默无人知,如尘埋之金剑,作沧海之遗珠。

雪　赋

浩浩乎河山万里,海阔茫茫,漫漫大雪,纷纷扬扬。若梨花之狮落,如柳絮之轻狂;恍鹅绒之铺地,似面粉之盈筐。观梅花之万树,看斗罢之玉龙;掩长河之岸屿,饰岩壑之奇峰;出瀛洲之琼宇,现蓬岛之仙宫。茫茫乎而难分高下,渺渺乎而莫辨西东。壮丽矣哉!冰清玉洁,耀眼光芒。乾坤玉琢,宇宙银装。

值此纷飞大雪,我则独住山中。每日草庐高卧,作守山之老翁。芒鞋破,老杖龙钟。阶前静立,默对长空。往还自若,俯仰从容。惜乎却无香烟萦绕,彩烛灯红。否则,我亦蒲团打坐,贝叶经诵,焚香礼忏,暮鼓晨钟。六根俱尽,四大皆空。如老僧之入定,尤妙趣之无穷。

山门静寂,万籁无声。阶前扫雪,窗下抚琴。适有寒鸟,轻轻飞临。喂之以食,略不飞惊。互相作伴,互慰衷情。俄而园翁三五,悬然踏雪登门。顷刻草庐之内,哄堂笑语盈盈。随便就座,信口谈心。探时数节,较雪量晴。前唐后汉,说古谈今。剔茶炉之余火,战棋局之将军。早忘怀矣天雪,直瞎闹到黄昏。

吁嗟呼!吾想夫天公造物,不亦奇矣。何一宵之冷冽,遂满地之烂银;拂人间之污秽,填世间之不平;灭害稼之虫蚁,兆明岁之丰登。然而吾又想:值此隆冬大雪,朔风寒彻;野有饿莩,民有饥色,哀鸿遍野,饥寒交迫,嗷嗷待哺,无衣无食,不禁亦有深感焉。

◎李加呈(2篇)

梅　溪　赋

观夫梅溪[①],古城衢州南,层峰拥立,百岭沓来;仙霞闽赣北,黛壑有声,千泉奔涌。钱江衔双源[②],缘深溪源远流长;灇水纳众港,倚碧水川流续送。谁个晓,百水合抱信安,双源出自岭耸。家山风水,敢竭鄙怀,斗胆歌颂。

是故,清溪二十里,从金山头款款而至;村户几百家,沿岭头源纷纷排开。溪也源也,如黄龙飞腾,尾戏仙霞湖,头翘百峰顶;坑也泉也,若奔蛇游走,鳞洒吉祥光,身将千壑裁。青山青,乃极人力之化境,绿水绿,乃妙造物之神功。于是乎,一水涌动千门兴,百坑横出万木葱。

盖夫湖南镇水库。高峡平湖,波光奕奕闪辉;渔舟晚唱,桨板悠悠追鹭。八方商家,萃聚镜湖骋观;四方来客,慕名幸来惠顾。名胜华东,赓续禹舜治水之经纬;高坝东溪,蹚出中国水电之骥路。库沿通途,却似天池镶玉飘袅;浪上快艇,好比仙女拍浪竞渡。群山叠翠,倒映一池春波;千峰戳天,缭绕满头轻雾。围岸钓叟,采风骚客,踏青郎子,伴游翁姑,无不把胜地恋慕。岂知,人羡神妒,得缘于梅溪浴沐。

嗟乎,一方山水养一方人。天道阴阳,地道柔刚,人道仁义,此乃五千文明之大端精深也。山河依旧,面貌常新。当户乡众,承泽党恩。共富新风,仁行轩辕,龙脉溢美;簇新时代,得厚国力,民风清淳。极目群山叹梅溪水恒流欢惬,倾心故里感大时代肇建功勋。

乌溪江身隐湖中,仙霞湖名归故里。观乎瀔水夹岸,高楼林立扬播;金竹傍溪,碧水含辉浮响③。天造地设,一湖跨两区;龙飞凤祥,一库盖双县。岭洋变,举村新;湖山娇,焦滩丽。旅游景点,旁岸缀村;山色湖光,交相辉映。两岸青霭凭吟唱,一池金波任放舟。林甸舞婆娑,平湖抚磨镜。斯则,一坝巍峨谷底坐,两肩撑壁前峦横。五闸喷薄七彩虹,四洞飞泻千重雾④。嘤嘤鸟语如闻伯牙之曲,落落山峰似观翡翠之身。鳞潜羽翔,令垂竿人沓来纷至;珠音紫影,让慕名客忘返流连。

诚知,曾经之东溪,发源于衢南仙霞岭,出口于城东鸡鸣渡。千涧汇聚一溪,从龙泉清涧放歌而来;群山围屏万壑,向衢江碕岸攘襟而立。千年长流清浊音,哪个评谈;一地风景迷醉眼,几人知晓。半曲棹歌,是渔翁拨浪荡扬;衷肠千结,是樵夫婆娘愁诉。木筏过滩,气吞山河有何惊;商船逆水,号响两岸无所惧。龙鼻头,流急滩险世称小三峡;严博岭,壁陡岩高浑似巴蜀道。岭头云开耸丹梯,洋口步到眼清明⑤。杨万里为叠嶂倾倒,张九龄对翠壁仰止⑥。至如,鱼仓角潭,精怪向往大杭州;石峡岩洞,金鸡出逃福灵寺。一井吐莲花如幻如痴,按问至今;九龙吞洪水斗凶斗顽,相传不止。噫嘻,树在水中游,一水含烟楼榭动;人从画里走,百花掩映路涂芳。

嗟乎乌溪江,南响词曲毛滂韵,北闻琴音赵抃声⑦。衢州三港之一流,钱江双源之一脉。岂知,人才毓秀,国粹腾骧。草鞋岭诗歌飞扬,鱼山村书法飘逸。国之功勋徐以新,雪山二过茫茫路;草地三巡耿耿情。

历经阻险青山寄,但向延安赤胆呈。意志弥坚,丹心报国而垂青史;初心不变,落叶归根而耀故乡。或可,扣竹月,流水潺潺而回歌,赓续多少流年;闻泥土,芳香扑鼻而魂爽,叫俺如何焉说;听山风,竹海涛涛而迢递,天籁飘摇怎诉;对百花,琼蕊袭人而醺酣,常景常新何叙。

[本文人文地理相关知识,参阅了《乌溪江,钱江兄弟源》(周耕妥著)、《衢州历代诗词》和《衢江故事传说》]

[**注释**]①梅溪:指岭头源,源自赖家金山头底大丘圿自然村,出口在原航埠口村,合并于乌溪江,全长19.2公里。

②双源:指东溪西溪,东溪指乌溪江,钱江上游一级支流,西溪指常山港钱江源干流。

③瀫水夹岸,金竹傍溪:本意指乌溪江一头一尾。夹岸处市区也,傍溪者,遂昌金竹溪也。

④五闸,四洞:指湖南镇大坝有五个溢洪道、四个排砂孔。

⑤岭头云开耸丹梯,洋口步到眼清明:借用朱熹《仙霞岭》诗"岭头云散丹梯耸,步到天衢眼更明"句。

⑥杨万里为叠嶂倾倒,张九龄对翠壁仰止:宋朝杨万里和唐朝张九龄都写过衢州山水的诗。

⑦南响词曲毛滂韵,北闻琴音赵抃声:毛滂,宋代江山人,赵抃,衢州西安(今浙江衢州)人,江山在乌溪江之南,柯城在乌溪江之北。

竹　赋

观夫,身修长之接青云,姿娉婷之傍芳树。家居篁林,翠围村屋,绿盖村路。大山深处歌出林梢,深涧谷中鸟喧竹坞。每伫房前道口,放目远眺,何其惬意,何其爽朗,浮想随竹摇,随羽动,随泉流,随风飘。

枝迎风,杪弄月,春妖娆。一声春雷响彻,满山笋箨出巢。娘竹喜哉,龙孙满堂,稚芽苗兮,燕尾多娇。雾霭霭不碍速速解箨,风萧萧无关灼灼窈窕。逐日温而茁壮,长青枝而逍遥。夏临换节,已满山同俏,风催绿碧,则波海同涛。炎阳普照,铺金辉而流光,雨幕奔岭,带迷烟而疏莽。叶叶能刷云尘,洁身而促生态;枝枝能承雨露,滋根而不屈挠。秋飙送凉,枫叶赏霜。落叶飘舞,青芜泛黄。茫茫田畈,黎潊归仓。惟乎山竹依然翠色,气势炜煌。朔风凛冽,岩崖疏影遒豪。松花云岑晶亮,蕙兰冰谷疏香。万物寒碧气岸在,满目雪彩景色高。每见密竹敲冰而生清响,低首呻吟且不声张。大雪飞则银装素裹,雪霁临则拂金铺梁。

况复岁寒三友品近,吾却独赏山竹心性。若论冷暖寒温,悠悠而度岁月;若说弄月迎风,亭亭而立樵径。身柔软则不失骨清,腰纤弯则自成嘉胜。禀性生来虚心,天然塑就高节。根托荒径,咬定青山,其坚毅如磐石静安;鞭穿岩缝,汲取泉腺,其韧力似大山淡定。露压云欺,霜打雪盖,雨袭风扑,又奈何青之色,态之柔,体之刚,神之稳,骨之挺。难怪乎,六逸①纵酒酣歌而邀明月,七贤②啸傲泉石而放长咏。

嗟乎,君子坦荡,其心波可有翠竹澹漾?大人海量,其胸襟可有山竹气象?骚人椽笔,其吟唱可涵尽竹韵逸响?唯有云云樵夫,熙熙国众,如竹海波涛,绿浪奔沸,气势共山河不息,远景齐故土昂扬。

有诗曰:坐爱篁林看翠屏,万枝带露濯天星。摇风弄月君应解,别韵专差玄圣听。

[注释]①六逸:唐代大诗人李白于开元二十八年(740),移家东鲁),与山东名士孔巢父、裴政、韩准、张叔明、陶沔等五人隐居于徂徕山之竹溪,世称"竹溪六逸"。

②七贤:魏正始年间(240—249),嵇康、阮籍、山涛、向秀、刘伶、王戎及阮咸七人,常在当时的山阳县(今河南辉县、修武一带)竹林之下,喝酒、纵歌、肆意酣畅,世谓"竹林七贤"。

◎缪宏飞

【简介】缪宏飞,原衢县乌溪江举村人,现为衢州市柯城区政协秘书长,四级调研员。

东溪赋注

引言:

1974 年的那一天,我望着那熟悉的老房子,房檐下的风铃在风中轻轻摇晃,仿佛在嘤嘤地诉说着不舍,院子里的那棵老樟树,枝叶在风中沙沙作响,像是在和我依依惜别。从那刻起,我踏上了移民搬迁的路途,那些曾经习以为常的乌溪江的一草一木、一山一水,都渐渐成为心底最珍贵的回忆。时光如潺潺流水般悠悠逝去,不知不觉间,已经过去了整整五十年。这五十年里,那对老家的思念与眷恋,就像一棵参天大树,在我心间深深扎根,枝丫上挂满了对乌溪江的回忆;而那眷恋则像一个温柔的精灵,在每个寂静的夜晚,悄悄唤醒我对故乡的记忆。它像是一条无形的丝线,无论我走到哪里,都将我与那片远去的山水紧紧相连。

前几日,偶然间拜读了周耕妥兄的《乌溪江,钱江兄弟源》。那一瞬间,仿佛有一束光,照亮了我心底关于东溪记忆的暗角。文章犹如一位博学的智者,将乌溪江的故事娓娓道来。它从乌溪江的发源开始,那涓涓细流就像一个个稚嫩的孩童,欢笑着、跳跃着,汇聚成奔腾的河流;再到那丰富多彩的地理生态,仿佛一幅绚丽多彩的画卷在眼前展开,让我看到了乌溪江的每一寸土地上都蕴含着大自然的奥秘。历史沿革像是一条时光的纽带,串起了乌溪江从古至今的变迁,那些被岁月掩埋的故事在文字中重新焕发生机。人文景观则是乌溪江历史长河中沉淀下来的瑰宝,每一处古迹、每一座古祠,都像是一位位沉默的历史老人,诉说着先人的智慧与情感。风土人情更是如同一幅温暖的生活画卷,展现了乌溪江儿女们淳朴而又独特的生活方式。

周耕妥兄的文字,每一行都仿佛踏在我记忆的琴弦上,弹出共鸣的旋律。他对乌溪江人文景观的描写,让我想起小时候在古祠前听老人讲故事的场景,那些故事里的人物仿佛都从文字中走了出来。这篇文章,堪称我迄今为止所见到的最为翔实的"乌溪江志",它就像一位神奇的工匠,将我记忆中那些关于乌溪江老家的零散碎片,精心地串联起来,让我看到了一幅完整而又美丽的画卷。

在这移民搬迁离开乌溪江老家五十年的特殊时刻,我的心中涌动着万千感慨。那思念如潮水般在心头澎湃,那眷恋如藤蔓般在心底缠绕。偶尔在新城市的喧嚣中,听到一阵似曾相识的流水声,我的心便会瞬间被拉回到乌溪江的岸边,那清澈的江水和欢快的鱼群仿佛就在眼前。于是,我情不自禁地提起笔,让心中的情感在笔尖流淌,即兴写下了这篇《东溪赋》。我愿用这一字一句,去描绘乌溪江的美丽,去表达我对那片故乡土地深深的怀念与赞美。这不仅仅是一篇赋,更是我对故乡的深情告白,对那远去的美好岁月的缅怀与致敬。

于浙西之境,有一地灵秀独钟,名曰东溪。此乃天地运笔之神作,展卷则奇美图绘现焉。

其源出于福罗之山,清泉于山涧汩涌,仿若灵泉乍临尘世。江水历浦城、穿龙泉、过遂昌,正应古人之语:"清泉自爱江湖去,碧水偏从壑谷来",尽纳千溪万壑之灵韵。江水悠悠,澄澈如玉,波光潋滟,繁星似坠其间;青山莽莽,嵯峨峻峭,翠影蜿蜒之态,岚烟飘拂之形,皆静静护持万里碧波。江畔草木丰饶,古木参天,藤萝缭绕,织就翠网千重;岸侧花草奇异,娇妍如霞初绽彩,素淡似月始凝辉,点缀得满岸生机益然。

观其江景,水鸟戏于江面,宛如灵动墨点;霞光铺于碧波,恰似人间奇绝。春至则桃花灼灼,似粉霞铺满两岸;夏来则江水悠悠,可濯足而享清凉;秋临则红叶飘飘,如丹枫燃遍江川;冬降则冰棱皑皑,似水晶垂挂岸间。或登高而望远,揽朝霞之绚烂、夜月之澄澈;慕江畔之隐士,抚琴吹箫,飘飘然有出世之思焉。

江中水族之盛,亦为奇观。群鱼戏逐于水藻之间,或金鳞闪耀,或黑斑点缀,其态悠然,似与游人相乐;水鸟翔集,或浮于水面,或翱翔天际,鸣声婉转,回荡于山水之间。

稽考其史,东溪流域源远流长。远古渔猎之时,先民持简陋之器,借江水之利,或结网捕鱼,或临江猎兽,其智慧与江水相融,文明之苗悄然萌生。洎乎商周秦汉,悠悠岁月之中,东溪江畔商旅如织。"帆影连樯出,江声夹岸流",古渡繁忙,货物通于四方,遂成一方之要津。彼时,有奇闻轶事流传,或曰商船夜泊,江波映月,似见仙人踏波而来,为东溪添一抹神秘之彩。

东溪江畔有村名曰"举村",其名始自宋朝庆元年间,彼时中书舍人缪桂居于此,此缪桂者,乃春秋秦穆公之后裔也。观其村,青山叠翠环举村,绿水悠悠绕人家;察其人,才情四溢慕缪桂,逸事流传颂芳华。

缪氏一族,世居东溪江畔,累世簪缨。其于文化传承,全力以赴,兴私塾而育子弟,文风昌盛,贤才辈出,似繁星闪耀于长夜;于地方建设,功绩卓然,筑路桥以惠乡邻,德泽广布,如甘霖遍洒于大地。

自缪桂以降,缪氏血脉,依江畔而延绵,恰似川流之不息焉。其间有缪宏者,诞于东溪之畔,长于东溪之滨。东溪之水,若慈母之怀,哺其童年之乐,波光之中,隐其嬉戏之影;草木之间,留其成长之迹。

昔时,江畔之民,依水而居,渔舟唱晚,灯火荧荧。渔人撒网,捕捞岁月之希望;农妇浣纱,洗去尘世之疲惫。江风悠悠,吹拂千古之悠悠情思。

东溪之美,可媲美漓江之秀;江畔之韵,不输西湖之雅。江水滋养淳朴民风,山川孕育才情之士。昔文种之谋,助勾践成就霸业,其或临江而立,思绪万千;朱熹之学,启后人智慧之门,其思想或曾传于斯地,与江波共荡漾。苏轼行吟四方,或临江而赋佳作,望江水而叹人生;戴敦元公正执法,其清名亦传于江畔。古樟之下,学子苦读,终成栋梁之材;庭院之中,文人挥毫,才情四溢。余绍宋笔墨挥洒,呈佳作以传世;金庸笔走龙蛇,写武侠而惊世。毛子水学贯中西,育桃李于天下;汪汉滔投身革命,为自由之先驱。金庸以笔书侠,颂正义而传道义;余华以文写世,揭苦难以醒世人。吁兮!人中翘楚、时代精英,岂能一一尽述;山清水秀、人杰地灵,岂止区区之地?

及缪宏长成,睹东溪之澄澈渐消,草木之盛景难复,往昔之美如被时光之沙掩埋。其心悯然,遂创"绿色中国行",期以己力救东溪于危亡。自"绿色中国行"始,缪宏率众,以东溪之变以为鉴,奔走四方而呼号,播绿色之理念于八方。

活动既展,其效渐彰。于东溪之畔,缪宏之影响如春风之拂柳。众人感其诚,爱东溪之情愈深。沿江之污染源,渐次关停,江水如蒙唤醒,复归澄澈之貌。然缪宏深虑,欲久护东溪之美,必有强效之策。于是,其心怀赤诚,提议创"东溪国家湿地公园"。此议一出,若石激湖心,涟漪层层,众人皆赞。此创举者,如为东溪披坚甲,御外扰而护其美。

缪宏之足迹,虽遍于四方,然其心恒系于东溪。每言及东溪,其目绽华光,若星辰之璀璨。滔滔之语,尽述东溪景之美、山水之韵。其深知"绿水青山就是金山银山"之理,欲使东溪为生态之典范。东溪之名,亦缘缪宏之深情与心血,远播遐迩,闻者皆心向往之焉。

且看东溪与当地民众生活,紧密相连,恰似血脉相依。江畔之民,依水而生,日出而作,日落而息。孩童临江嬉戏,欢声笑语共江波荡漾;妇人临岸浣纱,捣衣之声与流水和鸣。农忙之时,江水引灌农田,滋养庄稼,确保丰收之望;闲暇之际,渔人驾舟撒网,捕捞鱼虾,收获生活之需。江风悠悠,吹起悠悠千古意;民心切切,蕴含切切万家期。

若夫,足履芒鞋,临江而行,循古道而游。听江声浩浩,似万马奔腾之壮;观林叶瑟瑟,如绿浪翻波之盛。江波涌动,具怀素狂草之奔放;两岸葱郁,含巨然画卷之清丽。恰如"野旷天低树,江清月近人"之境,此景恰似诗中妙境。行至半途,古渡遗迹尚存,木舟悠悠,渔火点点,仿若昔时繁华之影;村舍炊烟袅袅,笑语盈盈,尽显人间烟火之气。江畔古祠,香火缭绕,承载先民之祈愿;林间古寺,钟声悠悠,回荡岁月之禅音。

且看山川壮丽,东溪江水奔腾不息,如历史长歌浩荡;天地广袤,古村落宁静祥和,似岁月画卷悠然。

嗟夫!春去秋来,时光流转。变者常变,不变者恒存。犹东溪之悠悠,山川之恒古。王勃有言:"落霞与孤鹜齐飞,秋水共长天一色。"今江畔之人,汲东溪之华、取山川之魂,奋发图强;继先哲之德、倾毕生之心,昂扬向上。遂使江畔繁荣、地域昌盛!蔚为壮观,众人称赞,闻名遐迩!

呜呼!不知江水之秀美,何能畅怀以舒意?东溪藏珍蕴秀,引得文人墨客纷至沓来,以辞赋颂之。文人墨客之辞赋,如璀璨星辰,点缀于东溪江之畔,其文熠熠生辉,江亦因之增色,二者相得益彰,恰似琴瑟和鸣,奏响千古之妙音。古人云:"山川之美,古来共谈。"东溪与文人之缘,正应此理。此等美妙,岂可言尽乎?

[注释]东溪赋:乌溪江,古称东溪。本篇原标题为"乌溪江赋",为避免与余振华的《乌溪江赋》同名而改为"东溪赋"。该文曾在人民日报全国党媒平台、今日头条等多家媒体刊出。

楹 联 选

◎何建章

贺雨潭小学

重来落日渡头、校舍丕新、水色山光同照眼；

指点竹林深处、旧庐宛在、青灯黄卷忆童年。

◎廖元中

南湖西公园

西临激水，碧野蓝天千载秀；

东拥龟峰，奇花异卉万家香。

乌溪桥村

竹影可随明月去；

花香时伴鸟声来。

水上阁居仙境里；

乌溪桥在画图中。

古树绕村浮绿气；

竹林环水润良田。

水 碓

桥连东西南北廊；

碓春和谐幸福音。

会议室 · 俱乐部

工作常思先忧后乐；

休闲漫话橘熟禾香。

拟衢州南孔苑牌坊联

庙园璧合，萃阙里精神，峥嵘气势；

殿府鼎新，瞻尼山风范，邹鲁文明。

拟重建衢州水亭门城楼联

古韵悠长，门眺鹿峰浮桔海；

新姿雄伟，楼临凫渚壮柯城。

（以上诸联入选王庆新主编《新中国楹联大观》一书）

母校衢州一中建校 90 周年贺联

源远流长，育才园地千花竞秀；

枝繁果硕，建设航程百舸争流。

◎何石梁

自撰下山脱贫门联

易乡初创辉煌业

入市常逢发展机

为衢县老干部活动室撰

青春曾创千秋业；

白发犹期四座欢。

登高览胜，一城风物舒新卷；

溯本寻宗，千载人文衍古风。

为石室乡崇文村小女家书写门联

居近仙山，静能养性；

路通闹市，勤可生财。

湖南镇风情联

叠石湖钟、溪山错落天然景；

轿车别墅、村野流行时尚风。

应 对 联

夕水为汐,夕夕多汐水；(对句)

山人即仙,山山出仙人。(出句)

[注释]1990年冬,《衢州日报》刊登衢州才子孔繁强征联信息,其出下句,要求别人对上句。何石梁所对上句,获一等奖。

国逢盛世千家乐；

时际芳春万象新。

七里风光

翠岭舒眸,山光妩媚；

香溪灌足,泉韵清幽。

青山染就王维画；

红叶裁成杜牧诗。

◎叶昌华

挽最美乡村医生廖美娣联

初心映荣榜,脉亲百姓；

足迹赢口碑,魂壮青山。

◎胡凤昌

诗朋起韵春风拂；

笔友挥毫喜雨霏。

为江滨亭阁拟联

两岸蓼滩呈画景；

一江清水入钱塘。

◎曹有芳

手中自有公输术；

梦里长存老杜心。

石门临险、景福升仙通宇外；

金燕掠清波、秋娘度曲梦江南。

◎余良佐

三衢橘颂

任琼花碧叶金果涌来，无不因风吟《橘颂》；

唯贤主嘉宾杰朋聚起，最宜协力展宏图。

烂 柯 山

洞天星落布棋局，樵子偶观载，倍感贻山外，惠四海思，猜惟喻世柯方烂；

云嶂虹飞化石桥，元戎恰赴也，益豪肆眼前，纵三军饮，庆更荡倭闽亦平。

贺"三衢诗会"

弘德岂遥：诗帜酣添，千派百川成海大；

振文最近：吟英广集，三衢六邑接潮高。

贺乌引工程

一渠广惠、百业随兴，布梧哪不舞千凤；

五邑尤豪、万年延庆，泽稼更恒驭九龙。

振 声 亭

祖溯圣、贤、哲；

家传清、正、和。

锦 园

总沐春风，敢问九天，花发三衢，何如汝云锦？

尤联文谊，任交四海，光临万客，亦享我家园。

三江舟子，拜以凌涛，直交通大海；

一点孝心，推而广德，尤聚合中华。

大孝固恒传，何止礼王百世；

远人犹共谢，已经布泽三江。

中 药 店

凭吾扶正祛邪,哪不一时苦口;
促汝起屡滋健,当然再度雄风。

龙 顶 茶

香岂借兰扬,散生四海座中盏;
云皆拥龙起,游毓万山顶上珍。

典 当 行

灵贯有无,岂容机失;
妙调缓急,尤促功成。

环 保 局

固借子孙承嗣振扬,问谁忍夺子孙饭?
尤宣天地环保报应,激众务延天地恩。

国土资源管理局

万物所基,人类生存之本;
九州以控,文明延益之关。

◎何英豹

黄水拍孤城,伴奏抗金忠烈曲;
红花环伟像,映辉救国赤诚心。

问 天 亭

石顶园林天上景;
云边亭阁日边人。

仙霞岭亭

杰阁踞苍崖,上下葱茏树海;
雄关犹峻岭,古今纷沓英雄。

◎徐文荣

药王山（关公山）

万古忠诚,浩气丹心昭日月;
千秋俎豆,民强国富永河山。

◎朱先本

九 龙 湖

九龙湖渺漫烟波,彩船人语,享尽水天清福;

三面岭无边风月,飞瀑莺声,广交诗画良缘。

◎刘国庆

月 亮 岛

凭栏纵目,湖山千里外,婆娑树影莺莺燕燕;

把酒临风,水镜一天中,烟雨春光翠翠红红。

驻 春 亭

四时佳气,云霞空际涌;

一派祥风,光色水边明。

◎陈定寒、鄢卫建

九 龙 湾

水平如镜,风来乍皱;

山秀似屏,鸟过无痕。

◎陈淘勇

九龙湾杨柳岸

晓风不渡多情种;

残月却悬离恨天。

◎陈颖

乌溪江风光

野鸟归林,突兀山牙衔暮日;

湖鱼咏月,潋滟水面皱星天。

◎丁宗泽

湖南镇破石村

笔架山头地已灵,妙绘就人间蓬岛;

天惊谷口石终破,轰传开世外桃源。

◎余佳谷

余家门联

锦绣万重山,天仍着意;

文章千古事,我亦潜心。

◎邱茂荣

题花厅月老龛对联

廿四风吹开红萼,悟蜂媒蝶使总是姻缘,香国无边花有主;

一百年系住赤绳,愿浓李夭桃都成眷属,情天不老月长圆。

[注释]花厅:指洋口地区中央花厅,八门两进,前厅中为戏台楼,后厅后壁中建有月老神龛,供每年农历正月廿四戏会时村民朝拜。

◎余振华

身伴几竿雷竹韵;

笔留一径菊花香。

湖钟小筑门

载酒泛流时,岸草珠翻朝露白;

邀朋凌顶处,岭枫霞接夕阳红。

牧牛小舍门

户开雾散谷中,牛碰桐花飞满背;

琴辍云陪松下,风飘鸟语落空山。

◎余万源

庆祝中国共产党百年华诞联

百年大党喜华诞；

千古神州焕新颜。

◎刘天汉

龙门峡谷

峰碧峦青山毓秀；

泉清石瘦鸟凌云。

◎叶裕龙

贺衢州市诗联创作基地在鱼山村何建章故居揭牌

何宅无喧,再续百年雅韵；

鱼山有幸,又添一代新贤。

◎李加呈

村　景

一

云游岭腹柴山增郁翠；

水映村庄朴野入丹青。

二

丛山绕翠岚,玉露飘香品雪茗；

峻岭摇青竹,仙庭照水闻书声。

三

碧水绕村坊,悠漾浪照仙霞色；

丹山连竹岭,彩楼岸倬气象新。

四

青山抱绿水,鱼跃鹭飞旋；

长庭招游人,客来花喷香。

水 库

慈颜可照千顷画苑；

大肚能容百里山洪。

大 坝

头顶云川，疑与满天繁星看尘世；

足植岩石，任凭十亿高压度浮生。

怀徐以新

看憔悴山河，悲内耗，恨外辱，感中肠，壮志未酬，信有从戎挽国运；

想峥嵘岁月，越南川，走西廊，战边域，初心永驻，终将载酒写宏图。

登 山

上高峰，不光一览群山景色；

穿林海，但得千闻密叶清音。

山 路

崇山迢递，林下应知识鸟径；

峻岭逶迤，石前自可刻刀痕。

乡 山

层山深处，清泉石下鸾音出；

细竹边头，碧浪江中虎啸来。

茶 山

茶香从叶底飘来，追云伴雾，舒心悦目；

诗韵于山中荡漾，怀树关风，触地欢天。

挽美娣联

功刻医林三衢永鉴；

名垂故里百世流芳。

◎何放华

痛悼周柳军先生

同饮梅溪水，直将正气扬四海；

永别故乡云，怅叹清名隔九重。

老宅上堂

一门忠孝扬乡井；

两代文章启子孙。

鱼山出亭

一出山乡风送客；

几回故土雨留人。

痛悼廖美娣

天使化蝶辞世梦；

江河流停放悲声。

痛悼最美乡医廖美娣院长

为一乡康健鞠躬尽瘁；

留千古美名风范长存。

◎邱维正

挽乡贤周柳军辞世

乡邻期盼情犹切,再有谁复？

才俊报国志未酬,岂能心甘。

贺外太公九十大寿

名扬阙里山乡大工匠；

德配天垂福地长寿星。

寻访上高输自然村保存一处千年红豆杉群

山乡有宝物,深藏幽谷少人识；

故里无杂尘,总享惠风荣气和。

农家新春

馅拌春颜,粉合青苍,粿香夹带乡愁味；

汤蒸箬叶,箩筛糯米,粽色引来桑梓情！

佚名佳作选

湖南镇破石上村余氏宗祠

派衍钟山,感五百余年簪缨继续;

居占园石,传三十数代诗礼相承。

[注释]录自余策中《衢县余姓》,破石村位于衢江区湖南镇。余氏宗祠位于破石村上村。破石余氏为宋乾道年间武举余智远由大俱源迁来,有明一代,破石村就出了四位进士。余贞为给事中;余敬官至福建道监察御史,巡按交趾(今越南);余国宾任江西按察使升右布政使;余懋中为御史。而中举人、秀才者比比皆是,如余敷中、余钰等皆为三衢名儒。破石村原名圆石村,因村中此圆石破而改名。

飞蝶对文峰,科甲翩翩,招羡金昆玉季;

化鹏占德里,诗书奕奕,争看桂子兰孙。

世道明良,鼓舞唐虞天地久;

文风盛美,追思孔孟古今同。

蝴蝶双飞引联捷;

牡丹一放兆登科。

[注释]破石村外双蝶峰形似双飞之蝶。

破石下村余氏宗祠

堂势尊严,昭奕代祖功宗德;

孙枝繁衍,承万年春祀秋尝。

智勇双全宗正道；

德才兼备效完人。

成家勿谓当家易；

养子应知课子严。

黄坛口乡横坑古殿

为恶者不灭，祖上必有余德，德尽必灭；

为善者不昌，祖上必有余殃，殃尽必昌。

百行溯根源，至德感人称表率；

寸衷兼喜惧，令名传世足楷模。

自由诗选

◎耿国彪

【简介】耿国彪,《绿色中国》杂志常务副总编。

乌溪江奏鸣曲

谁在波光粼粼的乌溪江面

正在弹奏一曲山水清音

谁在竹林环绕的畲乡小村

饮下寂静冲泡的第一杯香茗

清晨的乌溪江,在玉带一样的晨雾催促下

缓慢醒来

风很轻,舍不得惊动古樟树的清修

鸟鸣,来自时光深处,像一个个久远的传说

醉倒在菜花金黄的水面

那是一个头枕乡愁的梦境

从一脉拳头大小的溪流开始

沿着群峰的巍峨

一只幻影如飞的白鹭

像神灵的手指

轻抚举村源这一张水做的古琴

由洋坑到西坑,由古驿站到渡口

源头的风总是那么的轻柔

古老的水车微眯着眼睛

暗影晃动的石板路

摇曳着归来的渔舟

那些采茶的蓝衣少女

像一群散落在山间的喜鹊

把春天含在嘴里

将刚刚冒出芽尖的三月

——放进背篓

这就是乌溪江

一条晶莹的水的珠串

在峡谷间沉淀出翡翠的平湖

香榧、三叶青、白芨

以草木的姿势潜入村庄

那些沉进历史的黄泥墙

让岁月穿进身体

将自己斑驳成一幅画作

这就是青山绿水和民族融合的奏鸣曲

此时的乌溪江

飞鸟向大地报恩

火红的杜鹃花踏歌而来

手握指挥棒的阳光在水面跳动

撒开的渔网中，乡音乡味向着餐桌奔涌

那个叫西坑的小小村庄

竹龙、社火如茶油下经年的酸菜

舞出了幸福也舞出了清香

这是人与自然的合奏
婉转悠扬的竹笛
唤醒了岸边的桃花
流水的琴弦叩响着柴扉

那个叫作乌溪江的小院，红灯高悬，泥土知温
屋门打开的那一刻
泪水就融入了家的合唱

谁在波光粼粼的乌溪江面
弹奏出一曲山水清音
谁在竹林环绕的畲乡小村
饮下寂静冲泡的第一杯香茗
在碧波如洗的乌溪江
倾听一滴水的倾诉
才明白身体走得再远
心从未曾离开

◎严建平

乌溪江（组诗）

一

湖水归隐，放弃舞台光影
将自身收敛成一面青灰的虚空

他仍有事可做：在以往的跌宕中
刷上时间给予的温润包浆

机缘中他接受某些适度打扰
譬如一只水鸟，从胸口游弋而过

搅动在所难免，昔日功与名

被不断起线呈现出耀眼的凸起

只是在须臾间，他让湖面

再次恢复了平静

二

我想要的生活，要有一条江

水面不宽，正好放舟

要有一个深秋的夜晚，将一些

久舍不离的杂念隐匿其间

要有一江薄雾、一船灯火和浊酒

更重要的是，在我独酌

即将陷入悲观时——

要正好，迎来千丝万缕的晨光

在恍如世外的晨曦中，手掬红雾

内心跟着再次燃烧

三

鸦声在黎明前消失，所有

见不得光的都在光之前了结

晨光先期抵达对岸山背，并寸寸漫上

直至某个瞬间越过山巅

它径直射来——

多么干净，且毫不吝啬地普照

凡是水洗不净的，我们用光

再洗一次

结郁、质疑，碍于通透的死结

通通变得亮堂

四

这里山水互属,笃定、从容
层峦为护水而生,碧水让雄浑温良

自然顺应自然,四月的婚礼繁色隐隐
飞艇起线无非是从平静里

助推出爱的涟漪,这些外界的干扰
很快消隐于朝霞和鸣

它们日夜缠绵,在冬季共白首
那么多情话藏于无声的山水

五

一场雨,便能让整条江沸腾
哨声就藏在雾后

五月的绿,如同记忆中青春
那叶脉里流淌的火

是彼此不敢触碰的引信
面对青翠,我因满身浑浊而羞愧

泛舟滚烫的水面,又因无力激越而
同样羞愧

在五月,走近一条江
就是与失散多年的自己相认

六

库区小镇的阳光,经叠翠缝隙
轻轻落下,临于廊桥的朱红栏杆
和倚在栏杆上的臂膀

凡被光眷顾的,都呈鲜活
而那侧旁的阴影,让人想到
亘古不变的永恒

我只是路过,眼前动静与明灭
是廊上佛龛留与路人的问答——

满镇的生灵被群山抱起
桥下,川流不息

◎李享

乌溪江,有你真好

每个人的成长中,

都有一条赋予自己力量的河流。

它们有的在家乡,

有的在他乡,

也有的只能在心中荡漾……

我也有一条河流,

祖先给她取名叫乌溪江。

这土里土气土得掉渣的名字,

或许只有庄稼人才能读懂。

乌溪江从远古走来,

翻山越岭有着桀骜不驯的野性,

她曾闯衢江、撞钱塘、投东海,

一路浩浩荡荡、所向披靡,

俨然是一位把阳光当箭,

月亮当弓,

不惧岁月不惧风的少年。

新中国成立的第二年,

国家给她举办了成人礼,

大坝是她的项链,

电站是她的戒指,

从此,乌溪江变了,

她变得成熟稳重又不失风情万种。

乌溪江俯身大地,

沟不嫌贫,

渠不嫌穷,

只要是大地需要,

她必定以身相许。

看那初升的太阳那么弱,

她就匍匐在大地上,

用背用肩用头一点点向上顶。

乌溪江仰面苍穹,

风不嫌轻,

雪不嫌重,

只要是上天给予的,

她都开怀接纳,

哪怕是微弱的月光,

她也会化身为无数面镜子,

尽享温柔……

在这三衢大地上,

工厂需要,

她就和机器一起谈笑;

城市需要,

她就把一个个水表喂饱;

田野需要,

她就分流到乌引工程奔跑;

亚运需要,

她就顶着高温而去,

进门也照样买票!

衢州有礼上善若水，

红尘滚滚、碧波荡漾，

试问文章千古华章何处？

唐诗宋词太老，

赞美乌溪江的诗词回忆不了；

元曲明戏太忙，

没来得及给她写下半句歌谣；

老夫笨拙，

只能对乌溪江说：

"有你真好！"

◎柯山樵夫

致乌溪江

我看到你从一茎草上流过

那么碧绿的颜色

蔚蓝的天空的颜色

可以画出整片的海

我看到你从一朵花上流过

粉的，白的，红的，黄的花

蜜蜂寻幽而来

蝴蝶翩翩起舞

啁啾的鸟音鸣啭岁月静好

我看到你从一穗稻谷上流过

从一束玉米

从一株青菜

从一颗颗丝瓜黄瓜甜瓜西瓜上流过

流过寻常而又悠长的日子

第一章　乌溪江·诗词曲赋山水情

我看到你在我身上流过

鲜活的游鱼忘情地戏水

亭亭的荷花自由开落

山野的气息

催生许多许多夜的梦想

大大小小的浪花在跳跃

你——会不会是一条

群星荟萃的河，因为

我看到你

从天上流过

◎范峻民

阅读乌溪江

她的存在

本身就是天地造化

俊秀婀娜的身姿

养成在峰峦叠翠的仙霞

五千万根节理柱

看过一亿三千多万年的沧桑

沉淀了她清冽深邃

"溪"名是因为她晶莹剔透

但黑青才是她美到极致的底色

不知道用什么来比喻乌溪江

她是大山的精灵

怀里抱着一大捧野花

轻盈走出群山

步子或快或慢随性地恣肆

在经过的地方开心地

撒下一把

所以,沿江好听到今天的地名

都是她随手布下的芳甸锦华

那些叫"埠"的岸上

曾经是江旅的驿站

埠头上勒痕深深的缆石

是走南闯北的排工货商们

受她赐予生计的信符

夜色里埠头的一点船火

温暖了江月孤影

江边大樟树记得

那些叫樟树娜樟树倪的娃娃

第一声哭啼

江水轻晃小船成了摇篮

那片千塘畈田野茫茫

也是她馈赠的土壤

江湾里一片农家

被叫作"碓"的村庄

旋转的水车吱嘎吱嘎

它带领过稻花香里蛙鸣

也伴过一夜到天明的连枷

但终归只有

与春臼上下合拍

在新米馨香中回荡的

那种旋律

才是最动听的原唱

有人说

黄坛口和湖南两座大坝

是仙霞岭舍不得乌溪江离开

而设置的两道门槛

也有人说

这是在给花仙子一般的她梳妆打扮

你看她甩起一袭长袖

用石室堰拂去了九龙尘埃

再旋转着打开另一只

乌引渠招来了烂柯仙气缭绕

精灵的祈愿

舞蹈只为雨顺风调

究竟何时形成的乌溪江

和时间一起流淌

浪花激起旋起旋落

每滴水珠都是历史的浓缩

透过水珠看到的

坝、桥、堰、渠、渡、埠、碓……

是围绕乌溪江的悲欢离合

乌溪江啊

原来就是一本史书

一种图腾

行走在清旷的江边

我一直在想

乌溪江

我读懂了吗

我能为你做点什么

衢州市衢江区和遂昌县境内最大的河流——乌溪江，同名同流同一江，龙脉相连，诗路相通。遂昌县龙洋乡埠头洋村的长年坑对接乌溪江干流——龙泉市住龙镇的住溪，外龙口村对接乌溪江支流——龙泉市住龙镇的碧龙溪。住溪入遂昌后，于外龙口村与碧龙溪合流，被称为乌溪江。此乌溪江，清光绪《遂昌县志》卷二称柘上源。

衢遂境内乌溪江同源同流且同名

第二章

乌溪江，《遂昌县志》卷二
称之为柘上源

　　遂昌乌溪江，在建设湖南镇电站水库之前，民间又称"大溪"，自龙洋乡的外龙口村，流经王村口、蔡源、焦滩，至琴淤乡的龙鼻头村入衢县洋口乡严博村的斗潭，流程长 59 公里。这乌溪江，《遂昌县志》卷二称之为柘上源。柘上源是琴淤乡的周公口村，至上游龙洋乡埠头洋村的长年坑河段。《遂昌县志》卷二所称的柘上源，其实不等同于乌溪江，而是柘上源与琴溪两段河流加起来的长度。

　　琴溪是柘上源和周公源（周公源是遂昌乌溪江的最大支流）在琴淤乡周公口村合流，流至龙鼻头村的河段，长约 10 公里。自龙鼻头村流入衢县洋口乡严博村的斗潭，再从斗潭约 4 公里后流入洋口村的上埠，与洋溪源合流注入乌溪江。洋溪源发源于遂昌县西畈乡黄连尾西南山麓，西畈乡境内长约 25 公里，在举淤口村流入衢州市衢江区岭洋乡的白岩村，约 16 公里后流入洋口村的上埠。

　　从清光绪二十二年（1896）刊印《遂昌县志》卷二，到 1988 年出版《遂昌县地名志》期间，柘上源何时与琴溪一并被称为乌溪江，暂未见史料记载。湖南镇电站水库建成之后，琴溪全被淹没，其上游的柘上源淹没到焦滩乡的独山村，周公源淹没到湖山乡的福罗淤村，两源流程缩短了许多，被库水淹没的乡村，成为仙霞湖的半壁江山。衢江区岭洋乡境内的洋溪源被淹没了 5 个村庄的范围，流程缩短约三分之二，大日坂是库尾村。

遂昌县乌溪江诗词选

　　诗咏乌溪江,从文人墨客到民间诗人,遂昌县作者多多,佳作多多,这里选取遂昌县诗词楹联学会原会长楼晓峰先生①部分咏颂遂昌乌溪江的作品,彰显乌溪江"大制不割"的理念,丰富乌溪江诗韵内涵,拓展乌溪江诗路外延,引领读者深入诗路去探求遂昌乌溪江及其上游那神奇的远方。

遂昌红色题材十题

中共遂昌县第一支部旧址——塘岭头村

春雷潜涌动,烈火暗燃烧。

一夜风云变,锤镰涨怒潮。

中共遂昌县一大旧址——泉湖寺(通韵)

莫道星星野火微,燎原能把朽衰摧。

泉湖寺外西南浙,从此频频响劲雷。

五四运动后起之秀唐公宪故居

万水千山塘岭头,五间二进构重楼。

英雄本是乡豪富,却与劳工共匹俦。

---

①楼晓峰,生于1958年,浙江遂昌人,从事写作服务和自由撰稿。系中华诗词学会、中国楹联学会、中华对联文化研究院、香港诗词学会、中华辞赋社成员,中国辞赋家协会理事,浙江省诗词与楹联学会青年部、楹联部委员,杭州之江诗社理论部副主任,丽水市诗词楹联学会编辑,曾任遂昌县诗词楹联学会会长。诗、词、曲、联、赋作品常见于各级媒体,在全国主流媒体发表理论文章40多篇。

王村口浙西南干部培训学院遐想

百战峥嵘扰暮鸦,风旌猎猎靖仙霞。

山头今又旌旗奋,景仰英雄自找茬。

岭头暴动

溪山草木闹翻身,地利天时内外因。

霹雳一声传暴动,分粮派款济贫民。

挺进雄师

横空出世万山中,胆敢周旋斗虎熊。

北上军情凭缓解,孤悬戎马独峥嵘。

古镇沉思

燎原烈火浙南先,朝圣参观古镇前。

不忘英雄思勇武,更需岗位务勤廉。

高山仰止挺进师

出生入死战频繁,挺进偏师西浙南。

牵制敌军谋武略,牺牲自我顾棋盘。

中枢减负长征胜,圣地乘机硕果全。

三载平昌何壮烈,千秋万代仰高山。

王村口粟裕陵园缅怀

百里机宜马上催,烽烟倥偬铸军威。

曾经绝境临西浙,更有英名反五围。

兵马频频棋子布,功勋历历凯门归。

从容让帅冯谖愧,旷古无先此一回。

忆秦娥·王村口红色圣地朝圣

山声切,山风漫卷旌旗猎。旌旗猎,烽烟往事,圣名红热。善谋能战真豪杰,驱驰仰慕车同辙。车同辙,初心难忘,雄心难折。

遂昌周公源风情七题

一、周公源水力生财

梯级群湖锁碧龙,汪洋蓄力水晶宫。

潜流较劲奔腾急,变幻柔波济世穷。

二、柘岱口黄金薯条

古法搓揉肇汉秦,云中雨里事殷勤。

三蒸三晒三藏后,赤紫红黄价比金。

三、尹家村经验之谈

秀水青山思涅槃,家园易改动迁难。

一村老弱关怀好,描绘宏图若等闲。

四、际下村浙闽安居

际下际洋相表述,一村两省同居住。

吴音婉转稼南园,闽语呢哝收北坞。

五、毛阳村人杰地灵

水远山高合展眉,何言辟地不生辉。

多文多武多商贾,代有英才出帐帷。

六、黄沙腰九龙蛰伏

龙生九子隐仙霞,靖土安民不露奢。

待到慈航帆动日,南无一一着袈裟。

七、福罗圩撩开面纱

秦山汉水肇民资,烟火渔樵人不知。

此日城乡通大道,面纱揭示泄天机。

遂昌千佛山景区五题（通韵）

一、顽石神态（通韵）

一溪百涧万石堆,法相纷纭乱是非。

又似群科来仰圣,芒鞋踏破到川湄。

二、壁立山崖（通韵）

千寻壁立戏林鸦，昂首扪膺凋岁华。

雾障云遮高莫测，猿啼鹿跳乐无涯。

三、潺潺水韵（通韵）

半是琼瑶半是绒，飞扬储蓄不相同。

静如翡翠镶明镜，动若波涛下碧空。

四、袅袅天音（通韵）

朝闻百鸟暮闻泉，四面天音胜管弦。

处处悠扬聆造化，声声婉转下神仙。

五、妙善佛法（通韵）

群科万象朝弥勒，众庶八方沐法缘。

妙境莲花天地外，虔心弟子水云间。

遂昌南尖岩景区四题

一、梯田慕仙

悬梯叠架势通天，莫道层峦困谪仙。

纵使才高情万丈，云端自可赋雄篇。

二、云海骋怀

雨霁山空意象真，野云泼墨写乾坤。

等闲指点千帆竞，便是风光画里人。

三、砥柱擎天

孤峰独秀乱云间，不与群山有蔓连。

一树危悬猿走壁，半空渡越日生烟。

四、崖泉映日

一匹琼瑶白练飞，苍松不语鸟低回。

危崖九叠生仪象，空谷无时响劲雷。

遂昌西畈乡杨可扬文化园开园即兴（通韵）

中华儿女秀，梓里水山青。

万里归骄子，千秋慕盛名。

遂昌石练镇小竹溪素描

斗转星移天毓秀，山围水绕地钟灵。

家园隐在桃源里，四季丹青上锦屏。

遂昌石练镇练溪秋色

田园熟稔日温柔，遍地浑黄八月秋。

两岸金风传喜讯，练溪默默水悠悠。

为石练菊米公司蓝章铭先生参加 2011 首届世界浙商大会而作

四海精英欣荟萃，钱瓯盛会此开张。

风光灿烂看华夏，何处天涯无浙商。

过遂昌西乡大枫岭（通韵）

通衢大道横云外，俯瞰一村又一村。

问路何从凭借力，群科化物有乾坤。

遂昌石门塘休闲（通韵）

乡居无处不销魂，待客农家米酒醇，

自古逢人说闹市，而今车驾慕山村。

遂昌古县班春劝农

仙县三农多改业，劝农宜作劝勤解。

古来天道励勤劳，典故翻新有境界。

遂昌焦滩沿上桃花

百亩芳华万树开，当春怒放不徘徊。

仙娥敛袂登高处，恼煞凌霄观景台。

遂昌昆曲十番表演队（通韵）

雅乐名工尺，洪音媲九韶。

逢时耕陇亩，待月弄笙箫。

曲目轮番演，声情逐浪高。

草根翻古典，逸韵上云霄。

［**注释**］：工尺：遂昌"昆曲十番"以古老的"工尺谱"记谱。

遂昌西畈漫游（通韵）

江南一域多灵秀，生态乡俗有盛名。

百涧奔腾朝海去，群峦荟萃向天横。

墨客潜心描画卷，影家快意摄民生。

销魂动魄西坑岭，疑是神工巧作成。

遂昌县仙霞形胜

一岭分疆肇滥觞，南涵瓯越北钱塘。

四乡代序延祥瑞，万世依凭享泰康。

自有群峦辉玉宇，还将秀色馈穹苍。

神州乐土何方好，绿水青山在遂昌。

遂昌石姆岩传奇（通韵）

石姆危岩耸入云，扪星倚岳势绝伦。

天宫震撼天兵动，玉宇飘摇玉帝昏。

速令九龙施障碍，频催白马借昆仑。

君雄平手山盟后，从此仙霞万古存。

遂昌神龙谷三叠瀑布

游云幻化起鸿蒙，裹挟仙霞绿谷中。

弄罢垂天三匹练，翻成望海一条龙。

潜渊渡涧栖鳞长，唤雨呼风出莽丛。

禹甸名山千万处，争先恐后仰尊容。

遂昌湖山天工之城（通韵）

天工次第报新闻，拟向湖山做主人。

借取葱茏恒毓秀，赊来浩瀚不扬尘。

滩头往复非车印，渡口流连是雁痕。

雨迹云踪无挂碍，等闲诩作自由身。

遂昌北斗崖景区传奇

石姆危崖耸入云，扪星倚岳势超伦。

天宫震撼天兵动，玉宇飘摇玉帝昏。

速令九龙施障碍，频催白马借昆仑。

两军平手山盟后，从此仙霞万古存。

天净沙·遂昌湖山乡福罗圩早秋

河滩水路沙洲，稻茬空亩田畴，远道轻车旧友。黄昏时候，酒旗陶醉金秋。

水调歌头·漫步遂昌九龙山

漫步九龙岳，昂首欲齐天。峰峦列阵驰骋，尽在彩云间。上溯仙霞起舞，下走钱塘浩荡，进退此相连。青嶂耸高峻，幻化渺人烟。

跃金麟，飞锦羽，喜无前。包罗万象，沧桑更换有新篇。驻足文明生态，放眼长江三角，遐迩聚欢颜。今日得闲暇，了却梦魂牵。

原始乌溪江，古称"东溪"，来自"处州"，位于衢州市衢江区境内。乌溪江，上游可以溯源至福建省浦城县忠信镇境内的大福罗山，下游于衢江区樟潭街道的鸡鸣渡注入衢江后，奔钱江，入东海。这就是地理地貌上的乌溪江远方。

乌溪江远方"几于道"。那遥不可及的远方，却又有近在眼前的直觉。"视而不见、听而不闻、搏而不得"，寂兮寥兮，生活在森林氧吧中的人们却不知清香扑鼻的空气来自何方。乌溪江"水善利万物而不争"，人们用它喝它却不知道它容纳坑源溪流融入东海后去向何方。乌溪江生态依旧，水质依旧，涛声依旧。因为"依旧"，所以"自然"；因为"自然"，所以此江是一条龙脉诗路，"其中有象""其中有物""其中有精"。乌溪江的外延所延伸出来的坑源小溪、森林树木、岩石奇峰、飞禽走兽……这些则是遥望乌溪江远方的一个个视角，步入乌溪江远方的一块块铺路石。

乌溪江遥不可及的远方，是寂兮寥兮的森林氧吧，是善利万物而不争、容纳坑源小溪的"百谷王"，是自然而然、恍兮惚兮的龙脉诗路。乌溪江远方"几于道"，"道"是乌溪江之内涵。"道可道，非常道"，是因为"名可名，非常名"。爬格子过程中，难免遭遇诸如词不达意、言不由衷、无以言表之类的无奈。"常恨言语浅，不如人意深"，唐代刘禹锡的这两句诗，是对语言文字不足以表达思想和情感的感慨，可以帮助人们理解，甚至内化"道可道，非常道"和"名可名，非常名"的道家思想。

无论什么题材和体裁的文章，即便是流芳百世的经典之作，也不可能表达出乌溪江的"常恒之道"。横看成岭侧成峰，远近高低各不同，相同的作者、相同的景点、相同的选题，在不同时空环境下所原创的作品也是不尽相同的。乌溪江的远方，是精神家园的众妙之门，令人神往；乌溪江的山水是文学创作和课题研究的宝藏，取之不尽用之不竭。这里选编几篇不同体裁和题材的作品，主要有两个目的：一是试图多维度选编乌溪江的作品，深化人们对乌溪江的了解和认知；二是试图彰显乌溪江"大制不割"的理念，探寻拓展乌溪江诗词曲赋的远方门径、路径和意境。

乌溪江"非常名"

周耕妥

乌溪江,钱江源头兄弟溪,内涵于"道",名声非常,玄之又玄。乌溪江之名,乃语言描述,文字定义,非永恒不变之名,是谓"名可名,非常名"也。

一、乌溪江古称东溪

乌溪江古称东溪,发源于福建省浦城县境内的大福罗峰及龙泉县(现为龙泉市)青井等地。①

衢州之水,自仙霞而来,曰瀫江。其自处州来者,曰东溪,亦名信安溪。自开化来者,曰西溪,亦名定阳溪。二溪合流以入于瀫,东北达于浙江。②

二、乌溪江因深水墨绿得名

乌溪江,潭里的水是墨绿色的,滩上的水是银白色的。"白水"入潭成"绿池","池水"出滩成"银河","绿池"与"银河"连成江,一江春水墨绿样,江名故称"乌溪江"。

乌溪江流域的村民习惯于称家门口的坑源溪流为"溪",水流量大的叫"大溪",水流量小的叫"小溪"。无论大溪还是小溪,汇入乌溪江就

---

① 衢州市志编纂委员会,《衢州市志》,浙江人民出版社 1994 年版,第 93 页。
② 衢州市地方志办公室,《衢州府志集成》,西泠印社出版社 2009 年版,第 630 页。

第三章 乌溪江远方"几于道"

"乌"了，其实"乌"比"黑"更玄妙，"玄之又玄"是为"道"。所以，乌溪江，起名于"色"，读音为"乌"，本体是"溪"，内涵于"道"。

民间有这样的传说：唐贞元十九年（803），德宗皇帝任杜佑为钦差大臣，来衢巡视银矿。杜佑一到衢南"爵豆山"，抬头一望：山叠山，山山褐乌，山峰云雾，山腰大树，山柴乌冈，山草香路。低头一看：溪水皆乌（水色墨绿）。便问转运使："这么大的银矿，这么多的民工，怎能喝这么乌的水呢？"转运使拱手相告："这是天底下最好的山泉水。"遂吩咐人到溪里取水给大人看。钦差大臣见水桶里的水清澈透明，一眼能见桶底，用手掬起一捧水一喝，甜甜的，马上就说："好水好水，这叫什么溪？"转运使忙答："东溪。""什么东溪、西溪的，天下同名的太多，我看就叫乌溪江好了！"钦差大臣的话不久便传遍了山乡，自此山民就称其为"乌溪江"，且将"乌溪江"之名沿用至今。

三、乌溪江因出现乌云即雨得名

乌溪江，传说古时，天空出现乌云即雨，故名。[1]

四、乌溪江民国期间曾称乌溪港

浙江省衢县乡镇区域详图（民国三十年六月）[2]中的乌溪港，即为如今的乌溪江。当时，衢县为浙江省一等县，人口 354690 人，辖 13 乡 9 镇，县治在鹿鸣镇。衢县为现在的衢州市柯城区和衢江区。这张图上的"乌溪港"，何时起名？又何时改称乌溪江？有待考证。

五、乌溪江首次被国家机关冠名

1958 年，衢县岭头区公所驻地迁至湖南村，设乌溪江人民公社，下辖 9 个管理区，这是首次用乌溪江之名冠名政府机关，从此，乌溪江成为官方地名而烙印在人民心中。1961 年，乌溪江人民公社改为乌溪江区公所建制，其下辖的 9 个管理区调整为 6 个人民公社。1984 年恢复

---

[1]浙江省衢州市地名委员会办公室，《衢州市地名志》1988 年版，第 762 页。
[2]参见黄岩渔樵老叟 2024 年 7 月 14 日发布于今日头条平台的内容。

乡镇建制,乌溪江区公所下辖的 6 个人民公社改为乡政府。1986 年湖南乡改为建制镇。1992 年,衢县撤区并乡扩镇,白坞口乡并入湖南镇,至此,乌溪江由原来的行政区演变为一个"自然区域",官方和民间称其为乌溪江库区,库区仍然指原来湖南镇、洋口乡、举村乡、岭头乡、白坞口乡、坑口乡等 6 个乡镇的范围。

六、乌溪江始制有名当"知止"

"东溪""乌溪港""乌溪江",这些官方定义的名称,是谓乌溪江"始制有名"。中华人民共和国成立后,乌溪江区公所所辖的 6 个公社、6 个乡镇,以及 1992 年撤区并乡后的 5 个乡镇,乌溪江库区的边界没有变,在衢州人的认知中仍然是原乌溪江区公所所辖的行政区划范围。2005 年,长柱乡与坑口乡合并,称为黄坛口乡,至此,乌溪江库区内的黄坛口乡、岭洋乡、举村乡、湖南镇,三乡一镇,几乎与清朝靖安乡九都和十都的 22—28 庄吻合。历史真有那么巧合! 乌溪江"名有了","边界清晰了","名亦既有,夫亦将知止",名称和边界切忌变来变去,应适可而止,"知止",才能立于不败之地。乌溪江"知止"的选项之一,就是库区四乡镇中的湖南镇更名为乌溪江镇,这是乌溪江"常名化"的必然选择和要求,更是历史老人对保护地名和延续地名文化基因的期待。

乌溪江，内涵于"道"①

周耕妥

乌溪江，位于浙闽交界的仙霞岭余脉。仙霞岭②，闽武夷山脉的分支，始于福建省浦城县大福罗山。乌溪江两岸青山，一江"墨绿"，山空鸟语致虚极，水渊鱼隐守静笃。两岸村民困来就睡、饿来就吃，日出而作、日落而息，演绎了像水一样"善利万物而不争"的自然之性，彰显出"不自生，故能长生"③的天地之道。所以，乌溪江能在开发和开放的大浪淘沙、惊涛拍岸的环境中，涛声依旧、绿色依旧、青山依旧，而且能在绿水青山中遥望原生态的诗与远方……

一、乌溪江，以江水墨绿得名

乌溪江，自然生成，古称东溪，东溪何时改称乌溪江，未见史料记载。"传说古时，天空出现乌云即雨，故名乌溪江。"④1992 年编写《乌溪江水映山红——衢县乌溪江库区志》时，意欲寻求贴切的典故出处，或演绎一个玄妙美妙的地名故事，为乌溪江的诗与远方导读导航，此事心想未遂。2001 年深秋，走在"九寨沟"的"山水画"中，意识突然走了神，兴味忽然变了样，意念凝聚在胞衣地上，两眼内观乌溪江，那深潭中的

---

① 原载于《绿色中国》2022 年第 11 期。

② 仙霞岭，闽武夷山脉的分支，始于福建省浦城县大福罗山，经闽、浙、赣交界的枫岭和龙、遂交界的九龙山，向龙泉市的东北伸展，以龙泉市的披云山（天师山）和大畲尖一线为主轴抬升，有海拔千米以上山峰 380 余座。汉语大词典出版社 1994 年版《龙泉县志》载：住溪位于住龙镇境内，源出披云山（天师山）北麓，海拔 1675 米，系乌溪江干流上游河段。

③ 干昌新，《老子人体生命科学》，中央编译出版社 2009 年版，第 129 页。

④ 浙江省衢州市地名委员会办公室，《衢州市地名志》1988 年版，第 762 页。

水是墨绿色的,浅滩上的水是银白色的;"白水"入潭成"墨池","池水"出滩成"银河","墨池"与"银河"连成江,一江春水墨绿样,江名故称"乌溪江"。从江水颜色"墨绿"出发定义"乌溪江",自觉原创,因而释怀。

然而,乌溪江以江水墨绿得名,在 1988 年版的《遂昌县地名志》中已有记载。遂昌县境内最大的河流也叫乌溪江,"……以江水墨绿得名。《遂昌县志》卷二称柘上源"[1]。《遂昌县志》卷二,是清代胡寿海等修、褚成允撰的,于清光绪二十二年(1896)刊印,可见,1896 年前遂昌县最大的河流不叫乌溪江,叫柘上源。从 1896 年《遂昌县志》卷二刊印到 1988 年《遂昌县地名志》编印的近百年的历史演变中,柘上源何时改称乌溪江,没有深入求证和考证。

墨绿接近"黑",而不同于"黑"。传统阴阳五行思想里,水是黑色的,黑色是高贵的颜色,黑色的东西才有神秘感。乌溪江流域的衢江区和遂昌县的村民,把"黑"等同为"乌",读"乌"为"wo"。这与"乌,本名乌雏,鸟类,因其毛色纯黑,看不清黑睛,故省去鸟字之一点,俗称乌鸦"[2]的记载,一脉相承。乌溪江流域的村民习惯于称家门口的坑源溪流为"溪",水流量大的叫"大溪",水流量小的叫"小溪"。无论大溪还是小溪,汇入乌溪江就"乌"了,其实"乌"比"黑"更玄妙,"玄之又玄"是为"道"。所以,乌溪江,起名于"色",读音为"乌",本体是"溪",内涵于"道"。

二、乌溪江,几于道

乌溪江,像所有的水一样,"善利万物而不争,处众人之所恶,故几于道"。"善利万物而不争,处众人之所恶",其内含的道德情怀是毫不利己专门利人,其内含的执政之道是全心全意为人民服务。乌溪江,除了提供人们生活和生产用水、肩负人们运输和水路交通、守护两岸青山的诗与远方之外,没有其他任何私欲和私利。乌溪江"以其不自生,故能长生"。

乌溪江,千百年来,江水在山脉水系中生态依旧,在坑源溪流中居下

---

①遂昌县地名办公室,《遂昌县地名志》1988 年版,第 20 页。
②干昌新,《老子人体生命科学》,中央编译出版社 2009 年版,第 54 页。

守雌依旧,在顺其自然的生存发展中本性依旧,在与两岸村民的互动交流中,用涛声大小传递汛情的"语言惯例"依旧。因为"依旧",所以"自然";因为"自然",所以,此江"几于道"。"乌溪江空气真好"的口碑也是其"几于道"的又一客观现象。因为"空气"凝聚了"道""视而不见,听而不闻,搏而不得"的特征,可以说乌溪江那没有被污染的"空气"就是"道"。

"道","先天地生"。乌溪江流淌的是"道"的血液,传承的是"道"的基因,其深邃的自然和文化内涵铸就了自己独特的水柔山静之秉性。人法地,地法天,天法道,道法自然。这"自然"不是大自然,而是自然而然,也就是本然、本来的状态,是指事物的本真、本性、本质。大自然只要没有被破坏,那当然就是一种本然之状态。乌溪江水呈墨绿样就是如此。或许是"道法自然"智慧的启迪,让我们的祖先乡贤,为母亲河取了个内涵于"道"的美妙玄妙之名——乌溪江。

三、乌溪江,百谷王[①]

坑和源,辅佐佑助乌溪江,使乌溪江左右逢源,成为百谷王。源是一个集合概念,是某一流域的总称,譬如洋溪源,当年洋口乡的9个村庄分布在其两岸,统称洋溪源;坑是单一概念,是某一流域的名称,譬如举村乡的洋坑村、龙头坑村、西坑村等都是一坑一村,因坑得名。坑归往源,形成源;源归往江,形成江。这就是乌溪江原生态之状,天长地久之源。乌溪江,像所有的江河一样,"以其善下之,故能为百谷王",其集聚了二省四县(市、区)十多个乡镇的一百多条坑源溪流,是名副其实的"百谷王"。

(一)衢州市衢江区境内约有**60**条山坑小溪注入乌溪江

乌溪江人习惯称上游的洋口乡、举村乡、岭头乡为洋溪源、举村源和岭头源,如今仍有长者保持这样的称呼。此三乡的村民都生活在一条"源"的两岸,两岸的山坑流向这条"源"后注入乌溪江。(1)洋溪源,原洋口乡境内全长约16公里,汇集了白岩坑、九结坑、洋定坑、百短坑、黄塔坑、大石坑、周坑、赤湖坑、下坑、仓坑(柿木源)等山坑溪流。(2)举

---

①这里指的是未建设黄坛口和湖南镇两电站水库之前的衢县境内的乌溪江。

村源,长约 17.5 公里,集聚了洋坑、毛坑、鱼从坑、西门坑、西坑、榧子坑、下东坑、百祥坑、龙坑、直坑、石桥坑、里扇坑、大坑、王莲坑、鲍坑口、金竹坑、龙头坑等山坑溪流。(3)岭头源,长约 10 公里,汇集了外柘坑、田坑、上坞坑、玉中坑、坑源、方坑口、灵泉坑、小源坑、背头坑、西安坑、大坑头等山坑溪流。

乌溪江下游的湖南镇、白坞口乡和坑口乡[1]则不同,村民生活在乌溪江的两岸,两岸的山坑小溪多为直接流入乌溪江。(1)破石溪,长约 9 公里,沿途集东坑、仙姑庙坑、东仓路坑、柴潭坑等山坑小溪。(2)晚田后坑,长约 9.8 公里,汇合天堂、蕉坑、金家山等山坑小溪。(3)湖南坑,长约 8.6 公里。(4)东仓坑,长约 8 公里。(5)周垄溪,长约 6 公里,沿途汇集南田、岭根坞等山坑小溪。(6)白坞口溪,长约 7 公里,沿途汇集赦地、杨梅塘、元墩后等山坑小溪。(7)坑口源,长约 12 公里,沿途汇集下呈、孔家山、樟义坞、汉都、里树坞、下栏坞、西坑等山坑小溪。

(二)遂昌县境内约有 50 条山坑小溪流入乌溪江

遂昌县境内的乌溪江干流,支流较多,尤以周公源著名。(1)周公源,长约 52.5 公里,集聚的山坑小溪主要有乌岗坑、昌裘坑、左别源、潘接坑、流亚坑、陈坑、山石坑、金溪、锁匙坑、黄枝坑、河边坑、罗汉坑、浦坑、黄脱坑、小羊坑、杨茂源、凤洞源、小路坑、大路坑、砻下坑、大善坑、严腰坑、金竹坑等。(2)湖山源,全长约 12 公里,集聚的山坑小溪主要有梭溪、黄罗坑等。(3)碧龙源,长约 8 公里。(4)关川,长约 22 公里,集聚的山坑小溪主要有金铺源、大路后源等。(5)蔡溪,长约 15 公里。(6)金竹溪,长约 15 公里,集聚的山坑小溪主要有纳叶村、百万突、金竹等。(7)练溪,长约 10 公里,集聚的山坑小溪主要有黄皮坑、定溪等。(8)柘溪,长约 9 公里,集聚的山坑小溪主要有黄潮源、上旦源等。(9)洋溪源,长约 25 公里,纳黄连坑、岩坑、独坑、苍坑、上西坑、下西坑、官坑、波坑、举淤坑等山坑小溪,在举淤口村流入衢州市衢江区岭洋乡白岩村,是为洋溪源的上游段。

---

①白坞口乡 1992 年并入湖南镇;坑口乡 2005 年与长柱乡合并,以黄坛口乡冠名。

(三)龙泉市境内约有 10 条山坑小溪流入乌溪江干流

龙泉市住龙镇境内的住溪和碧龙溪分别在遂昌县龙洋乡的长年坑和龙洋乡的中部外龙口村注入遂昌乌溪江。（1）住溪,为乌溪江干流,全长约 25.3 公里,自青井村向东北流经马脚篷、水塔、兰山、地伏、下畲、大坝,经双河口纳西坑水,折东流经横潭、干坑口至住溪村,折北流至潘床口纳毛源、潘床二水,入遂昌县境①。（2）碧龙溪,系住龙镇西北隅干流,境内流程约 12.9 公里。福建省浦城县忠信镇的毛洋溪流入碧龙溪后,纳角公坑、洪清坑、冷水、牛角坑,至龙头坝,于遂昌县龙洋乡中部外龙口村汇入遂昌县乌溪江。

(四)浦城县境内约有 10 条山坑小溪流入乌溪江干流和支流

福建省浦城县钱江水系的三大河流流经乌溪江注入钱塘江。（1）坑尾溪,长约 13.5 公里,纳马迹、浦城坑、杨梅滩至刺山头流入龙泉市住龙镇的住溪。（2）毛洋溪,长约 12.4 公里,纳毛洋、里角、留爱、下长坑等山坑小溪流入龙泉市住龙镇的碧龙溪。（3）际洋溪,境内约长 15.2公里,纳龙井头、苦马潭、七塘店等山坑小溪,至际下村直接从浦城县忠信镇流入遂昌县的柘岱口乡,是遂昌县周公源的源头溪。

(五)乌溪江"百谷王"的内涵和启迪

乌溪江,善于处下,成为"百谷王"所内含的道,一是"形"如水向低处流,"象"如树向高处长的人生辩证法和大智慧,二是谦下和处下是成就事业之众妙之门。谦下和处下是一个人成长的内在素质、成功的外在要求。

乌溪江"百谷王",其内涵中的自然之道,可以将转化成"团结一切可以团结的力量"的管理之道,并将内化了绿水青山就是金山银山的你我他,定义为乌溪江人。这种做法能使更多人"自我呼唤"出潜在的乌溪江生态价值观,生成天人合一的意识自觉和行为习惯。因此,内含在乌溪江"百谷王"中的生态价值观,就像乌溪江水一样,由水变云,由云

---

①龙泉市水利志编纂委员会,《龙泉市水利志》,方志出版社 2010 年版,第 61页。

变雨,再由雨变水,如此周而复始,进行否定之否定,与时俱进,不断深化。

四、乌溪江,龙凤湖

"动"从阳,"静"从阴,阴阳属性转换,揭示的是相对于时间维度的逻辑上的矛盾律——变是唯一不变。乌溪江,自然生成,激流澎湃,一泻千里,春夏秋冬,涛声依旧。这一原生态的"江",在科技的力量下变江为湖,变动为静,龙凤呈祥,是为龙凤湖。龙凤湖的形成彰显的是"飘风不终朝,骤雨不终日"的变是唯一不变的自然规律,而名副其实的"龙凤湖",却仍然叫"乌溪江",那是变是唯一不变自然规律背后存在的永恒不变的道——返璞归真,回归宁静。乌溪江变龙凤湖,科技力量使乌溪江回归宁静;龙凤湖叫乌溪江,文化基因使乌溪江与日月同辉。

乌溪江由"江(动)"变"湖(静)",千年等一回。让乌溪江造福于民,这是几千年来朝野一直萌动着的愿望和愿景。1912年,西安县易名衢县后,衢县政府就曾多次动议并规划利用乌溪江水力资源优势建造水电站。由于兵灾时疫,人祸天灾不断,未能如愿,一直到中华人民共和国成立后。黄坛口电站水库,1951年10月开工建设,1958年5月建成发电,是"浙江有史以来第一座中型水力发电站",也是"新中国水电建设的摇篮"。湖南镇电站水库,1958年动工,1962年停建,1970年复工,1979年初开始蓄水,1983年12月通过验收,被列为世界最高的大坝之一。

九龙湖,即黄坛口电站水库。水库大坝西岸,是海拔332米的九龙山,相传古时这里曾有九龙飞出,山裂形成一小盆地,后周显德年间(954—960)建有九龙寺,寺前有古井、池塘、林木葱茏,四周山岚起伏,山下有响谷岩,对岸有抱儿峰,所以黄坛口电站水库被称为九龙湖。相传远古时,天上有位仙女怜悯苦难的乌溪江儿女,夜间偷偷下凡担石,欲投江中截住江流,不料她刚歇下担子鸡就叫天晓,只得抱憾离去。直至中华人民共和国成立后,才盼来了高峡出平湖的这一天。这时的乌溪江被界定为北起黄坛口电站水库大坝、南至洋口公社严博大队与遂昌县交界的行政区划范围之内,大坝下游的出水仍然流经石室、花园、下张三公社,在鸡鸣渡附近注入衢江。

仙霞湖,即湖南镇电站水库。该湖位于闽浙交界的仙霞岭余脉,故名仙霞湖。仙霞湖,冬无严寒,夏无酷暑。古村、古道、古树,古韵依旧;节日、岁时、生产、习俗,朴野敦厚;社戏、社庙、祠堂,源远流长。诸如婺剧经典剧目《僧尼会》之类的民间故事不胜枚举,茶灯戏、舞龙灯、坐唱班等民间文化活动丰富多彩;清明冬至吃艾粿、中秋重阳吃麻糍、端午吃粽子、立夏吃饭粿、七夕吃发糕……把乌溪江人生活的原始记忆复制在当代人的生活中,刷新了世外桃源的内涵。

名可名,非常名。地名可变,江名可改,昔日称"东溪",如今叫乌溪江,便是如此。但"东溪"和"乌溪江"源出福建省浦城县境内的大福罗峰没有变,两岸坑源溪流没有变,两岸青山绿水没有变,也不会变,因为这是自然生成的,符合具有空间属性的逻辑同一律。其中含的是返璞归真之道。乌溪江,"江"名存实亡,"湖"名副其实,已华丽转身为碧波荡漾、波光粼粼、笑迎游客、暗送秋波的"龙凤湖"。

九龙湖位于衢州市城南约 16 公里处,东靠紫微山国家森林公园,南接湖南镇,西临甘里镇,北连黄坛口,与烂柯山风景区遥相呼应。湖水清澈透明,水质甘甜,富含多种矿物质,是全国著名的一级水源。水温常年保持在 15 摄氏度左右,湖区内冬暖夏凉,气候宜人,人文景观与秀山美水相映成趣,被誉为最佳避暑胜地。湖内已开发月亮岛、九龙湾、太阳岛、花果山、卧龙山庄和湘思岛等度假村,以及牛头湾、九龙山、叠石山、节理石柱、九龙戏珠、破石四景等。

仙霞湖北距衢州城区约 40 公里,地处湖南镇项家山前峦。其上游遂昌县焦滩乡的独山寨,明代戏曲家汤显祖(《牡丹亭》作者)在任遂昌县令时曾数度游览,写下了《栖灵岩》等诗文名篇;粟裕、刘英指挥的姚岭之战取得神奇战果,彰显了军民智慧。黄村口乡不仅有月光山的蔡相庙、天后宫、宏济桥等名胜古迹,而且是 1935 年中国工农红军挺进师师部驻地,粟裕、刘英等在此领导浙西南游击战争。衢江区岭洋乡洋溪源的大日坂村,红军墓传播着红军铁骨铮铮的精神信仰,天脚寺剿匪记传颂着解放军血染林海的英雄故事。

五、乌溪江，大格局

乌溪江从明万历年间到清末，基本上都属于西安县靖安乡管辖。从地域范围来看，清光绪元年靖安乡所辖九都、十都的 22—27 庄的地域范围，与现代乌溪江地域范围相似相近。中华人民共和国成立之初，乌溪江实行军事管制；1950 年隶岭头区管辖；1958 年隶乌溪江人民公社管辖；1961 年隶乌溪江区管辖……由此可见，1958 年 10 月，成立乌溪江人民公社（当时称大公社），是政府机关首次以"乌溪江"地名冠名。大格局的乌溪江则与此不同，是对这古称"东溪"的乌溪江的拓展和超越，是注入了浙江元素的钱江（衢州）兄弟源，全流域具有地缘环境上的一体性、山水文化上的同质性、风俗习惯上的相似性，以及行政区划上的跨越性等特征。

乌溪江，1983 年湖南镇电站水库建成发电后，上游的岭头乡、举村乡和洋口乡成为库区，尤其是遂昌县境内，乌溪江干流于焦滩乡独山村入库，周公源于湖山乡福罗淤村石角入库，湖山源于湖山乡三归村入库，长树源于湖山乡坪峰村坪头岗入库，扩大的库区水域面积达到 20 多平方公里，占湖南镇电站水库水域面积的半壁江山。仙霞湖，一半在衢江区，一半在遂昌县，除行政区划瓶颈外，大格局乌溪江的其他特征全部具备。因此，内含于乌溪江的自然之道，已然跃升为构建"大乌溪江"格局，界定"大乌溪江"①范畴，展望"大乌溪江"愿景和远景的思想意识和政策建议。

2015 年，国家林业局批准成立浙江衢州乌溪江国家湿地公园。乌溪江因此由原始的水运灌溉华丽转身为旅游观光的文化产业，在大自然功能体系中的地位提高了；"乌溪江是钱塘江上游的一级支流，是钱江源之一支"，与之前"乌溪江，衢江一级支流"②的提法相比，乌溪江在

①2001 年 12 月 28 日，浙江省第九届人民代表大会常务委员会第三十次会议通过的《浙江省乌溪江环境保护若干规定》第二条："本规定所称乌溪江是指浙江省境内衢江汇合口以上的乌溪江干流、支流。"这就是注入了浙江元素的"大乌溪江"，包括遂昌县、龙泉市，甚至福建省浦城县境内的乌溪江干流、支流。
②浙江省衢州市地名委员会办公室，《衢州市地名志》1988 年版，第 762 页。

省内江河水系中的地位具有历史性的转变和升级。"北起黄坛口水库大坝、南至湖南镇水库衢江区与遂昌县交界处"的浙江衢州乌溪江国家湿地公园,风光无限,前景无量。

深入理解乌溪江地域属性的本质和本然,发掘乌溪江的文化内蕴和浙江元素,尤其是围绕坑源文化的特质,开发乌溪江山水文化的地域特色和朴野生态,编织链接衢州市衢江区、丽水市遂昌县和龙泉市的乌溪江旅游文化带,打造坑源文化神话般玄妙的原生态旅游圈,其经济意义深远,文化功德无量。站位"浙江衢州乌溪江国家湿地公园"的维度去运筹未来,这是顺应乌溪江地域地理自然环境的一种设想,也是构建"大乌溪江"的一种思路,更是对"乌溪江,内涵于'道'"的实践解读。

乌溪江，钱江（衢州）兄弟源[1]

周耕妥

乌溪江，源出福建省浦城县的大福罗山（海拔 1658.9 米），主干流有大福罗山下的源头溪坑尾溪 13.5 公里、龙泉市的住溪 25.3 公里、遂昌县的乌溪江 59 公里[2]，乌溪江本身流长（浙江省衢州市衢江区境内）63.1 公里，全流域干流 160.9 公里。乌溪江，钱江上游一级支流，古称东溪。马金溪、常山港，钱江源之干流，源出开化县齐溪镇境内的莲花尖（海拔 1145 米），古称西溪。西溪东溪，相向相聚，聚溪成江，此江，古称瀫江。瀫江就是如今的钱江源——衢江。衢江上游的东溪和西溪，昔日是对兄弟溪，如今是为钱江（衢州）兄弟源。

一、话说钱江源

最早提出钱塘江源头的是《汉书·地理志》，该书简略地提出浙江"水出丹阳黟县南蛮中"，《后汉书·地理志》又提出"浙江出歙县"。北魏地理学家郦道元肯定了汉书中的说法。此后人们一直把新安江上游作为钱塘江的源头。但随着林业经济和山水文化的深入开发，人们发现兰江及上游的衢州流域面积更广，流量也远超新安江，所以也就有了新安江为北源、衢江为南源的说法。其实，钱塘江发源于"太末"（衢州）

---

①原载于衢州市委市政府唯一官方新闻客户端——"三衢"客户端。
②遂昌县地名办公室，《遂昌县地名志》1988 年版，第 20 页。

的说法,早有共识,已成常识①,对照国际地理学界确定河流源头的"三要素",衢江是名副其实的正源。

(一)新安江正源说

新安江(北源),源出安徽省休宁县境内海拔 1600 多米的怀玉山主峰六股尖,是史书上最早记载的钱江源。新安江古称"浙江"。中华人民共和国成立之初的首座"三自"水电站——新安江水电站建成后,誉满全国。水库中的 1078 个山峰成为岛屿,形成了国内外著名的旅游胜地"千岛湖"。所以,新安江正源说,或许被这地缘"品牌"和古称"浙江"之说经纬其中,而为人们所认可。

1983 年和 1985 年,浙江省科协等单位组成钱塘江河源河口考察队,对新安江进行了两次专门的实地考察后,经过反复论证,或许受地缘"品牌"的影响,尤其是受"河源唯长"论的约束,在正式鉴定中,还是"把新安江定为钱塘江的正源"②,并在 1986 年 1 月 3 日的《人民日报》上一锤定音:"钱塘江正源是新安江,源头位于安徽省休宁县海拔 1600 多米的怀玉山主峰六股尖。"

1999 年 11 月 11 日,新华社发布专稿,向全国通告:"……钱塘江的源头应该在开化县的齐溪镇境内。"2010 年,浙江省测绘与地理信息局发布了《浙江省测绘与地理信息局关于启用浙江省主要河流长度、流域面积、主要湖泊面积数据的公告》。在该公告中,钱塘江以北源新安江起算,江长 588.73 公里;以南源衢江上游马金溪起算,江长 522.22 公里。在行政管理、新闻传播、对外交流、教学等对社会公众有影响的活动中,应当使用该数据。该公告的智慧蕴含在学者胡云晏到开化莲花尖时,所写的对联

---

① 元代的钱惟善参加科举考试,作《浙江潮赋》,起句便是"维罗刹之巨江兮,实发源于太末"。考官觉得这句话太了不起了,因为很少有人知道钱塘江还有个别称即"罗刹江",就圈定了他入选。钱惟善自己也很得意,取了别名"曲江居士","曲江"也是钱塘江的别称之一。不过说钱塘江发源于"太末"即衢州,却没引起什么轰动,因为这早已成常识。

② 理由:新安江比兰江长 80 公里,海拔为 1350 米处的源头冯村河水量也比兰江上游青芝埭尖的牛轭湾坑大。冯村河发源于海拔 1600 多米的六股尖,这里山高谷深,河道比降大,多瀑布和急流。

之中：一水自天，原无论北派南派；百川归海，何必辨新安信安。

（二）衢江正源说

20世纪30—70年代，共组织了三次科考：20世纪30年代，地理工作者的实地考察；50年代，电力工业部上海水力发电设计院和浙江省水利厅勘测设计院联合组织的钱塘江查勘队的查勘；70年代末，学者和新闻工作者组织的江源勘查。这三次科考得出结论：钱塘江发源于浙江、安徽、江西三省交界的开化县北部齐溪镇境内的莲花尖（海拔1145米）。1997年版《辞海》记载，钱塘江发源于浙江省开化县齐溪镇境内的莲花尖。

钱塘江的干流若以新安江为源，则其上游长度为373公里，流域面积为11047平方公里，年均径流量为110亿立方米。而以衢江为源，其上游长度为293公里，流域面积为19350平方公里，年均径流量为188亿立方米。在国际地理学界确定河流源头的三要素（流长、流量和流域面积）中，衢江以二比一取胜，且后两个要素指标远超新安江。衢江为干流，新安江为支流，实无疑义。

衢江取兰江—衢江—常山港—马金溪为干流，不仅符合国际国内通例，而且由于干流处于钱塘江整个流域的中轴，从而使整个水系呈完美的羽状对称分布。而以新安江为干流，明显看出偏在北隅的局促。此外，取新安江为正源，则浙江省的母亲河的干流一大段便到安徽去了，从人文的角度说，也不尽合理。

1999年11月11日，新华社基于科考结论、国际标准和国际国内通例，发布专稿，向全国通告："源自莲花尖的莲花溪，源自龙田乡境内的龙溪，都在浙江省开化县齐溪镇汇聚成河。齐溪镇的得名也由此而来，因此，钱塘江的源头应该在开化县的齐溪镇境内。"至此，开化县齐溪镇的马金溪，终于回归到了钱塘江源头的地位，衢江也因此成为钱塘江的正源。

二、乌溪江、钱江（衢州）兄弟源

乌溪江，历史记载、媒体传播、民间相传，以及《水经注》所描述的，总结起来就是：从行政区划上讲,指黄坛口和湖南镇两个阶梯水库库区的衢州市衢江区所辖的湖南镇、举村乡、岭洋乡、黄坛口乡4个乡镇的辖区范围;从自然生态上说,指从衢州市衢江区岭洋乡洋口村的严博,至鸡鸣渡附近注入衢江的河流。

乌溪江,流域面积2632平方公里,古称东溪,发源于福建省浦城县的大福罗山(主峰海拔1659米)。起点在大福罗山东坡,海拔1250米,由南向东北流至剌山头进入浙江省龙泉市,流经遂昌县龙洋乡、王村口镇至焦滩乡的独山村进入湖南镇水库。左汇周公源于湖山乡福罗淤村进入湖南镇水库,汇洋溪源于岭洋乡大日坂村进入湖南镇水库。在洋口坳底进入衢江区。出湖南镇水库后经湖南镇进入黄坛口水库,出黄坛口水库后经柯城区石室,至衢江区茶园注入衢州塔底电站水库,讫点海拔54米,支流长155.9公里,比降为7.7‰。

衢江,由其上游的兄弟溪,东溪和西溪聚溪为江而形成,"干流全长257.9公里,流域面积11477.2平方公里,其中衢江河段长82公里,河道比降0.5‰,集水面积8092.3平方公里"[1]。《衢州府志集成》记载:"衢州之水,亦自仙霞而来,曰灅江。其自处州来者,曰东溪,亦名信安溪。自开化来者,曰西溪,亦名定阳溪。二溪合流以入于灅,东北达于浙江。"[2]西溪和东溪,一脉相承,同出于仙霞岭支脉,同流于衢江。此两者,地貌地理相似,地缘文化相近,山水基因相同,是天造地设的"兄弟"溪。衢江因此而东西逢源,美妙玄妙,成为钱江之源。

西溪,如今称常山港,是为钱江源。自开化县的马金溪至衢江,主河道流程164公里,流域面积3355平方公里。[3] 东溪,如今称乌溪江,自福建省浦城县忠信镇境内的坑尾溪,流经"处州"龙泉的住溪、遂昌的乌溪江,入境乌溪江(衢江区境内)注入衢江,干流长160.9公里,流域面积2632平方公里。西溪的流长、流量和流域均大于东溪,所以,西溪

①衢州市地方志编纂委员会,《衢州市志(1985—2005)》,中国文史出版社2016年版,第79页。

②衢州市地方志办公室,《衢州府志集成》,西泠印社出版社2009年版,第630页。

③衢州市志编纂委员会,《衢州市志》,浙江人民出版社1994年版,第92页。

为"兄",东溪为"弟","兄弟俩"相拥于衢州人的母亲河衢江的怀抱中,走出浙江,奔向大海。

东溪与西溪同宗脉、同文化、同基因,情同手足。东溪……沿周公源(在遂昌县),过相思渡口(相思渡在县南五十里),循县南九龙山下;又缘响谷、石室诸山麓而东北出,为石室堰;又东北径鸡鸣山下,入于信安溪。① 《康熙衢州志·卷三》描述"处州之水"流入"东溪"地理地貌的同时,又引用了《水经注》对东溪的描述:"其水分纳众流……夹岸缘溪……石溜湍波,浮响无辍。山水之趣,尤深人情。"

乌溪江(东溪),"钱江(衢州)兄弟源",不仅是因为与常山港(西溪)的"血缘"关系,更是因为其自然而然的本质属性和自然自信。乌溪江,长期以来,就有"钱江源之一"的史料记载。乌溪江源出大福罗山,大福罗山与浦城县最高峰营盘尖(海拔 1664 米)均雄踞在该县东部山区钱江水系的发源地,"为富春江、闽江源头之一"②。"乌溪江,是浦城县钱江水系的唯一干流,是钱塘江这一流域水系的集流区,浦城县东北部忠信乡(现为忠信镇)山地缘的际洋溪、毛洋溪、坑尾溪均注入浙江省遂昌县的乌龙溪,为浙江省富春江集流区"。③ 这里的乌龙溪就是乌溪江,就是《浦城县志》所记载的,源于浦城县钱江水系发源地的乌溪江。

乌溪江,夹岸缘溪,坑源支流,星罗棋布,乃名副其实的"百谷王",有史料记载的钱江源之一。乌溪江与常山港,为衢江上游的"钱江兄弟源",这是自然现象、地理景观,也是山水文化之造化。乌溪江,钱江(衢州)兄弟源,叙事有理,言出有据,寻根有宗。

三、乌溪江,钱江水系的集流区

乌溪江,发源于闽、浙、赣三省钱江水系的源头。福建省浦城县东北部忠信镇境内的际洋溪、毛洋溪、坑尾溪均注入浙江省遂昌县的乌溪江,乌溪江成为浙江省富春江集流区。富春江,其上游是衢江,下游是

---

①衢州市地方志办公室,《衢州府志集成》,西泠印社出版社 2009 年版,第 636 页。

②浦城县地方志编纂委员会,《浦城县志》,中华书局 1994 年版,第 138 页。

③浦城县地方志编纂委员会,《浦城县志》,中华书局 1994 年版,第 138、154 页。

钱塘江。

（一）干流集流源远流长

乌溪江，取浦城县的坑尾溪、龙泉市的住溪、遂昌县的乌溪江为干流，源远流长，展现的是浦城龙泉同源、龙泉遂昌同流、遂昌衢州同江的地缘图景和山水奇观。乌溪江是自然天成的峡谷河流，是闽浙钱江水系主要的集流区，始于浦城县忠信镇境内的坑尾溪。

坑尾溪，属钱塘江水系，因流经坑尾村，故名。"坑尾溪，发源于大福罗山，流于千米以上山峰间，全长 13.5 千米，流域面积 45.06 平方千米，河道比降 16.9‰，流经马迹、浦城坑、杨梅滩至刺山头流入龙泉县（现为龙泉市）住龙镇的住溪。"[1]

住溪，系住龙镇主干流，钱塘江支流，乌溪江干流上游河段。全长 25.3 公里，流域面积 268.18 平方公里，天然落差 930 米。自青井村向东北流经马脚篷、水塔、兰山、地伏、下畲、大坝，经双河口纳西坑水，折东流经横潭、干坑口至住溪村，折北流至潘床口纳毛源、潘床二水[2]，流入遂昌县的最大河流——乌溪江。

遂昌县的乌溪江，《遂昌县志》卷二称之为柘上源。上游始于与龙泉住溪对接的龙洋乡埠头洋村的长年坑，经王村口、蔡源、焦滩，至琴淤乡的龙鼻头村[3]离境，流入衢县洋口乡严博村[4]的斗潭。境内干流长 59 公里，河床平均宽 94.2 米，流域面积 1476.2 平方公里，占全县总流域面积的 58.4%，是遂昌县最大河流，湖南镇电站水库建成后，从焦滩乡的独山村注入湖南镇电站水库。

乌溪江（衢州市衢江区境内），始于原衢县洋口乡严博村的斗潭，4 公里后到达洋口村的上埠与洋溪源合流，聚溪成江，向北流入洋口、岭

---

①浦城县地方志编纂委员会，《浦城县志》，中华书局 1994 年版，第 158 页。
②龙泉市水利志编纂委员会，《龙泉市水利志》，方志出版社 2010 年版，第 61 页。
③遂昌县地名办公室，《遂昌县地名志》1988 年版，第 151 页。《遂昌县志》卷一称之为龙鼻头，属保义乡二十四都二图龙鼻头庄。因建设湖南镇电站水库，1977 年住户迁址到大柘公社，迁移废村时属五星大队（1970 年龙鼻头大队改）。
④遂昌县地名办公室，《遂昌县地名志》1988 年版，第 20 页。湖南镇电站水库建成之前，严博村隶属衢县洋口乡，因建设湖南镇电站水库被淹没，村民被安置在衢县和龙游县有关乡村。

头、湖南、坑口、石室、花园、下张等 9 个乡镇,在鸡鸣渡附近注入衢江,干流全程 59.8 公里。

1958 年,黄坛口电站水库建成以后,水库大坝上游坑口、白坞口和湖南 3 个乡镇成为库区。乌溪江,从此亦江亦湖,主干流湖南村上游至岭头、举村、洋口三乡的河段,地处遂昌、龙泉,以及福建浦城的主干流,江水涛声依旧,江景生态依旧。乌溪江从此北起黄坛口水库大坝,南至洋口乡严博村与遂昌县交界处。水库大坝下游沿江两岸的石室、花园、下张等乡镇至衢江,地理地貌上仍属乌溪江范畴。

1983 年湖南镇水库正式蓄水后,岭头、举村、洋口三乡也成为库区乡。至此,乌溪江,"江"名存实亡,"湖"名副其实。原生态的乌溪江干流,只剩下浦城县的坑尾溪、龙泉市的住溪,以及遂昌县龙洋乡埠头洋村的长年坑至焦滩乡独山村的河流。独山村下游原来的干流被库水淹没而变成了仙霞湖。仙霞湖,一半在衢江区,一半在遂昌县,乌溪江的自然生态,北起黄坛口水库大坝(九龙湖),南至遂昌县焦滩乡独山村(仙霞湖)。仙霞湖与下游的九龙湖天造地设,龙凤呈祥,向游客暗送文明和智慧的秋波,为山水旅游和坑源文化开启众妙之门。如今,衢州市衢江区的岭洋乡、举村乡和遂昌县的湖山乡、焦滩乡,沐浴在仙霞湖的湖光山色中,旅游景点交相辉映,风俗风情源远流长且相似相近。

(二)支流集流以坑源为体,景色为用

乌溪江支流以坑源为体,坑源架构的是支流的"形体",支流集聚的是坑源的"清泉"。支流是"经",坑源是"纬"。这支流和坑源经纬起的钱江水系集流区,以干流为"纲",奔流衢江,成就衢江,同为钱江源的一分子。乌溪江支流以景色为用,坑源景观韵味无穷,深潭墨绿样,浅滩似银河,石上清泉流,悬崖瀑布挂,林海藏溪涧,山峰撑着天。

1. 乌溪江的"十大支流"

洋溪源,乌溪江的上游支流,衢州市衢江区岭洋乡境内主流,全程长约 16 公里,在湖南镇电站水库建成后,因洋口、茶衔、峇底、柘木、大日坂等村被淹没,从大日坂村与岗头村黄塔畈接壤的中心坝注入水库。

其上接遂昌县西畈乡境内洋溪源的举淤口村,于白岩村南0.5公里处的金鸡岩底入境衢江区。其自西南向东北流,汇集洋口乡境内的白岩坑、九结坑、洋定坑、百短坑、大石坑、周坑、佛坑、柿木源等10多条山坑小溪,在湖南镇电站水库建设之前,从衢县洋口乡洋口村的上埠注入乌溪江。

举村源,乌溪江的右岸支流,境内主流长17.1公里,在湖南镇电站水库建成后,从下东坑口注入水库。其古称椐村源、翁源,发源于洋坑村上槽,自东北往西南流,汇合举村乡的洋坑、鱼从坑、西门坑、龙坑、西坑、直坑、龙头坑、白祥坑、下东坑、境坞坑、大坑、毛坑、榧子坑、石桥坑、里扇坑、王莲坑、鲍坑口、金竹坑等20余条山坑小溪,在湖南镇电站水库建设之前,从举埠(举村埠头)注入乌溪江。

岭头源,乌溪江的左岸支流,主流全长19.2公里,在湖南镇电站水库建成后,从杨家铺注入水库。其古称梅溪源、柳家源,发源于岭头乡赖家村大坑头自然村金山头东北麓,自西南向东北流,汇合岭头乡境内的牛角坑、大洪公坑、金坑、天堂坑、塘坞坑、西安坑、大源坑、五里坑、小源坑、灵泉坑、绵坑、廿六坞坑、柘坑、玉中坑等15条山坑小溪,在湖南镇电站水库建设之前,从航埠口注入乌溪江。

破石溪,乌溪江的右岸支流,境内主流长约9公里。发源于湖南镇里村胡家,自东北向西南流,沿途集东坑、仙姑庙坑、东仓路坑、柴潭坑等山坑小溪,至破石村笔架山旁注入湖钟潭。

晚田后坑,乌溪江的左岸支流,境内主流长9.8公里。古称社后边溪,又名双溪。发源于江山市原百石乡大坪山,另有上游南、北两支流,分别发源于江山市原百石乡阴源和塘岭乡下西坂,自西南向东北流,于湖南镇华家村柴猪坪脚入县境,汇合天堂、蕉坑、金家山等小溪,于湖南村晚田后注入乌溪江。

湖南坑,乌溪江的左岸支流,境内主流长8.6公里。古称湖南溪,上游有两条支流,分别发源于江山市塘岭乡红砂岗北、南两龙,入县境后在湖南镇山尖岙村大江田汇合,自西向东流至湖南村注入乌溪江。

东仓源,乌溪江的右岸支流,境内主流全长约8公里。发源于湖南镇埂头村里村自然村西北,自东南向北流,经湖南、白坞口两村,至白坞口村龙潭背,汇合竹叶坑注入黄坛口电站水库。

周垄溪,乌溪江的左岸支流,境内主流长约 6 公里。原名周村溪,发源于湖南镇朝书村宅微与江山市交界处之青岗尖东北麓,自西南向东北流,经白坞口、南田两乡镇,沿途汇集南田、岭根坞等山坑小溪,至虹桥头注入黄坛口电站水库。

白坞口溪,乌溪江的左岸支流,境内主流全长约 7 公里。发源于白坞口乡蛟龙村和江山市交界处,自西南流向东北又折向东南,经白坞口乡,沿途汇集敕地、杨梅塘、元墩后等山坑小溪,至溪口注入黄坛口电站水库。

坑口源,乌溪江的右岸支流,境内主流全长 12 公里。发源于坑口乡下呈村巨龙顶北麓,自东南向西北流,出龙门坑汇集下呈、孔家山、樟义坞、汉都、里树坞、下栏坞、西坑等山坑小溪,至坑口村注入黄坛口电站水库。

2. 遂昌县境内乌溪江干流的支流

遂昌县境内的乌溪江干流,支流较多,尤其是周公源,知名度远远大于其干流,一些涉及遂昌河流水系的史料,言必及周公源。

周公源,发源于福建省浦城县营盘尖南麓苦马潭,上接浦城县忠信镇的际洋溪,从柘岱口乡际下村①入遂昌。湖南镇电站水库建成前,周公源经柘岱口、上定,在琴淤乡的周公口注入琴溪,为遂昌县境内乌溪江的最大支流,全程长约 52.5 公里。集聚的坑源小溪主要有乌岗坑、昌裘坑、左别源、潘接坑、流亚坑、陈坑、山石坑、金溪、锁匙坑、黄枝坑、河边坑、罗汉坑、浦坑、黄脱坑、小羊坑、杨茂源、凤洞源、小路坑、大路坑、奢下坑、大善坑、严腰坑、金竹坑等。湖南镇电站水库建成后,周公源从湖山乡福罗淤村注入湖南镇电站水库。

湖山源,全程长约 12 公里,由练溪、柘溪在大柘乡峡口门汇合而成,至梭溪桥纳梭溪,在湖山乡三归村注入湖南镇电站水库。其集聚的山坑小溪主要有梭溪、黄罗坑等。

---

① 际下村,在柘岱口乡西南约 10 公里,与福建省浦城县交界处。

碧龙源,全程长约 8 公里,发源于福建浦城,自西向东贯穿龙洋乡,注入遂昌乌溪江干流。

关川,全程长约 22 公里,发源于南尖岩山峰南麓,自东北转向西北流经关川、对正、王村口三乡,注入遂昌乌溪江干流,集聚的山坑小溪主要有金铺源、大路后源等。

蔡溪,《遂昌县志》卷二称蔡源,全程长约 15 公里。发源于大风洋山峰东南麓,自南转向东,流经蔡源、焦滩两乡,注入遂昌乌溪江干流。

金竹溪,全程长 15 公里,发源于烟蓬尖东麓,经叶村、百万突、金竹等村,在升口亭纳古楼源,至金竹乡王川村①注入湖南镇电站水库。

练溪,全程长约 10 公里。发源于南尖岩山峰西北麓,流经石练乡,在大柘乡峡口门注入湖山源,集聚的山坑小溪主要有黄皮坑、定溪等。

柘溪,全程长约 9 公里,发源于羊尖顶山峰东南麓,在大柘乡自南转向西至峡口门注入湖山源,集聚的山坑小溪主要有黄潮源、上旦源等。

洋溪源,又名西畈源②,发源于西畈乡黄连尾西南山麓,遂昌县境内长约 25 公里。东北流向,纳黄连境、岩坑、独坑、苍坑、上西坑、下西坑、官坑、前堂比、波坑、举淤坑等山坑小溪,在举淤口村流入衢州市衢江区岭洋乡白岩村,是洋溪源的上游段。

3. 龙泉市境内乌溪江干流的支流

龙泉市境内的乌溪江干流住溪,于遂昌县龙洋乡埠头洋村的长年坑流入遂昌县乌溪江。③ 碧龙溪是其唯一的支流,系住龙镇西北隅干流,境内流程 12.9 公里,流域面积 113.72 平方公里。福建省浦城县忠信镇的毛洋溪流入碧龙溪后,纳角公坑、洪清坑、冷水、牛角坑,至龙头坝,于遂昌县龙洋乡中部外龙口村入境遂昌县乌溪江。

---

①因建湖南镇电站水库,王川村原址被淹没,村民在山坡新建居民点,沿用原村名。

②河谷盆地,俗称"畈"。

③龙泉县志编纂委员会,《龙泉县志》,汉语大词典出版社 1994 年版,第 40 页。

4. 福建省浦城县境内乌溪江干流的支流

毛洋溪,龙泉市住龙乡(现为住龙镇)碧龙溪的源头溪,境内长 12.4 公里,流域面积 46.59 平方公里,河道比降 18.47‰。[①] 毛洋溪,发源于牛岭,经毛洋、里角、留爱、下长坑等山坑小溪至白岩(白岩是浦城县忠信镇毛洋村辖的自然村)流入碧龙溪,与碧龙溪同为乌溪江支流。

际洋溪,遂昌县周公源的源头溪,发源于营盘尖,经龙井头、苦马潭、七塘店等山坑小溪,至际下村入境遂昌县的柘岱口乡,流入遂昌县周公源,境内长 15.2 公里,流域面积 39.38 平方公里,河道比降 25.74‰。际洋溪从浦城县忠信镇直接流入遂昌县的柘岱口乡,与周公源同为乌溪江支流。

四、乌溪江,"处州来者"两大河

史料记载:"衢州之水,其自处州来者,曰东溪。"东溪就是乌溪江。

乌溪江上游,"处州来者"两大河:一是遂昌县境内的乌溪江干流;二是贯穿遂昌县西畈乡和原衢县洋口乡[②]的乌溪江支流——洋溪源。此两大河流相拥相聚成就了乌溪江。如今,遂昌县境内的乌溪江干流也称乌溪江。但此乌溪江与古称"东溪"的乌溪江不可相提并论,其前世今生,还得从《遂昌县志》卷二中的琴溪、柘上源和周公源说起。

(一)遂昌乌溪江的前世今生

遂昌县最大的河流叫乌溪江。1988 年版的《遂昌县地名志》记载,此乌溪江,"《遂昌县志》卷二,称柘上源"[③]。从 1896 年《遂昌县志》卷二刊印到 1988 年《遂昌县地名志》编印的近百年历史演变中,柘上源何时改称乌溪江,没有找到其他史料的记载。

《遂昌县志》卷二中关于周公源、柘上源、琴溪的记载,较为明确地展现了其状况。(1)周公源,在邑西廿一都,山水明秀,上接闽境。绵亘纡回八十里,汇合大溪入衢西。(2)柘上源,在邑西八十里,上接浦城罟

纲源,西流会蔡源至蔡口,与洋溪会于周公源,西行龙鼻头至衢。(3)琴山,在邑西九十里周公口,其状似琴,下有溪,曰琴溪,柘溪、王溪之水聚焉。详见下图:

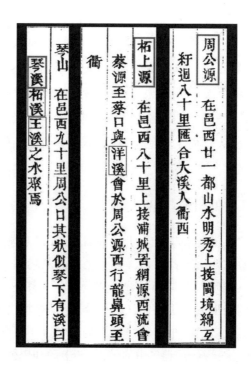

《遂昌县志》卷二关于周公源、柘上源、琴溪的记载

1. 对周公源词条的解读

周公源,"汇合大溪入衢西"。当年,龙泉县住龙乡西南干流碧龙溪,流入遂昌县龙洋乡驻地外龙口村的碧龙源,主干流住溪流入龙洋乡埠头洋村,自长年坑至外龙口村与碧龙源合流后,俗称大溪。大溪至琴淤乡驻地中圩村左边的周公口村,纳周公源注入琴溪,至龙鼻头村离境,进入衢县洋口乡的严博村。那时,琴淤乡驻地中圩村右边大溪对岸的村庄就叫大溪边村。

大溪,是龙洋乡驻地外龙口村至琴淤乡龙鼻头村的河段,即琴溪词条中所说的"王溪"与琴溪连成的河段,是全县最大的河流,即《遂昌县志》卷二所称的柘上源,现在所说的乌溪江。周公源是琴溪词条中所说的"柘溪"。"汇合大溪入衢西",即周公源在琴淤乡的周公口村汇合"大溪"注入琴溪流入"衢西"。周公源隶属县西二十一都,上游接壤"闽境"浦城县最高峰营盘尖下的际洋溪,于柘岱口乡的际下村入境,"绵亘纡回八十里",在琴淤乡周公口村汇合"大溪"注入琴溪流入"衢西"。

昔日的柘上源,如今的乌溪江,周公源是其最大的支流。1983 年,湖南镇电站水库建成蓄水后,昔日的乌溪江干流只剩下遂昌县焦滩乡独山村至龙洋乡埠头洋村长年坑的河段,周公源只剩下湖山乡福罗淤村至柘岱口乡际下村的河段。

2. 对柘上源词条的解读

柘上源,流域地标是王村口,"邑西八十里"。1988 年版《遂昌县地名志》记载:王村口乡位于县城西南 40 公里,正好是"邑西八十里"。王村口与毗邻的龙洋乡,"上接浦城罟纲源",必经当时的龙泉县住龙乡,故浦城罟纲源,推定为浦城县钱江水系的坑尾溪、毛洋溪及其下游龙泉县住龙乡境内的住溪、碧龙溪流域。"西流会蔡源至蔡口",流入"洋溪"。洋溪 ,应该是"蔡口"流经焦滩乡,至琴淤乡周公口村的河段。在琴淤乡的周公口村"会于周公源",注入琴溪后,"西行龙鼻头至衢"。可见,柘上源是流经龙洋、王村口、蔡源、焦滩,至琴淤乡周公口村,以及琴溪的河流,也就是琴溪与其上游"王溪"加在一起的河段,是境内最大的河流,流长 59 公里。故,1988 年版《遂昌县地名志》记载,乌溪江,《遂昌县志》卷二称柘上源。

柘上源之得名,或许与福建省浦城县最大河流柘溪有关。柘溪,因发源于忠信镇的柘岭而得名。柘岭,地多柘树,故名,海拔 1180 米,为浙闽界岭,过岭东去为遂昌,北去乃江山。也许遂昌少有人知道浦城县流入本地的际洋溪、毛洋溪、坑尾溪,但多数人知道浦城县最大河流——柘溪,多认为或默认为境内最大河流的最上游是柘溪,故名柘上源。

3. 对琴溪词条的解读

琴山,形状像一把琴,山是琴盘,溪流似琴盘上那一根根琴弦,波动起伏的流水像那一根根被拨动的琴弦,流水声像琴所发出的天籁之音,所以山下流入衢州的河流叫琴溪。琴溪,因位于琴山之下而得名;琴山,因为像"琴"而得名。那时,周公口村,位于县西 45 公里处的琴山之麓、琴溪之畔。琴溪上游,来自西边最上游柘岱口乡的河流叫柘溪,来自东边流经王村口乡的全县最大河流称王溪。王溪,因地标王村口而得名,其最上游的乡是与王村口接壤的龙洋乡。柘溪、王溪在周公口村相聚合流,注入琴溪,是谓"曰琴溪,柘溪、王溪之水聚焉"。琴溪是琴淤乡周公口至龙鼻头(与衢县洋口乡严博村的斗潭交界)的河段,与上游的王溪构成乌溪江干流,《遂昌县志》卷二称柘上源。

(二)隶属不同地级市贯穿两个山区乡的洋溪源

洋溪源,上游的西畈乡隶属丽水市遂昌县,下游的岭洋乡隶属衢州市衢江区。清《遂昌县志》卷一"称西畈,属于保义乡二十一都周公口庄,位于洋溪源西岸田畈,故名"①。可见,编写《遂昌县志》卷一之前,洋溪源就存在了,其历史悠久。洋溪源,发源于西畈乡黄连尾西南山麓,遂昌县境内长约25公里,集聚了两岸10多条山坑小溪。自西南向东北在举淤口村流入衢州市衢江区岭洋乡白岩村的金鸡岩底入境衢州市。

湖南镇电站水库建成之前,衢县洋口乡10个村,除严博村与琴溪相连外,其他9个村都居住在洋溪源的两岸。洋口乡境内的洋溪源干流集聚了9个村的10多条山涧小溪,而且村村都有岭,出门便爬岭,白岩村的白岩岭,上高输村的高输岭、鲫鱼岭,大日坂村的昆仑岭,严博村的严博岭,仓坑口村的柿木源岭,都是逶迤云端的"天梯"。洋口乡境内16公里的洋溪源,从白岩村到洋口村要过23道溪水:白岩坑→白岩岭脚→上窑畈→营头→马家腰→洋定坑口→百短坑口→黄塔畈→中心坝→大日坂→高上→柘木(滩头石塔)→柴家畈→苦竹腰→盘龙形→竹潭会→呑底→茶荷→鹅形→麦埂→湖垇→金塘→上埠→洋口。所以民间相传洋溪源有"五宝":"爬山过岭当棉袄,过河过水当洗澡,松明竹片当灯照,辣椒当油炒,番薯干当蜜枣。"

乌溪江,"处州来者"两大河,当时洋口乡洋口村的上埠,是乌溪江迎接"处州来者"的"门户"。"处州来者"就是如今遂昌县境内的乌溪江干流,以及隶属不同地级市贯穿两个山区乡的洋溪源。

---

① 遂昌县地名办公室,《遂昌县地名志》1988年版,第162页。

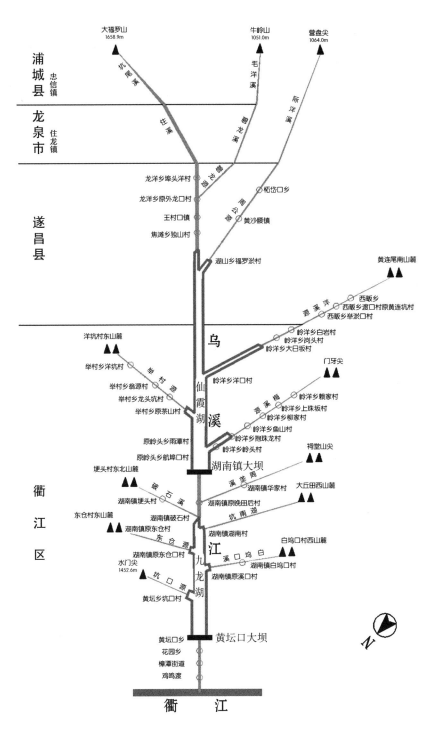

乌溪江流域干支流示意(水电站建成后)

乌溪江，大制不割[①]

周耕妥

1991 年，乌溪江区共辖 6 乡镇 54 个行政村 374 个村民小组，总人口 8217 户 29983 人。其中有畲族 655 人、回族 3 人、土家族 2 人、布朗族 1 人，余皆汉族，人口密度 70.2 人/km²。1992 年，撤区并乡扩镇，白坞口乡并入湖南镇，乌溪江区从此不复存在，但乌溪江库区依然存在。乌溪江库区，非行政建制，系乌溪江下游黄坛口电站水库和上游湖南镇电站水库建成后形成的自然区域，东北至黄坛口电站大坝，东南与遂昌县交界，西南和江山市分水，境内有湖南镇、洋口乡、举村乡、岭头乡、坑口乡，共 5 个乡镇。2005 年，洋口乡与岭头乡合并，称岭洋乡，坑口乡与长柱乡合并称黄坛口乡，故今乌溪江库区有湖南镇、黄坛口乡、岭洋乡、举村乡，共 4 个乡镇，至此，乌溪江库区几乎复归于清代靖安乡九都、十都 7 个庄的版图。

一、乌溪江库区版图的根源

（一）乌溪江库区版图之"根"清晰

乌溪江库区版图之"根"，是湖南镇、洋口乡、举村乡、岭头乡、白坞口乡、坑口乡 6 个乡镇的范围。1958 年，原岭头区驻地迁至湖南村，设乌溪江人民公社，下辖 9 个管理区，这是首次用乌溪江之名冠名政府机关。1961 年，乌溪江人民公社改为乌溪江区公所建制，其下辖的 9 个管

---

①"大制不割"，引自《道德经》第 28 章，在本文中的意思是：对于乌溪江的名称和版图，以及自然而然的地理地貌状态，不能将其分割、分裂、分离，要顺其自然，才能发挥其区域优势，才能"既雕既琢，复归于朴"。

理区调整为 6 个人民公社。1984 年恢复乡镇建制,乌溪江区公所下辖的 6 个人民公社改为乡政府。1985 年湖南乡改为建制镇。1992 年,衢县撤区并乡扩镇,白坞口乡并入湖南镇,至此,乌溪江由原来的行政区演变为一个自然区域,官方和民间称其为乌溪江库区,库区仍然指湖南镇、洋口乡、举村乡、岭头乡、白坞口乡、坑口乡 6 个乡镇的范围。这 6 个乡镇,历时 30 多年,是中华人民共和国成立后,乌溪江库区存续时间最久的行政区划范围,在乌溪江人脑海中烙上了深深的印记,并且形成了思维定式,是一个具有强烈归属感的自然而然的区域,所以说"6 个乡镇"是乌溪江库区版图之"根"。不仅如此,这"根",生发并对应于清代靖安乡的 22—27 庄这 6 个庄。民国期间,这 6 个乡镇的行政区划内,曾设过湖南乡、破石乡、岭头乡、洋口乡、柘木乡、举村乡、翁源乡、溪口乡、坑口乡等乡政府,乡建制变动较多,但区域范围基本稳定。所以说乌溪江库区之"根"清晰,历史悠久。乌溪江库区把根留住,就是留下清代靖安乡九都和十都的 22—27 庄,就是留住 1958 年乌溪江人民公社下辖的 9 个管理区,就是留住 1961 年乌溪江区公所辖下的 6 个人民公社(乡)。6 个庄→6 个公社→6 个乡镇,同出而异名,是乌溪江库区版图形成的一个个里程碑。

(二)乌溪江库区版图之"源"悠久

乌溪江库区版图之"源",是清代靖安乡九都和十都 7 个庄的行政区划范围。2005 年,长柱乡与坑口乡合并,称为黄坛口乡,如此一来,乌溪江库区的版图,几乎与清代靖安乡九都和十都的 22—28 庄吻合。乌溪江库区历史地巧合于清代靖安乡九都和十都的版图。这是乌溪江库区版图回归历史本始的里程碑,也是乌溪江库区版图之源。乌溪江库区从清代靖安乡的 22—27 庄到 20 世纪 60 年代之后的 6 个乡镇、6 个公社,再到现在的 4 个乡镇,就是其行政区划纵向演变的时代脉络,乌溪江库区版图之源流。2005 年,长柱乡与坑口乡的合并,让人们感悟到历史老人神秘的返璞归真能力的同时,又体会到历史老人娱乐现代人的艺术水平。同年,洋口乡与岭头乡合并称为岭洋乡就是一例:今日之岭洋乡几乎就是清代靖安乡九都 23 庄的版图轨迹。

二、乌溪江库区"大制不割"的内涵

"大制"或"大器"是不能分割、分裂、分离的,否则即便原来的那种气势、气质还存在,但已经跟原来的无法相比了,而且复归于"朴"就比较困难,甚至不可能,这就是"大制不割"的内涵。一块布被裁缝师傅裁了就不能复归原状,所以世界上最高水平的服装就应像印度纱丽那样,无须裁剪和缝制,就能穿,且拆开就能复归布料的原状,这就是"大制不割"的可贵之处。乌溪江,因坑源溪流集聚而成江,因江水墨绿而得名,因山民读"黑"为"乌"而流传。乌溪江库区犹如一块布料,其中的乡镇行政区划布局犹如一件衣服,裁剪过程中需要以制成的衣服不失去布料本质和本然为导向,把这块布料的整体作用发挥到最大,甚至像印度纱丽一样,既做成了衣服,又保持着布料的原来形状。

(一)乌溪江名称不可分割

乌溪江,古称东溪,两岸乡村在经济发展和社会进步的过程中,慢慢出现了经济上的区域融合和文化上的广泛交流,随着村民生活和生产中交往交流的增多,涉足"东溪"的机会也就多了起来,"东溪"墨绿色的溪水也因此渐渐烙印在人们的脑海中,民间也就慢慢地产生了乌溪江的名称。当然,这只是一种猜测。乌溪江,乌是读音,溪是本体,江是坑源溪流聚集而成的自然状态;"溪"和"江"的叠加使用,就是因坑源溪流加盟、集聚而成江的意思;"溪"和"江"两者是相互融合的整体,其内求的是"大制不割"之"道"。乌溪江是个完整的名称,不可随意称"乌溪",当然更不会有称"乌江"的,如果在诸如诗词创作之类的特殊语境下,使用"乌溪江"三个字不行,非得用两个字不可,那么,可以用"东溪"二字,并附加"乌溪江,古称东溪"之注释,这样不仅恰当,而且有文化底蕴。"乌溪"这样的"异名",不仅短期内会使乌溪江之名称混乱,久而久之,"异名"还可能取代"正名"。

名可名,非常名。"东溪"可以变乌溪江,乌溪江在历史的长河中自然也存在着被易名的可能性。乌溪江，"始制有名，名亦既有，夫亦将知止"①。相较于古朴的"东溪"，乌溪江具有通幽的意境、玄妙的遐想空间，故不可分割而应使其"常名化"②。康熙《衢州府志》所记载的"东溪"已经易名为乌溪江，边界也清晰稳定了，切忌再度易名。乌溪江库区犹如"长三角""珠三角"一样，具有区域经济和文化发展的纽带属性，这种纽带属性是由地理地貌和区位的特殊性，以及历史文化和行政区划的思维定式奠定的。所以，2005年建制的黄坛口乡应纳入乌溪江库区范畴，这样既符合人们对于乌溪江的历史认知，也符合人们脑海中钱江（衢州）兄弟源的思维定式，更符合区域经济和社会发展的规律。

（二）乌溪江库区版图不可分割

乌溪江库区，如今复归于清代靖安乡九都和十都7个庄的版图，这可以戏称是历史老人"大制不割"的大智慧使然，具有地理地貌上的历史和现实的一致性。所以不可分割，应保持稳定。乌溪江行政区划，民国期间变动频繁，中华人民共和国成立后相对稳定。20世纪60年代之后的区公所存续期间，衢县8个区中除乌溪江之外，都是以区公所驻地村名冠名的，唯有乌溪江区没有以驻地湖南村命名，而以穿流而过的乌溪江冠名。乌溪江是从如今的库区四乡镇的"具象"中演绎演变而来的区域符号，是超越四乡镇区域的独立而不变的地域符号，是库区四乡镇谋划可持续发展不变的"母体"。四乡镇的发展规划，需要建立协调和协作机制，上级相关职能部门要从乌溪江库区区域发展的角度审视和把关，发掘和发挥乌溪江库区的整体优势，使四乡镇扬长避短，各具所长，成为游客打卡地，使乌溪江库区自然而然的山水文化风景区成为乌溪江国家湿地公园的灵魂密码。

乌溪江库区，各个乡镇的坑源小溪都归往之，山脉山体绵延不断都去仙霞山脉认祖归宗，方言发音都读"黑"为"乌"……两岸居民在这里

---

①引自《道德经》第32章，在本文中的意思是：由"东溪"改名而称的乌溪江，已植入人们的记忆之中，其边界也清晰稳定，所以就应该知道适可而止，不要再去做可能引起乌溪江名称变动的事。

②"常名化"，指让"乌溪江"朝着永恒不变之名的方向存在下去。

一如既往,具有凝聚力和归属感,而且与以前相比毫不逊色。乌溪江库区将这里的山民集聚在一起,竖起致富之舟的风帆,构筑绿水青山的护栏,创制传播山水文化的引擎。所以,乌溪江库区具有浓厚的地缘情结和区域文化特色。乌溪江库区四乡镇规划发展,尤其是旅游业和文化事业的发展,不能因为乌溪江政区的不复存在而忘记和无视乌溪江库区概念的内涵和版图的"根""源"。若能如此,四乡镇的经济和社会发展,文化和文明进步,就会像印度纱丽一样,不用"裁剪"就能实现,且实现以后仍然保持乌溪江库区的地域名称和区域版图根源,彰显出"乌溪江,内涵于'道'"的独特风采。

三、乌溪江"大制不割"的挑战与对策

乌溪江"大制不割"面临的挑战,主要是行政区划的藩篱。

1958 年建制的乌溪江人民公社,其域内的乌溪江在康熙《衢州府志》中称"东溪"。1988 年《遂昌县地名志》记载的县域最大河流乌溪江,《遂昌县志》卷二中称"柘上源",包括"柘上源"和"琴溪"两段河流。近年来,网媒有称龙泉市住龙镇干流住溪为乌溪江的,这也许是住溪在乌溪江上游使然吧。乌溪江在浙江省内的主干流就是衢江区乌溪江、遂昌县乌溪江和龙泉市"乌溪江"(住溪)。"三江"所形成的原生态山水文化"脐带",是天地宇宙为乌溪江所制定的、内含浙江元素的、自然而然的地理地貌之"大制",具有不可分割的"道"之属性。

(一)衢州市衢江区乌溪江库区"大制不割"的挑战与对策

自 1961 年设乌溪江区公所至 1992 年乌溪江区公所建制撤销的 30 多年间,乌溪江区对其下辖的湖南镇、洋口乡、举村乡、岭头乡、坑口乡和白坞口乡,具有行政调控和协调发展功能。这种行政环境的熏陶、行政区划的规范,使乌溪江人形成了强大的凝聚力和归属感。如今的乌溪江库区四乡镇各有各的社情民意和实际情况,从某种层面来说,各唱各的调也是无可厚非的。鉴于此,"大制不割"之"道",是克服这些弊端的思维钥匙,履行"大制不割"之"道",是消除这些弊端的必经之路。

乌溪江库区四乡镇,行"大制不割"之"道",有以下路径:一是由上

级政府相关职能部门组成一个常态化机制,对库区四乡镇的发展思路和规划,进行协调和统筹,使其形成库区整体优势;二是建立协调发展的社会组织机构,引领和促进库区的协调发展,譬如建立乌溪江国家湿地公园四乡镇联席会,推动和推进乌溪江库区文旅事业的整体规划和发展;三是调研和探索设置具有文旅特色的行政机构来领导和规划库区的可持续发展,尤其是发挥旅游文化事业的整体优势,把乌溪江这块山水文化旅游宝地打造成光而不耀的风景名胜打卡地,成为引领库区人民共同富裕的"灯塔"。

乌溪江库区,经历两大电站水库建设迁移,以及其后实施的下山脱贫、"共富大搬迁"等工程的推动,乡村规模越来越小。从1992年白坞口乡并入湖南镇到2005年,洋口乡与岭头乡合并为岭洋乡,坑口乡与长柱乡合并为黄坛口乡,村干部与乡里的工作联系不方便了,村民诸如就医、就学、购物之类的生活更加不方便了。乌溪江"大制不割",有识之士提出将三乡并入湖南镇,这个设想,积极且有远见。乡镇合并,以民意为导向,以方便民众生活和促进共同富裕为宗旨。首先,并乡要做好并村工作,参照下山脱贫相关政策,鼓励三三两两散落在大山中的村民,集聚到环境条件相对优越的村庄进行"扩村",形成规模村,创造提供诸如幼儿园、敬老院之类公共服务的条件。其次,在被撤乡境内设一社区,作为政府联系村民的桥梁和纽带。再次,由县(区)地名办公室统一为乌溪江库区的村庄编撰历史沿革,并制成碑文,建造牌坊,将碑文设计建造其中,这是"抢救村庄"的一大举措,功德无量。最后,岭洋乡、举村乡、黄坛口乡并入湖南镇后,必须改称乌溪江镇,这是乌溪江始制有名、大制不割的必然要求,更是保护和持守乌溪江之名的当代智慧和历史责任。

(二)"两市三县(市、区)"境内乌溪江干流"大制不割"的挑战与对策

乌溪江在浙江省境内以衢州市衢江区乌溪江、丽水市遂昌县乌溪江和龙泉市"乌溪江"(住溪)为干流。此干流犹如"两市三县(市、区)"重峦叠嶂,山峰连绵之山体的"中脉",一旦突破或超越"行政区划"的藩篱,上中下贯通,则一脉带动百脉(坑源小溪),浙江省境内乌溪江的文

旅品牌就会脱颖而出,并绽放出"1+1+1>3"的神奇效应。"两市三县(市、区)"乌溪江干流将成为轴心,串联起两岸 200 多条坑源小溪,编织成一条彩龙般扑朔迷离的钱江水系山水文化旅游带,迎来乌溪江文旅产业的柳暗花明又一村。不仅如此,一半在衢江区境内,另一半在遂昌县境内的湖南镇电站水库生成的仙霞湖,也将实现合二为一、整体发展的美好愿望。

乌溪江干流在"两市三县(市、区)"境内,行"大制不割"之"道"主要有以下路径:一是"两市三县(市、区)"争取上级政府职能部门的指导和支持,譬如,争取省政府的文旅、林业、水利等相关职能部门的支持,将乌溪江干流的协调协同发展列入工作创新创造范畴,放眼省内乌溪江干流,专题研究浙西南边远山区的协调发展模式,探索浙西南边远山区经济和社会优质发展的路径。二是创建协调协同发展的长效机制,譬如,成立诸如"浙江钱江源山水文化研究会""浙江乌溪江协调发展协会"之类的社会组织,作为"两市三县(市、区)"乌溪江协调发展的桥梁和纽带,引领和促进浙西南边远山区协调且优质发展。

乌溪江，一曲民谣说"三景"①

周耕妥

乌溪江,富于山水,也富于人文。"爬山过岭当棉袄,过河过水当洗澡"的出行实景、"辣椒当油炒,番薯干当蜜枣"的饮食场景,以及"松明竹片当灯照"的玄妙夜景,是过去艰苦生活的原始记忆,如今世外桃源的生活憧憬。大自然鬼斧神工的山脉水系,昔日乌溪江人出行的拦路虎,如今成为滋润乌溪江人的"甘泉"。那山地、山垄田长出的粗粮野菜,昔日苦煞了乌溪江人的肠胃,如今却成了"山珍"身价倍增。昔日,那松明竹片亮化的山村夜景,朦胧阴森,使得村民夜间少有敢独身一人出门,如今成为人人向往而又不可抵达的蓬莱仙境。乌溪江人见素抱朴的"三景"民谣,引人身临其境又不禁感慨万千:乌溪江,风景这边独好!

一、出行实景的险峻

"道可道,非常道。"可以说出来的道,可以行走的道,都不是永恒不变之道。乌溪江,无论是山路还是水道,那变道、改道和建道的速度,可谓日新月异,你外出发展三五年,驾车回家时也许就不识路了。20 世纪 50 年代的人,对小时候"爬山过岭当棉袄,过河过水当洗澡"的出行实景,记忆犹新,而他们的孩子却找不到那种生活的痕迹、记忆的线索。这些对于晚辈来说是家乡的"断代史",传说中的原生态生活。

乌溪江,《衢州市地名志》中记载的大山和千米以上的山峰,均多达

---

①原载于衢州市委、市政府唯一官方新闻客户端——"三衢"客户端。

20 余座①。山高林深,山岭特别多。乌溪江人开门就见山,昔日,外出便爬岭。爬山过岭能产生热量,就像棉袄之于人体一样,所以说"爬山过岭当棉袄"。

山岭最多的是原洋口乡。全乡 10 个村中,白岩村的白岩岭,上高输村的高输岭、鲫鱼岭,大日坂村的昆仑岭,吞底村的吞底高输岭,严博村的严博岭,仓坑口村的柿木源岭,都是逶迤云端的"天梯"。其中最负盛名的是位于湖南镇白坞口村北 1.5 公里的草鞋岭②,海拔只有 351 米,却演绎了常遇春大破衢州城,助朱元璋成就大业的传奇故事。

乌溪江,干流长,水流量大,故渡口特别多;又支流多、坑源多,且河道弯弯,外出需要过的河也就特别多。所以说"过河过水当洗澡"。史料记载,乌溪江有石室渡(县南 20 里)、坑口渡(县南 45 里)、相思渡(县南 50 里)、叠石渡(县南 55 里)、举口渡(县南 80 里)、杨口渡(县南 90 里)等 20 多处渡口③(乌溪江人叫埠头)。这些渡口,如今的乌溪江人,已少有全部知晓的。

----

① 浙江省衢州市地名委员会办公室,《衢州市地名志》1988 年版,第 758 页载:坑口乡与长柱乡交界的水门尖,海拔 1451.8 米。坑口乡与举村乡交界的巨龙顶,海拔 1450 米;洞岩尖,海拔 1447 米。举村乡与长柱乡交界的茶圩顶,海拔 1374 米;凉亭边,海拔 1325 米。举村乡与遂昌县交界的上塘尖,海拔 1186.8 米;大杨梅,海拔 1119 米。举村乡的双峰尖,海拔 1157 米;矮岗岭,海拔 1045 米;平水坑,海拔 1086 米。岭头乡与江山县交界的石碧坑尖,海拔 1271 米;三爿石,海拔 1097 米。岭头乡与遂昌县、江山县交界的金山头,海拔 1232 米。岭头乡与遂昌县交界的太阳坞尖,海拔 1246 米。洋口乡与遂昌县交界的大基于尾,海拔 1081 米;峰洞岩,海拔 1122 米。举村乡与石屏乡、遂昌县交界的毛竹岭,海拔 1222 米。洋口乡与举村乡、遂昌县交界的大营盘,海拔 1018 米。
② 浙江省衢州市地名委员会办公室,《衢州市地名志》1988 年版,第 756 页。
③ 衢州市地方志办公室,《衢州府志集成》,西泠印社出版社 2009 年版,第 157 页。20 多处津渡:沙埠渡(县南 15 里)、石室渡(县南 20 里)、松门渡(县南 15 里)、门塘渡(县南 25 里)、鹤膝渡(县南 25 五里)、蒲潭渡(县南 40 里)、团圆渡(县南 40 里)、相思渡(县南 50 里)、后溪渡(县南 30 里)、坑口渡(县南 45 里)、溪口渡(县南 40 里)、仓口渡(县南 45 里)、大堹渡(县南 50 里)、叠石渡(县南 55 里)、航步渡(县南 60 里)、下步渡(县南 60 里)、雨潭渡(县南 60 里)、破石渡(县南 60 里)、常熟渡(县南 70 里)、郭渡(县南 70 里)、举口渡(县南 80 里)、杨口渡(县南 90 里)等。史料中位于县南的渡口,都视为乌溪江流域的渡口。

洋溪源是"过河过水当洗澡"的写照,也是"一曲民谣说三景"的原创地。乌溪江十大支流,汇聚了大小坑源百余条,其中最大的支流洋溪源,干流集聚了原洋口乡9个村的10多条坑源小溪,境内从南(白岩村)流向北(洋口村)16公里,要过23道溪水:白岩坑→白岩岭脚→上窑畈→营头→马家腰→洋定坑口→百短坑口→黄塔畈→中心坝→大日坂→高上→柘木(滩头石塔)→柴家畈→苦竹腰→盘龙形→竹潭会→岙底→茶衕→鹅形→麦埂→湖垱→金塘→上埠→洋口。

秋冬季节,溪水比较浅的时候,在水中间隔三四十厘米就用大块溪滩石搭一个石墩,叫踏步。春夏时节,溪水较深的时候,浅水处搭踏步作"引桥",水深不易搭踏步的地方,就在两端用溪滩石搭个大石墩,架上三四根杉木,搭一座小木桥。踏步和小木桥都是临时性的,水位稍有上涨就会被冲毁,村民过河基本上是脱鞋蹚水走过,有时甚至脱去长裤在齐胸深水中走过。汛期时节,他们只有望"溪"兴叹……所以当时有"过河过水当洗澡"的民谣。

二、饮食场景的朴野

"五味令人口爽。"①生活在"辣椒当油炒,番薯干当蜜枣"场景中的乌溪江人,有着"知足之足,常足矣"的生活态度,以及"为腹不为目"的饮食文化认知,辣椒的辣味和番薯干的甜趣,他们常吃不爽,且越吃越新鲜,越品越有味,开发和原创的品种品牌越来越多。

众所周知,没有"油"料,烹饪大师也难以烧制出美味佳肴。智慧的乌溪江人在猪油、山茶油、菜籽油稀缺、珍贵的生活条件下,原创了"辣椒当油炒"的烹饪方法。那些没有"油"调味、起锅的食物,在掺入辣椒混炒后,便成为味美可口的佳肴,乌溪江人习惯称其为"红锅菜"。乌溪江人不仅开发出了"红锅菜"系列菜谱,还拓展了"红锅菜"丰富的原创外延。青椒在热锅中可以捣成"辣椒酱";干椒在石臼中可以捣成"辣椒粉"成为独特的调味品;青椒、红椒切成片在陶坛中可以腌制成色香味

---

① 张其成,《张其成全解道德经》,华夏出版社2017年版,第79页。五味即酸、苦、甘、辛、咸五种味道,比喻丰盛的美味佳肴。

俱佳的"腌辣椒"……这些菜无"油",又似有"油",更胜似有"油",这是用任何油都烹饪不出的乌溪江专利菜。"辣椒当油炒",是乌溪江饮食文化的特征。它以"辣"为文,然后化育、消化、开化,形成了基于粗粮素菜辣味的八大饮食文化品牌①。

第一,节日美食:春节——黄米粿;清明和冬至——艾粿(清明粿);立夏——饭粿;端午——粽子、八宝菜、咸鸭蛋、黄鳝;七月半——发糕;中秋节和重阳节——麻糍。第二,喜庆美食:生日——寿桃粿、长寿面;婚事(压八字或叫定亲、定茶)——糖缘粿(甜蜜的缘分)、红花生(喜气洋洋迎子孙)。第三,滋补美食:芋荷粿或芋荷粿煨全鸡(盗汗者可用来食补)、炖鸡汗吞田七粉(青少年可用来壮骨增高)。第四,食疗美食:清凉解毒类——黄栀饭、藿香(乌溪江人称薄荷)煮鸭蛋、葛粉糊。温补五脏六腑类——猪心炖红枣、猪肺炖香榧。第五,日常美食:蒸(或煎)玉米粿、饭汤煮玉米粿、饭汤煮番薯粥、番薯丝玉米饭、饭汤煮番薯粿。第六,菜肴美食:山粉粿、鸡蛋面、腊肉、薄荷(紫苏)鱼、黄牛肉炒萝卜丝、踏冬菜、撩烫菜、腌生姜萝卜。第七,"开吃"(零食)美食:冻米糖、炒薯片或油炸薯片、番薯干、番薯花、炒玉米籽。第八,酒水茶水:甜酒酿、白酒(稻谷烧、番薯烧、金刚刺烧)、高山云雾茶。

物以稀为贵。乌溪江人,山多地少,种主粮杂粮多,少有种果树,几乎没有种枣树的,商店里的蜜枣因此特别珍贵。所以乌溪江人就有了"番薯干当蜜枣"的说法。番薯与稻谷、玉米是乌溪江人的主食。乌溪江水田少,种植水稻少,吃大米饭成为一种奢侈,番薯自然成为日常生活中的主食,而且被开发制作成许多种类的"开吃"(零食),番薯干就是其中一种。番薯作为主食,早餐或晚餐,煮成粥食用;作为调味品,磨制成番薯粉,起到与生粉一样的调味作用;作为"开吃",品种有番薯干、番薯片、番薯花等。另外,番薯还可以煎熬成"糖油",用于制作冻米糖、玉米糖等甜点。

---

① 这里的八大饮食文化品牌,是作者个人的生活认知,而且是有选择性的,如春节的饮食文化可丰富了,这里只选了"黄米粿",因为很多美食在其他品牌中也有所涉及。

三、山居夜景的玄妙

乌溪江,主要的经济林是杉木和松木,阔叶林木多用作做饭的柴火。杉木除卖给相关部门外,也是建房、做家具和农具等的首选材料。松木除卖给相关部门外,在当地一般也是用作烧饭的柴火,不过也有山民在松树上"放松香"挣钱的。除此之外,毛竹也是当地一大经济支柱,乌溪江"有竹林和野生各类杂竹面积近10万亩,据调查,共有3族11属30多种"。毛竹用途广泛,除了生产竹笋系列食品,还可将竹青用于编织箩筐、背篓、礼盒等农具家具。之后,将剩下的竹黄捆扎起来,放到水中浸泡十天半个月,捞起来放到太阳下晒干,就成了照明用的竹片。竹片燃点高,火焰小,烟雾大,室外容易被风吹灭,所以,"松明竹片当灯照"的夜景中,松明才是主要的亮化材料。

松明红如精肉,松香扑鼻,燃点低,烟雾少,亮度大,不畏风,故室内室外都可以使用。清代戚学标在《风雅遗闻》中写道:"深山老松,心有油如蜡者,山中人多以代烛,谓之松明。"松明之所以可以代烛,主要也是因为木质中含有松香。松明用来照明时可以放置在类似灯台的简易器具中做成"松明灯",也可以放在用铁丝编织的网兜里做成可以手拿的"松明灯"。昔日,乌溪江人夜间,手持"松明灯"去附近村看戏看电影,去小溪小河捕鱼,去山坑溪间捕捉石蛙、蕲蛇……

松明灯与用瓶罐制成的灯盏(油灯)不同,灯盏需要装进灯油,并用棉线或纸卷作灯芯点燃,而松明灯只需将松明放入铁丝网兜里点燃即可。过去,生活贫困,在缺少诸如菜籽油、桐油、柏油等"灯油"的年代,乌溪江人就地取材,普遍利用松明照明,"松明当灯照"是亮丽的夜景。这夜景乡土气息浓郁,是一个文学意象,如宋代苏轼的"夜烧松明火""松明照坐愁不睡",南宋江湖派诗人戴复古的"麦麨朝充食,松明夜当灯"等诗句,彰显了古代诗人将松明入诗的风雅和传统。

乌溪江人,在"爬山过岭当棉袄,过河过水当洗澡"的山水情趣中,自育了"弱其志,强其骨"①的人文情怀;在"辣椒当油炒,番薯干当蜜枣"的饮食条件下,自育了"虚其心,实其腹"②的平常心,"为腹不为目"的人文情操。在"松明竹片当灯照"的夜景中,乌溪江人围坐在松明灯、竹片火的周围,山水情趣盎然,亲情友情燃亮。乌溪江"山水之趣,尤深人情"③。

---

①引自《道德经》第3章,在这里的意思是:弱化志向,减少欲望,增强体质,强化健康意识
②引自《道德经》第3章,在这里的意思是:心境虚静,寡欲,吃饱即可,为腹而不为目。
③意思是这里游山玩水的乐趣,非常深入人心。

乌溪江水心中流[①]

周耕妥

乌溪江，钱江兄弟源。那个大自然规划设计的山脉水系，昔日封闭了乌溪江人的生活，挡住了乌溪江人的视野，如今却成为人人向往的蓬莱仙境，滋润着乌溪江人。这乌溪江人是内化了"绿水青山就是金山银山"理念的你、我、他。

乌溪江的山呵护着乌溪江的水，乌溪江的水养育着乌溪江的人，乌溪江的人心中流淌着乌溪江的水。

乌溪江，那山、那水，无论用怎样的赞美之词都不为过，只会感到词不达其美。这是一位生在乌溪江，长在乌溪江，曾经在乌溪江激流险滩中寻找走出大山的铺路石，在乌溪江崇山峻岭上巴望外面精彩世界的游子，去过"九寨沟"之后的真情感悟。

那是 2001 年的深秋，他来到心仪已久的"九寨沟"。他身处"水在树中流，树在水中游，人在画中走"的"山水画"中，不知自己是在为"画"添彩，还是被"画"陶醉！此时此刻，这山，倒映在乌溪江碧波荡漾的水中；这水，流淌在淳朴憨厚的乌溪江人的心中。

乌溪江，那两岸青山，可以与九寨沟的山媲美。因为山上有稀世的红豆杉、罕见的木莲树、漫山遍野的阔叶林、固守着美好的生态圈……

乌溪江，那满江绿水，可以与九寨沟的水媲美。因为潭里的水是深绿色的，滩上的水是银白色的。"白水"入潭成"绿池"，"池水"出滩成"银河"，"绿池"与"银河"连成江，一江春水墨绿样，江名故称"乌溪江"。

---

①原载于《绿色中国》2018 年第 1 期，第 70—73 页。

如此"九寨沟"的乌溪江,由洋溪源和遂昌源①两大河流水系在原衢县洋口乡洋口村合流而成后,经沿江两岸的举村源、岭头源、坑源等山坑水系"加盟"而不断"壮大",流经小湖南、白坞口、黄坛口,形成碧波荡漾的一江春水奔向衢江,流入钱塘江,成为浙江人的母亲河源头之一。

湖南镇水库电站建成后,高峡出平湖。衢江区岭洋乡大日坂村和遂昌县焦滩乡焦滩村分别成为乌溪江的源头村,洋溪源大部分因此"升格"为仙霞湖,遂昌乌溪江也因此成为仙霞湖的半壁江山。"二十里路廿三道溪"的洋溪源和"一水迢迢百二湾"②的周公源,成为乌溪江国家湿地公园的灵魂密码。这里,可餐的秀色是山水文化的精华;朴野的节日、岁时、生产、习俗,以及敦厚的民风是乌溪江山水文化的自然禀赋。

乌溪江不仅富于山水,而且富于人文。那让"云雾茶香飘紫禁城"的洋溪源人朱可锡,在乌溪江与衢江交汇处的樟树潭经营家乡的高山云雾茶,因救助过微服私访的乾隆皇帝而大喜大悲;那遂昌源鱼舱角的"鲇鱼精酒醉洋口街",而再现的乌溪江上游第一村——洋口村成为繁荣昌盛的商贸古城;那婺剧经典剧目《僧尼会》展现的乌溪江梧桐口村的一男一女,因命犯"桃花"而被迫为僧为尼,又因对美好生活的憧憬而思春下山……

僧尼相会,思春下山,乌溪江人唱响了第一批国家级非物质文化遗产——婺剧的古韵新声,山刚水柔的同时,传承着起源于宋代集灯、歌、舞、戏于一体的茶灯戏,保持着清明冬至吃艾粿、中秋重阳吃麻糍、端午吃粽子、立夏吃饭粿、七月半吃发糕的习俗。这些已成为后喻文化的民间故事、山村社戏、生活习俗,以及山民们自娱自乐的舞龙灯、坐唱班等民间文化活动,把乌溪江人生活的原始记忆复制在当代人的生活中,刷新了世外桃源的内涵。

大自然鬼斧神工的山脉水系,被文人墨客外化为诗情画意的心灵生态。这种外化让人既可以从明朝的余国兵、清朝的余本奎等文人的散文中去追寻美的渊源和境界,又可以从宋朝的徐霖、元朝的柳贯、明朝的余敷中、清朝的陈一夔等诗人的诗词中去体味美的原创和意境,还

---

① 遂昌源:指琴溪。
② 一水迢迢百二湾:指周公源漫长的河道有102个湾。

可以从现代、当代更多更容易理解的诗词、散文、游记等作品中去感悟其中超自然的韵味和价值。

一张破席，半床旧絮，卷去山中蛰住。无人十里静悄悄，正脱却人间烟气。

日升煮米，日平采药，日落浩歌归舍。月光如水泻茅庐，却似住蓬莱宫里。

乌溪江已故当代诗人廖元中老师的这首《鹊桥仙·进山守林》，使在乌溪江的激流险滩中成长、在乌溪江的森林氧吧里长大、在乌溪江的清贫生活中玩味的大山之子恍然大悟：过去曾经的艰难、无奈、痛苦，如今却成为人生游记中的一个个原始景点，为乌溪江留下了一个个美好的原始记忆……

乌溪江的山呵护着乌溪江的水，乌溪江的水养育着乌溪江的人，乌溪江的人心中流淌着乌溪江的水。这乌溪江人是内化了"绿水青山就是金山银山"理念的你、我、他。

乌溪江，南极"两栖湿地村"

周耕妥

乌溪江的"两栖型湿地"，是湖南镇电站水库"库尾"的一种奇观，湿地既在湖水中，又显陆地上。仙霞湖的南极村，是湖南镇电站水库最南端的村。相传这个村古时候的"门口畈"和"周口畈"两畈水田，水源充足，灌溉无忧，特别是日照时间长，阳光充足，所以，古人早就将此地取名叫大日坂。传说当时当地的文化人，认为田畈以"土"为本，以"反"发音，所以，将"畈"写成"坂"，将"坂"读成"畈"。这样约定俗成，一成不变，延续到今天。清康熙丁未年（1667），赖连士、忠士兄弟俩从福建古田来到这里开基创业，始建了大日坂村。大日坂村，清末地属西安县靖安乡九都23庄，如今隶属衢江区岭洋乡，村民们至今还是讲"福建话"，管大日坂叫"他忆凡"（tāyìfán）。"他忆凡"就是乌溪江的南极"两栖湿地村"。

一、风水宝地大日坂

湖南镇电站水库蓄水之前，大日坂村，人气旺旺，炊烟袅袅，鸟语声声，鸡鸣犬吠，复制的是"桃花源"的生态景象。村庄前面，洋溪源处悬崖峭壁深谷，绕丛山峻岭弯道，纳山坑涧水细流。一条人工开挖疏浚的环村绕流的水渠，引溪水入村，村民在家门口可以取水、洗衣服，孩子们在家门口可以捕鱼捉虾网泥鳅，尤其是一爿水碓的运转，不仅让祖祖辈辈手工舂米磨粉榨山茶油的村民们尝到了"科技"这一生产力的威力和甜头，而且保障了门口畈50多亩良田的灌溉用水。所以，居住在40多公里长的洋溪源两岸的衢县洋口乡和遂昌县西畈乡的村民，无不羡慕地称大日坂村是块风水宝地。

村前方面临洋溪源,溪水清清是谓"前有照"。洋溪源,发源于遂昌县西畈乡的黄连尾西南山麓,西畈乡境内为上游段,长约 25 公里,衢江区岭洋乡境内为下游段,长约 16 公里。

村后方背靠"屋背头"半圆形的山头上,是谓"后有靠"。沿着这个半圆形的山头拾阶而上百米,是个 30 多亩的"大平原"。"大平原"位于背头岗山麓,周边有三双成人之手合围不了的苦槠树、两双成人之手合围不了的马尾松,以及百年红枫、古樟树,腹地是板栗树、油茶林、毛竹林,这里还是村民们的菜地和旱粮地的大本营。

村左边(西北向)是背头岗山脉的延伸,又是洋溪源的下游,是谓"左青龙";村右边(西南向)也是背头岗山脉的延伸,又是洋溪源的上游,是谓"右白虎"。

大日坂村呈半圆形状,半圆的"顶点"有一座铁索桥架到洋溪源东岸的龙角山口,龙角山口东面是千年古道昆仑岭,昆仑岭"直角弯"下是"对门山"(现在是一片茶园),"对门山"山麓是一个天然的"森林凉亭"。由于龙角山、对门山、森林凉亭的屏风作用,大日坂村成了一个"避风聚气"的仙居之地。

"前有照,后有靠,左青龙,右白虎,避风聚气"这些风水要素,对于面对黄土背朝天的洋溪源人来说,也许没有几个人知道,他们所念叨的是"大日坂人躺在床上也不愁吃粮"的口头禅。这句口头禅是指该村前方有灌溉无忧、日照充足的风水宝地——"门口畈"和"周口畈"。"门口畈"和"周口畈"各有约 50 亩,这对于岸无三尺平、地无三寸土的洋溪源两岸来说,不仅面积最大,而且是天赐的粮仓。

二、"两栖湿地"大日坂

大日坂,仙霞湖的南极村,俗称湖南镇电站水库的"库尾"。原村庄和粮田旱地都已演变为仙霞湖南极的"两栖湿地村"。这个"两栖湿地村",其"两栖"奇特现象因季节而出现,春夏多雨季节"湿地"淹没在仙霞湖水之中,秋冬干旱季节"湿地"又从仙霞湖原形毕露,呈显出一片陆地,陆地无须多久就杂草丛生,长成一片绿洲。这个"两栖湿地村",是乌溪江国家湿地公园最大的连片的两栖型湿地板块,也是岭洋乡大日坂村的一道独特风景线。这个"两栖湿地村",是湖南镇电站水库规定淹没线下的原大日坂村,也是现在大日坂村文旅名片上一个亮丽的景点。从行政区划和地理地貌上说,仙霞湖南极的"两栖湿地村"就是岭洋乡大日坂村。

1979年,湖南镇电站水库大坝开始蓄水发电,弧枕在洋溪源岸的大日坂村被库水淹没,大部分村民迁移安置到龙游县龙游镇所辖的村庄,部分经政府安排"后靠"的村民搬迁到"屋背头"新建村庄,仍然叫大日坂村。"屋背头"是原村庄的"靠山",位于"背头岗"山麓,像一镰明月,与龙角山相互呼应、相映成辉、相得成趣。登高俯瞰,酷似一张圆形的渔网,将大日坂村网入其中。村里的老前辈们告诉年轻人:大日坂人祖祖辈辈被网入其中而走不出大山,直到20世纪湖南镇电站水库建设工程移民,以及21世纪下山脱贫和"共富大搬迁"等政府推动的移民工程实施,才让大日坂村的年轻人撕破了"渔网",跳出了"农门",进城务工、进城创业,成为城市新居民。

湖南镇电站水库建成后,当时的洋口公社驻地也从10多公里外的洋口村上埠自然村迁到了大日坂。这里成为洋口公社政治、经济、文化中心。卫生院、供销社、信用社、邮电所、饮食店等国营机构和企业随之迁入,相继开张。这里变成了繁华的山村集市,吸引了遂昌县西畈乡和琴淤乡的大量村民前来购物、经商、游玩,成为乌溪江仙霞湖上的璀璨明珠。2005年,洋口乡与岭头乡合并,称岭洋乡,驻地设在原岭头乡驻地的抱珠龙村。2010年,柘木村并入大日坂村,行政村驻地仍然设在大日坂。

三、仙霞湖映像大日坂

赖连士、忠士兄弟俩于1667年始建大日坂村。湖南镇电站水库工程,1983年12月通过竣工验收。大日坂村存续了316年后,因湖南镇电站水库蓄水发电而被淹没、迁移。大日坂村至今(2024年)已存续

358 年,这在人类历史的长河中,也是弹指一挥间。大日坂,曾经称"大日里",不管历史上出现过什么样的称呼,其地理地貌之峻秀、山水文化之奇特,早已富有诗意地存在于天地宇宙之间。

仙霞湖(湖南镇电站水库)水位达到设计标准高度时,村里主要的标志物村庄、红军桥、龙角山,全部映像于莫大的"湖镜"之中,成为仙霞湖向游客暗送秋波的"礼物",其中的龙角山是仙霞湖映像大日坂的诗与远方,流传着一个动听、动情、动心的美丽传说。

大日坂,山岚绵延、林涛希声、空山鸟语、云烟氤氲,坑源涧水、石上清泉、悬崖瀑布、林海卧龙。相传六七千年前,抑或上亿年前,这里生活着恐龙①。一次,恐龙妈妈携小恐龙去江山仙霞山脉省亲,走到洋溪源岸边却逢五月十三发大水,望溪兴叹无可奈何,母子相依相偎于洋溪源岸边,等待洪水退去继续前往目的地。谁知天上的雨持续下了七天七夜,洋溪源的水越涨越大。恐龙母子饿得几度昏厥过去,冻得浑身发抖。饥寒交迫中,恐龙妈妈觉悟到"飘风不终朝,骤雨不终日"②也有例外情况,它生发了誓死守护大日坑③广袤森林家园的意念,与小恐龙相依为命,安详地坐在洋溪源岸边永远地"睡着"了,洪水撞击岿然不动,水浪升高一尺,它们就增高一丈,待到洪水退去时,它们已化作一座母子相依相偎的山峰,是谓龙觉山,矗立于洋溪源的南岸,成为大日坑森林家园的一道天然屏障。

龙觉山,有山民将其读成"龙角山",久而久之,不知不觉地就真的成了"龙角山"。"龙角山"是一座恐龙母子相拥相偎的奇山异峰,悬崖峭壁上青冈栎、乌冈栎……阔叶林遮阳蔽日,其中裸露出一大块光秃秃的岩石,酷似恐龙的腿脚。山顶的大松树下,中华人民共和国成立后,

---

①1970 年,衢江区樟潭镇高塘石村出土恐龙蛋化石,且现设有恐龙蛋化石群遗址。

②引自《道德经》第 23 章,大意是狂风不会持续吹整个早晨,暴雨不会持续下一整天。

③大日坑:位于龙角山背后的龙躺背山脚与蜂洞岩山脚之间。龙躺背自龙角山口起,绵延不绝于奔山头、珠玉坞、期柏田、小坑头、大坑头、蜂洞岩头、昆仑岭之间,其间有多条山涧小坑流入大日坑。大日坑在龙角山口和昆仑岭脚的求雨潭(大日坂人称求雨窟)注入洋溪源。大日坑是大日坂村广袤山林的唯一集流区。

还有"龙井"遗址,常年积水成潭,村民遂用泥土将其填平了。恐龙妈妈与龙子之间有一条从龙角山顶直泻洋溪源的一百多米高的"龙须沟"。"龙须沟"北至龙角山口的部分似一条慈爱慈善的母恐龙,南至洋溪源中心坝的部分似一条可亲可爱的小恐龙。小恐龙脸面紧贴母恐龙的胸口,温暖惬意;母恐龙胸怀小恐龙,眯眼微笑,幸福满满。民间传说,"龙须沟"和龙角山口的"求雨潭",是相龙求鱼的灵验之地,是龙角山口下游门口畈和周口畈50多亩粮田旱涝保收的精神寄托。

龙角山口下游的对门山麓,有一条长约200米、宽约2米的鹅卵石古道。山麓斜坡上二三人合围粗的槠木、青冈栎、红枫树等阔叶林,覆盖了这条古道,尤其是一约3平方米的岩石平台,被弯曲和倾向洋溪源的树木绿叶盖得严严实实,可以纳凉,也可以避风,还可以躲雨,故村民称其为"森林凉亭"①。"森林凉亭"上承龙角山,下连周口畈,背靠对门山,面临洋溪源,以及对岸的门口畈,是乌溪江流域独一无二的路边森林凉亭。相传生活在大日坑广袤森林中的恐龙,每逢"五月十三涨大水"都要来到这森林凉亭,面朝龙角山山峰祭拜,感恩化作龙角山、护佑大日坑森林家园的恐龙母子俩。

龙角山的传说,相传了几千年,或许上亿年,正所谓"不失其所者久,死而不亡者寿"②。

---

①森林凉亭,如今因仙霞湖水的浸泡,已不复存在,且因被淤泥覆盖,痕迹也不在了,与广阔的湿地浑然一体。

②引自《道德经》第33章,大意是不丧失根基(初心)的人长久,身死而精神不死的人长寿。

乌溪江移民精神

周耕妥

乌溪江移民精神是家国情怀的朴素底色。

20世纪50年代建成的黄坛口水电站,是乌溪江二级电站,"库区移民共计515户1989人"[①];20世纪70年代建成的湖南镇水电站,为乌溪江一级电站,库区延伸到遂昌县境内,"共移民23658人(遂昌县12481人,衢州市11177人)"[②]。两次移民,衢县乌溪江区6个乡镇的1万多居民,因为迁移而经受了山野与平原生活环境突变的挑战、安居故土与迁移他乡的情殇纠结的考验、水路与公路搬运东西劳心劳力的磨炼。迁移安置过程中,他们发扬"自立自强,团结友善,国家至上,不失其所"的精神,彰显出乌溪江移民家国情怀的朴素底色。

(一)自立自强

自立就是自力更生,不"等、靠、要",自主自立。自强就是战胜自己,自强不息,奋发图强。生活在依山傍水、开门见山、陆路爬岭、水路过河环境中的乌溪江人,"爬山过岭当棉袄,过河过水当洗澡"的谚语是其生活的真实写照。自立自强精神就是在这种生活环境中,生发、养育、铸就的。这一精神在乌溪江移民身上得到了弘扬和升华。

"自己的事情自己做,指望别人是大错",启蒙于幼教;"爹亲娘亲不如自己的双手亲,千好万好不如自己的身体好",教化于生活。诸如此类自立理念的传承,见证了乌溪江人家国情怀的朴素底色。"国家建水电站,你们乌溪江移民离乡别祖,付出了那么多,怎么还要你们自己造

---

①衢州市衢江区民政局,《迁徙的足迹——衢江移民实录》2022年版,第49页。
②衢州市衢江区民政局,《迁徙的足迹——衢江移民实录》2022年版,第53页。

房子?"移民回答道:"自己的房子不自己建,难道还要等别人来帮我们建?"这是一位龙游当地村民与一位正在夯地基建房的乌溪江移民的对话,时间是1978年冬季。乌溪江移民这种"本分"的自觉自立的形象、憨厚的品质,是有其深刻而淳朴的民风、家风教化而形成的潜意识的铺垫和储备的,是乌溪江山水文化的造化使然。

坑源水系是乌溪江山水文化的一大特征,是乌溪江人居环境艰难艰险的自然状态,也是淬炼乌溪江人坚强意志的大熔炉。建设湖南镇电站水库,乌溪江上游两岸外迁的移民,在屋架和家具运输中,其坚强的意志力可歌可泣。他们将旧屋架编扎成木排,又将木排兼作运输家具之"舟"。木排通过约10公里弯弯曲曲、水流湍急的洋溪源,从洋口村进入乌溪江,又要在乌溪江漂流约15公里才能到达转驳地。那场景酷似"小小竹排江中游,巍巍青山两岸走"的电影画面,却没有电影画面那般壮丽和豪迈。这是人生历险记,眼前处处是激流和险滩。木排放到山前岚转驳地后,移民们弯着腰,流着汗,喘着气,拖着沉重的脚步把屋架和家具搬上岸,等候汽车前来装运。雨雪寒风天气,移民们夜里睡在用几根木棍搭起的塑料棚里的木板上,白天烧饭是在用溪滩石垒砌的临时灶头上,风餐露宿,身心煎熬,把一切的痛和苦自己扛着。"强行者有志",志在爱国,乌溪江移民,把自己"最大的财富"转化为自力更生的底气和实力,减少国家压力,支持国家建设。乌溪江移民最大的财富是"力气","力气用了又会来的"是乌溪江人的口头禅。"力气用了又会来的",这是乌溪江人祖祖辈辈传承的精神财富,是默默无闻奉献的精神支柱和源头活水,更是乌溪江人家国情怀的朴素底色。

(二)团结友善

团结就是力量,这是绝对真理。即便是两个人的团队,团结也能产生"1+1>2"的力量。乌溪江人的生活中,有好事办喜事,全村男女老少就会前去跑东家跑西家地帮忙借桌椅板凳、碗筷缸桶,帮忙买菜洗菜,切菜烧菜,帮忙张罗秩序,接待客人。农忙季节,家家户户相互协调,劳力相互帮助,农具互通有无,灌溉商定轮流次序。如此这般的生活习俗和生产传统,薪火相传,形成了"亲帮亲邻帮邻,路好走事能成"

的共识,不知不觉中强化了"团结"意识,提升了"团结"能力,彰显出了"团结"精神的力量。20世纪70年代,湖南镇电站水库建设迁移之前,乌溪江人说"团结"这个词的少,而说"和为贵"者多。他们以"和"为逻辑阐释"团结"的内涵真谛:合作和衷共济,经商和气生财,交友和睦相处,相见和颜悦色,交心和蔼可亲,交往和风细雨,争论和而不同。

友善就是人与人之间真诚相待,谦让和善,亲近和睦。乌溪江人的友善就像乌溪江的水一样,"善利万物而不争……与善仁、言善信、事善能、动善时"。"远亲不如近邻,助人是最好的修行",乌溪江人精神家园中的这种传承,也在他们的脑中植入了"友善"的潜在意识,往他们的心中导入了"友善"的心理认知。湖南镇电站水库的移民,在"大搬迁"过程中,拆房屋,放木排,建新房……每一个环节都有"亲帮亲邻帮邻"的团结互助场面,每克服一个困难都见证着"远亲不如近邻"的团结友善公理,每一栋新房的建成都彰显了"一个篱笆三个桩,一个好汉三个帮"的团结友善观念。乌溪江移民自力更生建新房、建新村的强大力量,在于乌溪江人"最大的财富"保障,"最好的修行"助推,尤其是团结友善的精神力量的支撑。

团结就是力量,因为团结,乌溪江移民才能克服重重困难,完成搬迁安置任务。知识就是力量,因为知识,乌溪江才建起了"浙江第一颗夜明珠"——黄坛口水电站,又建起了拥有华东第一高坝的湖南镇水电站。如今,虽然科学技术的力量让搬走一座大山变成一件简单的事,但"人心齐泰山移"的团结精神永远是人类文明进步的力量源泉,"亲帮亲邻帮邻"的友善精神永远是人类命运共同体的和谐愿景和生活灯塔。所以,乌溪江移民的团结友善精神,是家国情怀永不褪色的朴素底色。

(三)国家至上

"国家至上",是没有大家哪来小家的意识自觉和家国情怀的崇高境界。国有国法,家有家规,乌溪江人总是把"国"和"家"融为一体来审视。迁居他乡,离开故土,情何以堪,大多数村民不愿意外迁,只是他们从国法家规的潜意识中渐渐觉悟,在面对国家大局需要与自己小家现实利益的冲突时,经过长时间的纠结后,用一句"国家也不容易"的纯朴之言,郑重表态理解和支持国家建设,响应国家号召,服从外迁安置。洋溪源有位村民举家搬迁的前一天,去上坟告别祖宗时,点燃香火后,双膝跪地,边叩拜边哭泣:"祖宗大人,我明天就要到龙游定居了,这是国家建电站的需要……"

"国家至上",在乌溪江人的解读中还有一层独特的内涵,那就是体现国家意志的法律至高无上。"人心是铁,官法是炉"是他们对"法律至上"的"本土化"演绎,大意是国法不可挑战,公民在国法面前只是炉火中的一块铁而已。如此这般的法治思维定式,是乌溪江人敬畏大自然的一系列仪式感的潜移默化铸就的。乌溪江人,开山种粮有"开山门"仪式,种田插秧有"开秧门"仪式,砍伐古树古木有"祭树神"仪式……这些仪式都是在"头上三尺有神明"的心理作用下而设定的,旨在祈求"神明"的理解和护佑。敬畏"神明"的仪式感,在风俗化和习惯成自然的过程中,也催生了对社会理性(法律和道德)的敬畏心。乌溪江人的遵纪守法自觉是有其深刻的山水文化背景和悠久的家风民风背景的。所以,乌溪江人在 20 世纪的两大电站水库移民中,服从安置的自觉、遵纪守法的行为、国家至上的精神,随处可见,有口皆碑。

岁月静好,而少有人知道是国家在为自己遮风挡雨。这就像"人仗氽而生,人不见氽;鱼仗水而活,鱼不见水"一样,不得其解,也正是"不识庐山真面目,只缘身在此山中"的写照。生活在森林氧吧中的乌溪江人,不知清新的空气是啥样的,游曳在碧绿洞清水中的鱼,也不知乌溪江水的颜色是啥样的。但乌溪江人知道"鱼不可脱于渊",鱼也不会"脱于渊",因为江有岸、河有堤,这"岸"那"堤"护卫着鱼始终生活在水中,犹如法律法规一样,让人们常态化地生活在法律法规的"他律关怀"之中,感恩国家的负重前行,弘扬"国家至上"的爱国主义精神。

(四)不失其所

不失其所,这个"所"是"归宿",是人生定位,或者说是精神的寄居之所。不失其所,就是没有丧失人生定位,或者说没有丧失精神家园。乌溪江人在客观环境下的角色定位是面朝黄土背朝天的农民,这个定位不丧失,一旦进城务工,他们就会吃苦耐劳,默默奉献,彰显淳朴厚道的本色;一旦进入商场,他们就会诚实守信,回报社会,成为共同富裕的引路人;一旦进入仕途,他们就会如履薄冰,慎终如始,展示身在衙门好修行的风采。

乌溪江人的"不失其所"精神,是乌溪江的山水文化化育出来的,更是乌溪江的民风家风熏陶出来的。"千样味道不如咸,万般行当不如田"的人生定位导向,使乌溪江人在幼小的心灵中就明确了职业的归宿和生活的追求。"田"和"盐"是乌溪江人心中的"所":职业定位于"田",美味选择于"咸"。他们像乌溪江水一样甘于处在最低处;他们对于生活中的"五味"只选择必需的"咸",不追求酸、苦、甘、辛、咸五味俱全。

有梅无雪不精神。乌溪江人的不失其所精神,正是因为有了"田地"之"雪"而发扬光大。"万般行当不如田",用当下的眼光审视,似乎有点落后和消极,但其中的优秀品性值得点赞,尤其是民以食为天—食以农为本—农以田为基的逻辑链启示我们:种田是一种职业,更是一种家国情怀,甚至可以说是人类生存的一种发展战略。乌溪江人不会意识到自己的"农民"角色之伟大,也许他们认定这是生活之必然,生存之本然。

乌溪江人像水一样,善于选择下位而居,乐于从事别人不愿从事的工作,能够坚韧负重,默默劳作,却不与别人争名夺利。他们安于本分,自得其乐。所以,20世纪50年代和70年代,国家建造黄坛口水电站和湖南镇水电站时,外迁的移民,安置地那一马平川、阳光和水利充足的粮田,正是他们朝思暮想的精彩世界,愈合离乡背井情伤的康养胜地;后靠的移民,那高山梯田和广袤山地,正是他们安居故土、开悟山重水复、憧憬美好生活的"又一村"。这就是乌溪江人"不失其所"精神所展示出来的精神风采! 乌溪江人"不失其所"的精神,契合了"不忘初心,砥砺前行"的时代特征,是这一时代特征的底层逻辑,当代价值明显,历史意义深远。

乌溪江，云雾茶香飘紫禁城①

周耕妥

清朝乾隆年间,逍遥皇帝乾隆由周日清保驾巡视江南鱼米之乡。

当行至金衢严道衢东地域时,乾隆耳闻樟树潭赌风盛行,便决定微服私访。一日,他只身踱进樟树潭临江开设的一博赌馆。赌徒们见来了一位陌生人,认定可以大捞油水,便互递眼色,准备捉弄一番。万人之上的乾隆皇帝,文韬武略,但未曾学过赌博之术,半天时间未到,随身所带的三百两纹银便输得精光。最后,索性孤注一掷,来个三百两空头赌,结果不下几盘又输得一干二净。乾隆本想不认此账脱身而去,众赌棍哪肯就此罢休,纠缠不已便动了武。乾隆虽有几手功夫,无奈寡不敌众,周日清这时又不在身边,正当危急关头,门外来了救星。"打死人命非同儿戏,有话好说,天大的事我来承担。"好大的口气。众人住手一看,原来是镇上赫赫有名的富翁朱可锡。

话说这位朱可锡,是岭洋乡洋溪源人,童年时代家境贫苦,替人当放牛娃。一次,挖到一个"聚宝盆",据说"聚宝盆"呼金出金,唤银得银,朱可锡因此成为衢州府屈指可数的大富翁。他在樟树潭开了爿茶叶商行,一年四季出售乌溪江的高山云雾茶,生意好不兴隆,时人都称他为朱员外。见钱眼开的众赌棍,见是朱员外出面,便纷纷讨好地向他叙说根由,朱可锡当场慷慨支付了三百两白银。

乾隆得救后,定要与恩人结拜为兄弟,并请"恩兄"去"寒舍"一游。朱可锡不便推辞,遂带了几斤云雾茶作为礼物,就跟着上路了。经杭城,过长江,跨黄河,一路二人食同桌,寝同床,及至北京,屈指一算,业

---

①原载于衢州市委、市政府唯一官方新闻客户端——"三衢"客户端。

已两个多月。朱可锡在义弟"家",吃的是山珍海味,住的是画栋飞檐琼楼玉宇,十多天后,才知道义弟竟是当今皇上。他惊喜交加,虽不愁吃穿,却总感到不自在,思乡心切。

一天,乾隆退朝回宫,品尝内侍新泡的云雾茶,感到齿颊留芳,香飘不散,猛然想起恩兄。于是召见朱可锡道:"寡人樟树潭遇难,若无王兄路见不平,慨然相助,恐已不在人世。今意欲留你在朝为官,同享荣华富贵,不知意下如何?"朱可锡听罢摇头道:"恕我有眼不识泰山,既认兄弟又劳皇上费心。我不懂诗书经史,当官实难胜任。"任凭皇上再三挽留,他仍执意要回家乡。临行时刻,乾隆赐给朱可锡四爪龙袍和"茶衙"墨宝,并封其住处为茶叶衙门。

朱可锡身穿四爪龙袍,怀揣"茶衙"墨宝,衣锦还乡,荣耀无比。一到樟树潭,就大摆筵席,宴请亲朋好友,以及当地百姓父老。宴会之后,朱可锡又包下木船,将四爪龙袍挂在木船的桅杆顶上,扬帆起航,回归故里,好不风光。不料木船溯江而上途中,突然一阵风起,龙袍被刮入激流奔腾的乌溪江中,随凶猛的江水漂走了。朱可锡虽然到下游村镇遍贴告示,悬赏寻找,终无下落。他闷闷不乐,怏怏而回,在洋溪源岸边的家中,请来木匠,将乾隆皇帝赐予的"茶衙"墨宝雕刻在精心制作的木板上,挂在堂屋的上横头,奉为至宝,左邻右舍也为之骄傲并跟着沾光,他们经营的高山云雾茶身价倍增。朱可锡因此心情好转,决心干一番事业。于是,请阴阳先生踏勘风水宝地,雇来民工数百人,在与洋溪源一山之隔的周公源下游的西安县严博村,建造了一座经营洋溪源和遂昌源高山云雾茶的皇宫模样的"茶叶衙门"。

天有不测风云,事难万无一失。朱可锡万万想不到自己从紫禁城回到樟树潭,大摆筵席发帖邀请宾客时,竟将一位测字先生,镇上的秀才给疏忽了。此事,测字先生一直耿耿于怀,得知朱可锡仿照皇宫建成"茶叶衙门"时,便一纸匿名状告到紫禁城,说"周公源屯兵养马千千万,私造皇宫要谋反"。乾隆见状信以为真,立即下了一道"拆除宫殿,擒拿叛首,就地斩决"的谕旨。朝中大将周日清禀奏道:"当年圣驾樟树潭遇难,幸亏朱可锡救驾。此后,万岁与其结为兄弟,钦赐四爪龙袍,莫非是此人在建造王宫?"乾隆听罢,略思片刻道:"事隔有年,若非周卿提及,寡人倒也忘记了。不过王兄一别杳无音讯,此事即委周卿查办,若有四爪龙袍者便是王兄,建造王宫未尝不可。若无四爪龙袍,则按旨行事,不得有误。"

周日清立即带领数千人马,下江南奔赴严博村。果见一座金碧辉煌的宫殿,好不气派。周日清下马上殿,高声唱道:"圣旨到!"朱可锡大吃一惊,当即跪下接旨。"果真是他!"周日清见朱可锡,有心庇护却见不到"四爪龙袍",圣命难违,也只好按旨行事,拆毁"茶叶衙门"。朱可锡面对这突如其来的横祸,大呼一声"乾隆负我,我不负乾隆",便撞墙身亡。

周日清回京复旨,将事一一奏明。乾隆追悔莫及,连声长叹:"周卿呀,周卿! 既认得是王兄,何必草率履行朕旨。"

几百年来,"茶叶衙门"仅仅是过眼云烟,为人们所淡忘了。然而,乌溪江茶,年年岁岁在空山鸟语中开花,在云雾缭绕中吐芽,在有口皆碑中入流高雅,香飘寻常百姓家;乌溪江人,茶余饭后在原生态的世外茶源中,讲述云雾茶香飘紫禁城的故事,展示"茶叶衙门"弘扬茶文化的当代风采……

乌溪江，千年畲乡农夫小镇①

耿国彪

畲族是我国 55 个少数民族之一，主要分布于福建、浙江、广东等省。上千年来，畲族人民创造了丰富而灿烂的民族文化。畲族传统文化历史悠久，民族特点鲜明，山歌、舞蹈、婚嫁、祭祀等风情习俗古朴深奥，乡俚民俗纯朴热情。每到节日，畲乡男女老少都穿上节日盛装，以歌传情，以歌会友，各种祭祀活动、民俗表演、山歌对唱等此起彼伏，共同抒发对美好生活的向往和热爱。

唱歌是畲族人民的最爱。畲族人民无论是在田间劳动，还是走亲会友，都有歌声伴随。婚嫁、丧事、祭祖等风俗活动中，更离不了歌；青年男女谈情说爱，往往也是以歌为媒。畲族民歌用畲语歌唱。识字的民间歌手非常热心地传唱民歌，把唱过的歌记录下来，成为数量甚丰、源远流长、广为传唱的民歌。不识字的民间歌手大多是妇女，她们最喜爱畲族民歌，从孩提时就向父母兄姐学唱歌，成人后又传给自己的后辈，口口相传，代代相传。

著名畲乡——衢州市衢江区举村乡，地处乌溪江国家湿地公园内，风景秀丽、民族风情浓郁。立足"千年畲乡，农夫小镇"目标定位，做好畲味、土味、古味、韵味相结合的大文章，依托自身的特色，打造游客口口相传的网红畲乡。

2023 年 4 月 15 日上午，锣鼓阵阵，歌声嘹亮，绿色中国行——走进畲乡举村暨第四十二届爱鸟周第十三届畲族文化节的文艺演出，在浙

---

① 原文标题为"绿色中国行走进畲乡，唱响民族团结之声"，本文节选了其部分内容。

江省衢州市乌溪江国家湿地公园内的畲乡举村洋西李畲寨隆重举行。富有浓郁畲族风情的文艺演出,吸引了十里八村的畲族乡亲们。

演出在畲族喜庆丰收的舞蹈《畲族欢歌》中拉开帷幕,不管是畲族婚俗歌舞《秋嫁》,还是畲族原始的祈福仪式舞蹈《木拍灵刀舞》,都令在场的乡亲们感觉熟悉而亲切。特别是由举村乡"石榴红"舞蹈队上演的《炫舞畲乡》和畲族著名的迎客对歌《唱起畲歌迎远客》,以千年畲乡的自然山水和风土人情为背景,以"感受畲乡文化,体验最美乡情"为主题,把畲族原生态山歌和风情巧妙融为一体。当主持人说出表演的演员们都是土生土长的畲乡人,而且平均年龄 63 岁时,台下掌声雷动。这些畲乡人通过自编自演的方式,将象征着吉祥如意的畲族文化符号贯穿节目的始终,以此表达对美好生活的向往、对家乡的热爱、对党和政府的感恩和祝福。

绿色中国文艺轻骑兵们也轮番登场,将自己对畲乡人民的美好祝福化作歌声回响在乌溪江的山山水水之间。土家族著名原创音乐人山水组合表演了网络神曲《你莫走》等。著名原创女歌手、戏曲演员张莎莎带来了戏曲串烧《十全十美满堂红》。国际优秀青年钢琴家、泰国国家艺术大学艺术哲学博士、钢琴教授、俄罗斯艺术节(圣彼得堡)国际大赛金奖获得者汪洋和泰国著名作曲家、小提琴演奏家、泰国朱拉隆功大学交响乐团首席阿其玛演出了钢琴、小提琴合奏《我爱你中国》。一级演员、周恩来总理扮演者、全国关注森林活动形象大使刘劲和中央广播电视总台主持人刘栋栋朗诵的诗歌《乌溪江奏鸣曲》,青年独唱演员、第八届全军文艺会演金奖获得者黄艳演唱的《在水一方》,著名女高音歌唱家、一级演员、中国金唱片奖获得者、"五个一工程"奖获奖者周旋演唱的《绿水青山总是情》《我和我的祖国》,令台下上千名观众如痴如醉,沉浸在艺术的氛围中;著名青年舞蹈家、第十二届"五个一工程"奖获得者、第十届中国艺术节"文华大奖"获得者、第九届中国舞蹈"荷花奖"金奖获得者王金玉,青年葫芦丝和巴乌演奏家周相宇,青年竹笛演奏家、中国民族管弦乐学会会员郑新华,第 51 届国际小姐中国区总冠军、舞蹈演员白雪玉婷等的演出也获得了极大成功。

特别令畲乡人民感动的是,汪洋和阿其玛几天前刚刚在泰国举办了婚礼,马上就以参加绿色中国行活动开始了他们的新婚蜜月之旅。他们不仅在衢州高级中学举办了中泰音乐交流大师课,让"琴满校园",还在乌溪江国家湿地公园拍摄钢琴、小提琴合奏《我爱你中国》MV。这是汪洋继在长城、大运河等地拍摄 MV 之后,第一次在国家湿地公园拍摄。

千年畲乡,农夫小镇。乡村振兴,共同富裕。一位畲族老人说,这是他第一次观看文艺演出,里面还有不少畲族风情表演,正符合畲族每逢佳节喜庆之日歌声飞扬的习俗,非常好! 一位身穿节日盛装的年轻人说,文艺演出使自己了解了畲族的历史风俗。这是千百年来勤劳淳朴的畲族人民创造的,自己应该倍加珍惜。畲族自古就是一个生活在水边和竹林的民族,青山绿水是自己的家园,我们要特别爱护,使青山常在、绿水长流。

昆仑岭，一道善念善行善导的风景线

周耕妥

昆仑岭，山脉逶迤云端，形似巍巍昆仑，故名。其西起衢州市衢江区岭洋乡大日坂村，东起遂昌县湖山乡黄泥岭村，海拔 660 米，是衢县洋溪源和遂昌县周公源往来的千年古道①。清咸丰年间遂昌县琴淤乡姚岭村富家名门赖观烂和陈秀芸夫妇，首次将这原始山路修建成溪滩石铺成的云梯古道。

"善"念联姻成伉俪

赖观烂，祖传田多地多山多，立志学医行医终成仁医。为初诊患者免费医治三天，抓药按进价结算，为特困患者免费治疗。医术遐迩闻名、仁心有口皆碑、事业如日中天的赖观烂，正值中年得志得意的时候，遭遇中年丧妻又失子之不堪承受的打击……

家人的抚慰、亲友的劝说，尤其是患者那求医的渴望和期盼眼神，让他在极度痛苦的煎熬中，渐渐生发了以立德修行寄托哀思的愿望和愿景，渐渐抖擞起生活的意志和精神，在为患者排除疾病痛苦中"不失其所"，憧憬未来。

无独有偶，周公源已定婚期的窈窕淑女陈秀芸，其未婚夫去洋溪源畔深山老林的村庄做生意回家后，突然得病，不治身亡，家人认为是翻越昆仑岭所累所致，而她却不以为然，疑虑命运不祥，是不祥之兆。她整天以泪洗面，丢魂失魄，寝食不安。亲人亲情的温暖和感化、邻里乡亲的安慰和劝解，使她悲痛的情绪慢慢消散，经常托腮沉思，心生慈善

---

①20 世纪 70 年代之前，昆仑岭是衢县和江山县通往遂昌县、丽水地区的交通要道之一。

修为之意念,寄望修善不祥之命运,借此泽被子孙造福报。

时光渐渐抹去了赖观烂和陈秀芸情伤带来的心理阴影,点亮了重振生活的心灯。家是男人安心的港湾、女人生活的归宿,这是当时当地人的共识。赖观烂的家人,托亲友打听到周公源陈秀芸的境况,便找媒婆上门提亲。经媒婆穿针引线,两颗同病相怜的心,开始默默地期待和憧憬未来的生活。然而,比陈秀芸大20多岁的赖观烂,却不敢上门相亲,常常独自一人翻越昆仑岭去大日坂走宗亲,散散心。家人就趁机背着他与媒婆商量一致,由其弟弟在媒婆陪同下前往周公源陈秀芸家替其相亲。

陈秀芸见到这位前来相亲的"郎君",与之前媒婆巧舌美言的一样,心里随即美滋滋的,向媒婆应允,愿意去"看人家"①。几天后,她随媒婆和母亲来到赖观烂家,见到的却不是心仪的那位见过面的"郎君"。她懊恼了,立马起身要回家。而媒婆的巧舌、赖家人的热情、赖观烂的憨厚,又让她勉强留了下来。媒婆的引导、赖家的家境、观烂的善良,渐渐让她情绪平稳下来,慢慢改变着她对观烂的印象。翌日,观烂家人准备了礼物,齐刷刷地欢送秀芸和她母亲。在媒婆的陪同下,秀芸回到周公源。此行喜忧参半,媒婆巧舌如簧,暗感一定有戏。果然如此,频繁的往来增进了彼此的了解和感情。陈秀芸为他的善念所感动,愿与他同心同德共修行;赖观烂为她的善良知性所倾倒,许愿海枯石烂不变心。这对命运多舛、齐心向善的同命鸟,善念联姻,赤绳系足,结为伉俪,生育了三儿四女,人丁兴旺。村民们都说,这是好人有好报。

善行钟情昆仑岭

大日坂村与姚岭村②,同姓同源,始祖赖公均在清康熙年间从福建迁入。两村宗亲往来必经昆仑岭,体验"爬山过岭当棉袄"之味。一次,

---

①看人家:在当地指女方经媒婆介绍男方情况,并见过男方本人后,去男方家里看看家庭情况。这是相亲的程序之一。女方"看人家",男方父母须给"红包",这也是一种习俗。

②大日坂村赖姓始祖赖连士、忠士兄弟俩,清康熙丁未年(1667)由福建古田到此开基创业,建村旺族。姚岭村赖姓始祖叫赖世全,清朝康熙初年,从福建省上杭县迁来姚岭村。

赖观烂受邀参加大日坂村赖氏的祭祖活动,携夫人翻越昆仑岭。此行让他看到了善行的目标,让她求证了未婚夫病于越昆仑岭所累的猜想。修建昆仑岭,夫妻俩心有灵犀一点通。寄望修善命运,泽被子孙,是夫妻俩源于内心的愿望和期待。

回到家两人一拍即合,与家人商量后,立马付诸行动。夫雇村民挑砂石,请石匠铺台阶,用银圆结算工钱,吸引了周围村庄大量的民工;妻亲临施工现场,为民工烧水泡茶、分发草鞋、鼓劲加油,大大提高了工程的质量和进度。赖观烂在昆仑岭指挥施工时,感到过往行人不多,施惠面不广,应该增加修路项目。于是又选择在湖山到县城和姚岭到石炼两条古道上,开工修建了两条用溪滩石铺设起来的石阶岭,惠及更多的村民。

赖观烂和陈秀芸夫妻的善行不胫而走,善念有口皆碑。历时两年,昆仑岭修建竣工,其功能功德俱增。民间商贸往来活跃,走亲访友更加便捷,尤其是保义乡二十一都周公口庄的西畈①,北接大日坂村,往来周公口必经此岭,受益特别明显。中华人民共和国成立后,西畈乡村民,仍然过昆仑岭,经周公口,去湖山区购买国家分配或供应的生产和生活物资,他们都非常爱惜此岭,每年春季组织劳力维修维护,不曾间断,传承着赖观烂和陈秀芸夫妇的善念和善行。

善导后生讲情怀

昆仑岭,东始于遂昌县湖山乡黄泥岭村,西始于衢州市衢江区岭洋乡大日坂村。② 仙霞湖中水上巴士,游艇快艇,穿梭其间,水上交通,舒适方便;湖岸曲径通幽的县乡公路,四通八达。昆仑岭,昔日周公源与洋溪源之间那"雄关漫道"的风采已无人问津,那千年古道的交通功能已基本消失,唯一口口相传、口碑依旧的是善念联姻成伉俪,善行钟情

---

①《遂昌县志》卷一称西畈,属保义乡二十一都周公口庄。地处洋溪源西岸田畈,故名西畈。

②湖南镇电站水库建成之前,昆仑岭东,始于遂昌县琴淤公社周公口大队,1978年,该大队住户迁移安置在遂昌县云峰公社;昆仑岭西,是衢县洋口公社大日坂大队,1979年大日坂大部分村民迁移到龙游县龙游镇插队安置,小部分村民后重建村,村名仍旧叫大日坂,现在大日坂村隶属衢州市衢江区岭洋乡。

昆仑岭的故事,将永远善导后生讲情怀,与时俱进地丰富这里的山水文化内涵和人文精神品质。

　　昆仑岭,善导文化与文明同行,红色记忆与日月同辉。岭下(衢州市衢江区岭洋乡大日坂村),红军墓铭记着红军铁骨铮铮的革命信仰;岭上,天脚寺剿匪记讲述着人民解放军血染林海的英雄故事;姚岭(遂昌县湖山乡姚岭村),赖观烂家乡传颂着粟裕、刘英指挥姚岭之战的军民智慧和神奇战果……

　　这些红色记忆,善导后生讲情怀,赋予昆仑岭当代价值和未来意义。当地政府将昆仑岭列入发掘和保护古村、古木、古道等系列文化工程项目之中。2021年,衢江区移民办、岭洋乡政府和大日坂村共同投资,对其境内的4公里石台阶,进行规划设计,重新铺设。千年古道,2300多个台阶,古韵犹在,再展雄风。昆仑岭由昔日的交通要道升华为文化古道,由文化古道行不言之教……

探古乌溪江·寻幽小湖南①

余成国②

写下这个标题的一瞬间,我的双手跟着心脏一起颤动,有不安,甚至惶恐,因为探古寻幽乌溪江、小湖南,学兄周耕妥先生当属先驱者,他的《乌溪江,钱江兄弟源》《乌溪江,内涵于"道"》《乌溪江,一曲民谣说"三景"》等鸿文,以一个生长于乌溪江畔的赤子的视角,审视乌溪江这条母亲河,又旁稽博采,对乌溪江、小湖南的前世今生、山水人文,即对她们的"古"和"幽",作了非常艰辛而富有成效的探寻,所以我今天谈"探古乌溪江·寻幽小湖南",内心是忐忑的:一是不知从哪个角度去"探寻"为好;二是我的"探寻"也许毫无意义。

但一想到自己和学兄周耕妥一样,也是一个吃乌溪江的"奶"长大的孩子,作为"60后"的我们,有责任和义务去发掘和传承家乡的历史人文,周耕妥诸兄既已为我"探古寻幽"打下了坚实的基础,那我就毅然决然去做了。刚好,有两个分别困扰了我50年、20年之久的疑问一直想"破解"。那么我就从个人角度,以此为索引去"探寻"吧,也正好可以求教于大方之家。

第一个疑问,是那个50年之问,就是"乌溪江为什么叫乌溪江?""小湖南为什么叫小湖南"。第二个疑问,就是那个20年之问,也就是"先前我们被叫作'乌溪江人',可近20年来,我们为什么被称作'小湖

---

①原名为"一条墨绿的大江,一座诗意的小镇——探古乌溪江,寻幽小湖南",载于衢江区委区政府官方新闻客户端"e览衢江"。

②余成国,湖南镇破石村人,中学语文高级老师,现已退休,钟情于乌溪江民间故事的采写和史料的考证研究。

南人'了?"。

第一个疑问,产生于 1974 年秋天。那个秋天,我从破石小学毕业,到湖南集镇上的乌溪江中学读初中。破石村与湖南集镇隔乌溪江而东西相望,两地距离仅 2.5 公里,所以我和我的伙伴们就选择了通校。这样,上课的日子里,每天清晨和傍晚,都坐着渡船越过乌溪江,往返于小山村与湖南集镇之间。

在那个课业负担不算太重的年代,我们对身边的事物充满好奇,对自然、社会进行着不断的探求。对乌溪江江名和湖南集镇湖南村地名的探求,就是鲜明的例子。

母亲河乌溪江,"溪""江"叠加,"溪江"前,还冠以"乌"。我们从乌溪江的名称,就认识到她与一般的河流肯定有不同之处。可直到 1978 年高中毕业,我们也没有找到答案,因为我们的认知是,脚下乌溪江的颜色不是"绿"就是"蓝",夏季山洪暴发,江水还是黄色的,哪里有"乌"色。

同样,对于湖南集镇湖南村为什么叫"湖南",我们坚决否定了"湖南村因位于湖钟潭之南而得名"这一说法,理由是湖南村位于笔架山下湖钟潭的西面,其北面是延伸到廿里镇的群山。但一直也没有找到令人信服的答案。20 世纪 80 年代初,毕业后,我回到母校乌溪江中学任教,又开始了对"乌溪江"颜色"乌"和湖南村地名的探求。

一个初冬的下午,天气晴朗,我从乌溪江西渡口出发,沿着乌溪江上溯,来到乌溪江水电站大坝右前方的"山前峦"下,眼前一亮,又一黑,只见浅滩上的水呈银白色,而深潭里的水却接近"乌"色。我想应该是阳光将高峻而黑色的山峦以及山峦上蔽日的树木,投影到清澈的水面上的缘故吧。尽管我没有弄清楚深潭里的水到底是什么颜色,也没有弄清楚浅滩上的水为什么呈银白色,但我还是为自己有所发现感到十分欣喜。我打算再到乌溪江上游去看看,看看那里的乌溪江水是什么颜色。

1985 年 9 月,我出差到衢县洋口乡。乡政府旁就是乌溪江上游重要支流之一"洋溪源"。洋溪源深潭里的水也是接近"黑"色的,而浅滩上的水也是银白色的。我就想,乌溪江上游和中游,两岸都是高山峡谷,且秋冬季节,水流清澈,水位较低,江水呈黑色,这是事实;但就此给整条江的颜色定义为"黑"色,不敢说有臆断的成分,也有以偏概全之嫌吧。

但读了学兄周耕妥的《乌溪江,内涵于"道"》,我豁然开朗,认同了他对乌溪江名称由来的判断:那深潭里的水是墨绿色的,浅滩上的水是银白色的,"白水"入潭成"墨池","池水"出滩成"银河","墨池"与"银河"连成江,一江春水墨绿样,江名故称"乌溪江"。他在《乌溪江,内涵于"道"》中又说,无论大溪还是小溪,汇入乌溪江就"乌",其实"乌"比"黑"更玄妙,"玄之又玄"是为"道"。所以,乌溪江,起名于"色",读音为"乌",本体是"溪",内涵于"道"。我折服于学兄的才情,也为自己的才疏学浅汗颜!

我要补充的是,乌溪江还有一个名字叫"乌溪港"。康熙《衢州府志》称"乌溪江"为"东溪",20世纪60年代初刊印的浙江省地图册标注的则是"乌溪港"。现在许多五六十岁的衢州本地人,还称"乌溪江"为"乌溪港",就是将"江"等同于"港"的读音,正像他们把姓氏"江"读成"gang"一样。古汉语就是把"江"读为"gang"的。粤语、港语现在还把"江"读称"gang"。由此可见,"乌溪港"与"乌溪江"只是古今读音有异。

"乌溪港"改称"乌溪江"是1958年10月,衢县人民政府首次以"乌溪江"命名新成立的下辖机构——乌溪江人民公社。从此,"乌溪江"成为官方语言,可口语还是称"乌溪港",且一直延续至今。所以我也一直有个疑问:为什么1958年,"乌溪港"就改称"乌溪江",而"常山港""江山港"到现在也没有改称"常山江""江山江"?何况古称"西溪"的"常山港"是钱江源的"兄",而古称"东溪"的"乌溪江"只是"弟"!

要回答这一问题,就要从"衢江"的江名谈起。"衢江",古称"瀫水",是因为中国古代称河流为"水"。甲骨文中有"河"字,没有"江"字。"水"改"河"在唐代完成。尽管《史记》中出现了"长江""九江""浙江"等江名,但对其他河流还称为"某水"。"长江""黄河",在唐代才完成正名定分的工作。

钱塘江流域是我国"江"最密集之处,大部分河流均以"江"命名,也有以"溪""港""浦"等命名的,几乎没有以"河"命名的。所以"瀔水",后又称"瀔江"。唐武德四年(621年)于信安置衢州府,因江流其境,又改称"衢江",顺应了钱塘江流域河流名称以"江"为主这一趋势。"常山港""江山港"的名称长期保留下来,应该是它们是"衢江"的支流,且与县名相同的缘故吧。至于"乌溪港"在1958年就改名"乌溪江",我想除乌溪江江流湍急这一原因外,还与当时开工建设的乌溪江水电站有关。因为水电部第十二工程局,继1956年开工建设"新安江水电站"后,又于1958年同时开工建设"乌溪江""富春江"这两大水电站。三个都是大型水电站,且都建在钱塘江之上,如此也是为了保持水电站名称的一致吧!

前面说过,1974年秋,我和我的伙伴们就否定了"湖南"因位于湖钟潭之南而得名的传统说法,可一直没有找到令自己、令他人信服的答案。1998年春天,我专程去了趟湘思村,对清《西安县志》记载的这个乌溪江畔因人们思念家乡"湖南"而得名"湘思"的小村有了比较真切的了解,也认同了"湘思"之外的那个"湖南"的村名。"湘思""湖南"的叠加,更表明了三国时期镇守衢州城的湘籍征虏将军郑平后代流落到衢南乌溪江畔而不得回归故乡,只有望月思乡的复杂情感。唐代初、中期,位于现在湖南村项家自然村的山前峦银矿的开发,让大批来自天南地北的矿工聚集到今天的湖南镇,他们将"湖南"移用并替代当时"南山"的村名,这正与孙权将东吴政治中心迁至鄂州,改"鄂州"为"武昌",寓"以武而昌"以寄思乡之情的心境是一样的。

今天,关于"湖南"的得名,我又有一个大胆的想法,这就是"湖南"因位于衢州城的"南湖"之南而得名。因为乌溪江从古到今,对衢州,尤其是衢州城,有着十分重要的意义。特别是南宋乾道年间,在今天柯城区石室乡黄坛口水电站附近的黄荆滩,引乌溪江水入衢州城南的千塘畈,建成了长达20公里的石室堰。石室堰的72条沟,汇成东、南、北三大濠。明弘治十二年(1499),引石室堰水入护城壕,从此顺乌溪江而下的木排、货船可直通衢州府城南护城河。这样地处乌溪江中游、往返衢州南湖正好一天时间的湖南地区,成为商贸繁华之地,地位也大为提升。位于"南湖"之南、乌溪江畔的"南山"村名,被"湖南"替代,也不是不可能的事情。

接下来,就谈谈困扰了我20年之久的第二个疑问,也就是"先前我们被叫作'乌溪江人',可近20年来,我们为什么被称作'小湖南人'了"。

从读初中开始,我就知道,原衢县人,除原乌溪江区(现衢江区黄坛口乡、湖南镇、岭洋乡和举村乡)外7个区的人,询问对方或介绍自己是哪里人时,习惯用当时的"区"名,即用"某某区人"或"区人",必要时还会加上"乡"名,如"你是石梁人吗""我是石梁区七里乡人"。当时的"区"是县政府的派出机构,叫"区公所",代县政府管理若干个乡镇或人民公社。当时衢县有乌溪江、廿里、航埠、石梁、杜泽、上方、樟潭、大洲8个区,它们都成立于1950年,在1958年撤销,又于1961年9月恢复,1992年6月,在全国性的"撤区扩镇并乡"的行政体制改革中终止了它们的历史使命。

可乌溪江区人,只有在区域内,方可自称或称对方是辖区内的某乡人。而在区域外,则被称为"乌溪江人"。我们在"外人"面前,也不得不自称"乌溪江人"。我就想,我们乌溪江区,区公所在湖南,为何不叫湖南区,如果那样,我们也叫"湖南人"了。因为其他7个区的区名,都是以区公所驻地命名的。

后来,我才清楚"乌溪江人"的称呼源自1958年10月成立的"衢县乌溪江人民公社(大公社)",唱响于1961年9月成立的"衢县乌溪江区"。以"乌溪江"命名政府机构可能有各种原因,但对母亲河乌溪江的"钟情"是最主要的原因吧。

1958年10月,衢县乌溪江人民公社(当时叫"大公社")的成立,宣告成立于1950年的衢县岭头区这一衢县人民政府派出机构,代县政府管辖洋口乡、岭头乡、举村乡和湖南乡、白坞口乡、坑口乡的区公所成为历史。岭头区所辖的6个乡,成为乌溪江人民公社的6个管理区。乌溪江人民公社驻地为湖南管理区的湖南村。湖南村成为乌溪江上游、中游地区的政治、经济、文化、教育中心。湖南村取代原岭头区公所驻地岭头村，是因为当时已开工建设乌溪江水电站。岭头、洋口和举村将成为库区，它们的大部分地区，即将成为蓄水区。乌溪江湖南镇水电站开工建设后，外来人员很多，往来的书信邮件也大增，为了不与湖南省省名混同，乌溪江人民公社驻地湖南村改名为"小湖南"。

1961 年 9 月，乌溪江人民公社撤销，成立了乌溪江区，区公所驻地还是湖南村。只是乌溪江人民公社撤销时，下辖的 6 个管理区，成为人民公社。1984 年，又恢复了乡的建制。但湖南乡在 1985 年升格为湖南镇(小镇)，乌溪江区的行政区划由"6 个乡"变成了"1 镇 5 乡"的格局，一直延续到 1992 年乌溪江区撤销。

长期以来，我们不仅习惯了"乌溪江人"这一称呼，而且以身为"乌溪江人"而自豪。因为乌溪江有优美的自然风光和厚重的历史人文。

可是，2005 年以后，现在湖南镇、岭洋乡、举村乡的行政区域又被大家叫作"小湖南"了，区域里的人们也随之被称为"小湖南人"。难道仅是因为 2005 年 12 月，洋口乡并入岭头乡，成立了"岭洋乡"，坑口乡撤销，与长柱乡合而为一，成立了全新的"黄坛口乡"，乌溪江作为行政区划不复存在？ 如是这样，那从乌溪江区撤销，白坞口乡并入湖南镇的 1992 年，直到 2005 年的 10 多年里，我们还是"乌溪江人"，这又是为什么呢？ 从"乌溪江人"到"小湖南人"，真的让人感慨万千啊！

我想，"乌溪江人"也好，"小湖南人"也罢，改变的只是称呼，在我们的心中，乌溪江永远是一条墨绿的大江，湖南镇永远是一座诗意的小镇。只要我们的精神不改变就好！ 我就以下面的两首不是诗歌的诗歌，我的心曲，结束我的这次"探寻"之旅吧。

乌溪江，我不敢……

我不敢将乌溪江称作母亲

尽管我是吃了乌溪江的奶而长大了的乌溪江的儿子

因为古往今来，大家都把家乡的河流这样称呼

我只能将儿子对母亲的深情，默默地藏在心底

我不敢呼"乌溪江之水天上来"

尽管我清楚，乌溪江从神秘的仙霞走来

因为我没有李白那清新飘逸的情怀

我只能说，乌溪江是仙霞岭上空那绿色的云朵的舒展与存在

我不敢将乌溪江比作散落三衢大地的星辰

尽管乌溪江，无论烟雨朦胧的早晨，还是夕阳西下的傍晚

都用她那特有的光芒，擦亮了我平凡的人生

但我会毫不犹豫地把仙霞湖比作思乡的圆月

无论身处何方，总是那轮圆月，最大最圆

我不敢说，站在仙霞之巅，就会胸中有丘壑，动静皆风云

但看乌溪江时涨时落的水位循环，犹如起落有时的人生轨迹

生活哲学就在心中萌动，一如乌溪江作为衢州生命脉搏的跳动

那就是，气定神闲，一路欢歌，奔向大海

无论走到哪里，我都不变乌溪江的禀性和气节

月光下的小湖南（湖南镇镇歌）

宁静的月光下

乌溪江是一根银色的丝线

在衢南大地串起一条水晶长链

小湖南这颗宝石最为耀眼

静静坐在小镇那百年廊桥

用月光去寻找小镇的辉煌

小镇的辉煌藏在廊桥的岁月里

自己也化成了风景里的耀眼符号

宁静的月光下

小湖南轻柔得像绿色的雾

那是乌溪江托付给小湖南的梦

家乡的梦吹自仙霞的清风

伫立在那棵撑天五指樟下

倾听明月与清风的一场对话

笔架山牡丹台竞那千古风流

乌溪江水长流家乡绿色的名和梦

月光下的小湖南如情似梦的家乡

湘思湘思是儿子望月在呐喊

湘思湘思是母亲梦中在呼唤

游子思乡的企盼母亲呼儿回家的召唤

声声湘思中洒落草鞋岭那千年古道上

后记

　　周耕妥老师在编著乌溪江史料专著的过程中，发现咏颂乌溪江的诗词作品都散落在各种书刊之中，没有"专集"，即使是乌溪江籍诗人的专辑也不全是咏颂乌溪江的。因此，他组织选编具有"填补空白"意义的乌溪江历代诗词选。承蒙徐利群先生的推举、引荐，我们加入收集和整理乌溪江诗词曲赋的团队。

　　本书的选稿原则：作品需言乌溪江志、说乌溪江事、抒乌溪江情、赞乌溪江景、颂乌溪江人。作品、作者排名不分先后，按集稿顺序分类录入。"昨夜江边春水生，艨艟巨舰一毛轻。向来枉费推移力，此日中流自在行。"收集诗词赋曲，得到了广大诗友的积极响应，尤其是由湖南镇承办、衢州市衢江区诗词楹联学会举办的"情咏乌溪江"诗词竞赛活动，为收集和整理乌溪江诗词曲赋工作锦上添花。

　　本书的资料来源：古代和近现代部分来源于《三衢道中：衢州历代诗文选》《衢州当代诗词选》《衢州百年诗词选》《诗路衢江》《衢州对联集成》等。当代部分主要从衢州市和衢江区各诗词微信群收集。作者中湖南镇和岭洋乡的较多，主要是湖南镇破石村的余家和岭洋乡鱼山村的何家，其历史上出过许多文人。因种种因素，本书资料上的缺陷、收集上的遗漏，以及编辑上的瑕疵，在所难免，敬请读者诸君批评指正。

　　《乌溪江的诗与远方》，一卷书成惭叹道，前贤肺腑尽诗愁。两湖返照桃花岛，四野飘香杜若洲。笔蘸浓情吟锦绣，心栽大爱咏风流。山家最是东溪好，旧韵新声古埠头。我们并无古代文人"文籍虽满腹，不如一囊钱"的感慨，更无为此书付出巨大艰辛的一丝悔意，反而被周老师的家乡情怀和笔耕精神所感动，从他的关于乌溪江的文章中，我们真正开始认识和深入乌溪江。三十多年前，他就组织并亲自参与主编了乌溪江历史上第一本公开出版的史料专著——《乌溪江水映山红：衢县乌溪江库区志》,获衢州市哲学社会科学优秀成果奖三等奖。

"一壶酒,一竿身,世上如侬有几人。"周老师在成长记忆中那一个个鲜为人知的情结的驱动下,遥望胞衣地那一处处诗与远方,撰写了许多讴歌乌溪江和研究乌溪江的文章。在《乌溪江的诗与远方》这本书里,周老师阐明了乌溪江"形而下"的远在天边,却又近在眼前的物理远方,又描述了乌溪江"形而上"的遥不可及且"几于道"的玄妙远方。全书乌溪江的"诗"重点突出,乌溪江的"远方"令人耳目一新。

周老师原创乌溪江远方"几于道",是一个大智慧。他撰写的关于乌溪江的文章,都试图从地理、人文、风物、哲学等层面把乌溪江这条自然风光带、精神文化带做一全面展示。他觉悟的"爬格子是门入静入定的娱乐艺术"的观点,令人深思,值得玩味!期待今后与周老师有更多的合作机会,共同在乌溪江的森林氧吧中品茶、品诗、品人生……

李加呈

2024 年 9 月

后记